筆耕福田

吳豐山 五十年寫作總覽

由衷感謝
五十幾年來
在本人的寫作生涯中
指導、鼓勵、贊助
維護我的所有人士

目錄

第二類　共同著作

第三類　協力之作

附　錄

前言 五十年服務社會 半世紀筆耕福田

一

本人出生於民國三十四年（一九四五年）一月，那個時間點是民國三十三年農曆十二月，屬猴。所以如果依照農曆，民國一一二年我算八十歲。

人生八十當然有其一定意涵，即使後頭還有很長日子，對自己的八十春秋做一彙整，應該是具有意義的事體。

二

坦白以道，在求學階段，我不曾預期以文字工作做為一生事業主軸。

不過，命運的安排竟然使我五十幾年間發表了一長串作品。回首來時路，每一件作品其實都代表我那一時段的工作、思想和心境。與我來往密切的師友因此常鼓勵我編印《吳豐山全集》。

但是編印全集工程浩大，花費不貲，並不合宜。因此我在民國一一一年自己用心彙整了這本總覽，一方面算是對師長訓誨的回應，另方面也做為對社會、家族以及一己的完整交代。

三

在彙整這本總覽的過程中，我彷彿在時光的隧道中從頭走過一回。

我進行台灣農村田野調查的民國五十九年，台灣經濟建設剛要起步。那時候四十元新台幣兌換一美元。民國五十七年我國開始實施九年國教，國中教師月薪八百元。稍後美國國務院邀請本人訪美，邀訪過程中我與在台北南海路的美國新聞中心有些接觸，驚訝地知道該中心的門口接待員月薪竟然是一千美元，也就是國中教師月薪的五十倍。隔一年我在地球上繞了一圈。回國後發表的《環遊世界七十九天》一書上，處處可以看見我寫下「我的國家何時才能建設到這般景象」的喟嘆！

台灣從民國三十九年開始戒嚴，一直到民國七十七年才解嚴。戒嚴時期言論管制得很緊。當年警備總部負責管制工作，政府訂定了「戒嚴時期出版物管理條例」，批評政府動輒得咎。不知道哪來的勇氣，我竟然長期間活像初生之犢。「吳豐山專欄」會在那個時段引起廣大回響，現在回想應該是說出了很多人的心聲吧！至於《台灣一九九九》是一部充滿喜樂的類小說，是我對國家抱持無限期望的表達。

我在《自立晚報》服務了二十七年，前頭二十年，追隨望重朝野的國之大老吳三連先生。他生前口述一生經歷，要我在他身後發表《吳三連回憶錄》，我很欣慰不負所託。

我在民國八十三年離開換了業主的自立報系，改業從商。那個時段台灣剛解嚴，被長時間不當壓抑的社會力大爆發，我以《台灣跨世紀建設論》為題，企圖把對國家建設的淺見一次完整表白，然後割捨政治；寫在該書上的一系列見解，我今天檢視，依然清新。

然後，命運安排我重返公共服務，去公共電視擔任第一、二屆董事長。我公正不阿，不卑不亢，盡心盡力。任滿下台後被民進黨政府提名為監察委員，但立法院藍綠惡鬥，審查工作停擺。此期間我開始著手寫作《論臺灣及臺灣人》。未料剛開始提筆，卻被延攬進入行政院擔任政務委員。一年半後下台便就續筆，直到又被國民黨政府提名為監察委員，上任前夕才終於完稿。

我從民國九十七年八月開始擔任監察委員，這個時段台灣經濟建設已經開花結果。我對過去三十幾年間貢獻台灣經建的諸多大員心存無比敬意，其中蕭萬長先生與我長時間接觸密切。為了突顯典範，我利用休假時間撰寫《據實側寫蕭萬長》一書。民國一〇一年六月，蕭副總統舉辦卸任酒會，他把酒會兼作新書發表會。

監察委員下台時我行年六秩晉九，隔年我以《人間逆旅》為題在台北國賓飯店鄭重其事的發表了本人的回憶錄。

不管從哪個角度看，七十歲絕對可以稱老。本人不曾想過如何歡度老年生活，於是從書店買了幾本教人如何歡度老年生活的文本仔細拜讀，發現都說兩個要點：其一力保健康，其二生活要有內容。

於是本人依循啟示，大量閱讀。本人還一直有一個想法：如果閱讀有了心得，卻不與人分享，形同小氣。所以從七十一歲到七十八歲，先後發表了《山川無聲——吳豐山靜思集》、《壯遊書海》、《歲月有情——吳豐山告老歌》、《飛越宇宙人間》、《福爾摩沙實錄——2020大選以及台灣的前世今生》、《親佛小記》、《紅塵實錄》等著作。

四

在整理半生文字工作的時候，本人還看到專書以外的很多寫作，包括演講稿、致詞稿、為他人寫的序文或補述。乃至於在某些他人編著的專書上，其中有我執筆的一篇專文，或他人用了很多溢美之詞的吳豐山專訪。

幾經推敲，我決定以「協力之作」為名，把一小部分序文、補述文、演講文併為一類，以存其真。其餘大部分予以割捨，否則這項彙整工作會沒完沒了。

五

在進行彙整工作過程中，本人也等於對一己半生言論做了一次總檢視。我今天如果說，本人見解卑之無甚高論，各方人士也許會以謙沖自牧視之；事實是本人雖然受過政治學科班訓練，但崇尚深入淺出，所以公表的見解真的非常簡明扼要，那就是：

——一個政府如果不能讓人民安居樂業，必是無能政府。

——政治人的品質與政治制度同等重要；政府假使不能用人唯才，小則治絲益棼，大則禍國殃民。

——國家是大家的國家；依法而治才能亂中有序，各盡其才才能繁榮昌盛，各得其所才能導致和諧，體貼弱勢才能彰顯公義。

——國政千頭萬緒，但發展經濟、深耕文化永遠是國家建設的二大主軸。

——優質的政黨政治應該是政黨之間既競爭也合作。

——政府各級官員和民意代表都受人民供養，如果驕慢或貪污，無異天底下最大的敗德。

——兩岸近在咫尺，沒有理由不和睦相處。如果真正以兩岸人民福祉為最高考量，那麼和平非戰、互利互惠、共存共榮成為兩岸之間唯一光明大道。

——國際社會向來以現實利害為互動考量，台灣如能厚植國力、廣結善緣，必能立於不敗之地。

撰寫政治文字的五十幾年間，台灣從戒嚴到解嚴，從一黨專政到三次政黨輪替，個人也從純報人到擔任公職，可謂變化多端，可是本人一直未參加政黨，而且充分體認中正公允的必要和價值。所以國民黨執政時筆鋒當然針對國民黨，民進黨執政時筆鋒自然轉向民進黨。本人擔任的公職雖然分別由國、民兩黨派遣，好在除政務委員外，不管中央選舉委員、公視董事長或監察委員，依憲或依法皆必須超黨派行事，一如撰寫政治評論必須不偏不倚；所以本人幸能堅持信念，一以貫之。現在回想，如果政黨對我包容，我心存謝意；如果政黨對我排斥，應該也非可計較。

六

在進行本項彙整工作的過程中，我還注意到不同的出版機構為出版本人著作使用了人力和物力，可是我不知道他們賺錢或賠錢。

過去幾年，感恩基金會、富邦基金會、吳尊賢基金會應我請託，購買了很大數量的本人作品寄贈全國各公私立圖書館。也有一群好友主動或被動出錢贊助印製經費；對出版社、基金會以及善男信女，我心存無限感激；可是近十幾年來出版社和書店一家家關門，令人感慨不已。

七

比書店與出版社不斷關門更令我感慨的是「文責」信念之崩毀。

在本人發表評論文章的前期，言論界的共同信念是：假如一篇評論文章不能以真名真姓發表，大概要麼道聽塗說，要麼信口雌黃，要麼毀人名節，要麼別有不良目的，所以不能具名就不會下筆，或者寫到一半就自己把它丟到字紙簍了。

現在不是這種道德規範了。網際網路和手機普及之後，所謂社群平台應運而生，對大眾傳播造成巨大貢獻，可是也留下灰色角落；很多講話的人躲在暗處，當胡言亂語把一個人折毀了，凶手在哪裡都還不知道。有些政治人物甚至於還會豢養什麼「網軍」，做為權力爭奪的暗黑工具。最最糟糕的是這種無恥敗德行徑方興未艾，完全看不到什麼時候才能有效遏止！

我理解何謂時移勢易，何謂滄海桑田，可是人類文明在一部分往上提升的同時也一部分向下沉淪，而公權力卻袖手旁觀，令人欲哭無淚。

八

有些事令人欲哭無淚，有些事卻可笑逐顏開，我的子女永泰、永祥、永鈺，以及隆興、鈺琪、政龍、憲紘等愛侄知道我進行這項彙整工作後，合議由他們出錢印製這本總覽，做為祝壽禮物。兩個理由使我欣然接受：一個理由是我認為知書達禮很好，一個理由是他們都優有餘裕，有的甚且腰纏萬貫。

霍榮齡設計工作室是台北美術編輯界公認第一品牌，我跟此一工作室有長期合作經驗。我把本總覽的編輯工作委由此工作室處理。本來我希望簡樸即可，但霍女士認為八十歲的事情應一絲不苟。她親力親為，我很感恩。

原先，本人規劃自費印製本書一千本，五百本寄贈全國各主要圖書館，五百本贈送各方師友。可是遠流出版公司董事長王榮文先生知道有此一書後，認為應公開上市。

遠流是一家卓越出版社，拙作包括《論臺灣及臺灣人》、《人間逆旅——吳豐山回憶錄》、《據實側寫蕭萬長》，皆由遠流出版。本書原定書名《吳豐山五十年寫作總覽》經商議改為《筆耕福田》，原書名做為副題。至於贈送全國各主要圖書館以及各方師友之規劃依舊。對王榮文先生好意，本人謹表由衷謝忱。

九

都說人生苦短，信哉斯言，不過這是相對於歷史長河而言。如果聚焦個人，其實幾十年歲月，仍然必須幾萬個一天逐日串連而成。

都說浮生如夢，信哉斯言，不過每個人夢境不同。檢視半生寫作，台灣的過去、現在和未來竟然佔了本人夢境的絕大部分。

生而為台灣人，為台灣盡心盡力乃情理之所必然。如今「那美好的仗我已經打過，該守的道我已守住，該跑的路我已跑盡」。撫今追昔，本人俯仰無愧，無怨無悔，而且心中充滿了流汗流淚之後的喜樂。

至於遺憾，只好還諸天地。

第一類

個人著作

1.今天的台灣農村

出版時間 民國六十年三月

出版機構 自立晚報社

頁數 一五六頁

目錄——

序

吳三連

我出生在台南縣學甲的鄉間，幼年生活在農村，家鄉的人都是耕田的農民。近幾年來每次回鄉，和他們見面談起來都是一片苦經，似乎無法生存下去。當時我想學甲一帶向來是地瘠產稀，情形特殊，過一時期可能好轉，而且土地肥沃的其他地區，未必如是。嗣後見著其他各地耕農的朋友談到農村情形，也是叫苦連天，因而瞭解這是本省農村近年來普遍的現象，而非一時一地的問題。光復後政府實施土地改革政策，帶來的農村繁榮與安定，已成過去。現在農村經濟已出現危機，本省人口約有一半是農民，如不急起挽救，影響國家經濟發展關係太大了，實有重新檢討之必要。為明瞭真相及其癥結所在，乃派本報記者吳豐山君前往各地農村作實地考察，走了一千四百餘公里，深入農村察訪。根據他的考察報告看來，客觀周詳，委實農村經濟萎縮的情況確是相當嚴重。舉凡肥料換穀、農產品產銷及其價格，農耕機械化等都是問題，一經本報連續報導，立即引起朝野各方面的重視。中央、省級及地方政府迅速分別集中此項課題檢討。執政的國民黨尤表關懷，各方面並曾另作實地之視察，想有更詳盡的資料，以作改善農村經濟的依據。

今將本報已報導之「今天的台灣農村」並各方面反映的資料，加以整理補充，編印成冊，我想此一小冊雖是簡單的報告，但對於解決目前農村艱苦，提供了採訪的實際情況，已引發各方面重視此項問題。希望政府設籌挽救農村經濟面臨危機之方針，制訂革新政策，再接再勵，積極推動。倘果藉此解除農村的困頓，今後農民生活得以安定，農業得以欣欣向榮，對於國家經濟建設不無貢獻，亦殊堪告慰了。

【選刊】破題

水彩畫家藍蔭鼎喜歡畫台灣農村的景色。在藍先生的畫中，總跳躍著豐饒的喜悅。瓦屋數椽，碧水一池；屋後竹林繁茂，池畔少婦洗衣；童子嬉戲於庭院，鴨鵝追逐於池中；池外則良田千頃，稻浪翻風，一種風調雨順，國泰民安的氣象，彷彿就可以從畫面上感覺得出來。

今天，台灣農村的景緻，外表上看來，仍舊如此。但是，穿透了外表，往裡面一望，卻已面目全非了。

記者不識時務，在舉國上下熱烈慶祝開國六十週年的一片歡樂氣氛中，卻大談農村經濟困頓問題。但是，任何真正了解今日台灣農業經濟實況的人，必然都能有此一認識，即台灣農業經濟已到達一個必須澈底改變的階段，假使我們於迎接民國新的六十年代的時候，能毫不隱諱的來面對事實，謀求對策，開創新局，必將會有新的意義！

在全面的報導農村實況，以及逐一檢討農業各項問題之前，讓我們來約略的重溫一下二十幾年來經濟發展的歷程，以便了解今日情況之所以發生。

三十四年秋天，台灣光復。把台灣造成為一個稻米和蔗糖生產地的日本人，戰敗回國。

農村經濟面臨危機
實有重新檢討
制定方針之必要

戰火餘燼，百廢待舉。光復初期，物質缺乏，通貨膨脹。一般物價每年上漲達一倍以上，整個經濟情況極不穩定。在這種情況下，遭受大戰嚴重破壞的農業，乃力謀恢復生產，以做好農產品之供應。這項努力，一直持續了七年，直到民國四十一年，農業的一般生產才

臺灣日報

肥料換穀制度近將廢止

或作重大修正•由農民自由意願價購或換谷

中華民國六十年二月二十日

推動本省農業保險
農廳奉諭研擬辦法

現已初步訂定三項辦理原則
並定下月派員赴日實地考察

臺灣日報

竹縣農業生產成本偏高
財長李國鼎甚表重視

縣農會總幹事姜城欽提出兩項建議
要求實施產銷計劃•保障農產價格

韓國第三期經建計劃
重點在發展農業

恢復至戰前的最高水準。

民國三十八年，政府遷台。衡量當時的整個政治情況，而有了土地改革的大政。從三七五減租、公地放領，一直到耕者有其田，幾年之間，澈底改變了整個農業的經營結構，使得國家經濟發展有了一個穩固的基礎。

民國四十二年是國家經濟全面發展的一個重要分野點。第一個四年經建計畫在這一年開始實施。一直到民國五十八年的十六年間，政府一共施行了四個經建計畫。這其間，國家的整個經濟結構，已由農業為主的經濟體系逐漸變成為工業為重的形勢。

這種演變，我們可以從統計數字上看出來：在民國四十一年，也就是第一個四年經建計畫的前一年，農業佔國內生產淨額的比重高達百分之三十五點七，工業則僅佔百分之十七點九，服務業佔百分之四十六點四。民國五十二年，工業比重首度超過農業。到了五十八年，工業已上升至百分之三十二，農業則相對降低為百分之二十點八。五十九年，農業比重再度下降到百分之十九點二，創前所未有的最低紀錄。

農工生產佔國內生產的比重，前後易勢，這原是國家步向工業化的途程中，必然的現象。我們今天在談論農業經濟困頓的同時，實不能不讚揚政府十幾年來在工業經濟建設方面的卓越成就。

問題是，我國農業生產比重隆低到今天的十九點二，但是農業人口卻仍然維持在總人口的百分之四十二的數目上。光從這個比數來看，便已可對問題稍有所悟。

抑有進者，政府在「以農業發展工業」的政策下，二十幾年來一直採行「低糧價政策」，讓農業擔負了經濟發展的特殊使命。二十幾年來，物價上漲不止數倍，而糧價及其他農產品價格卻遙遙落後。在另一方面，農作成本不斷的提升，且由於某些不合理的辦法和制度存在，更造成農作成本偏高的事實。農作成本偏高，農產品價格偏低，農民收益會是如何？自然不言可喻。

再說土地面積而言，由於耕者有其田及諸子繼承辦法，農戶耕作面積難於擴大而易於縮小。耕作面積小，單位面積生產量再高，收入總也是有限的。

經濟發展原是一種循環的過程，在這種情形下，便造成了農民勞力大量外流的現象。能走離的都走離了，農村中剩下的只是老弱殘病，原來集約的農業經營方式，為之一變，農作變成粗放。在這種情形下，農業還能增產，自然是一種神話。

逐漸出現的農業危機，震驚了朝野，舉國上下，紛紛陳述意見，發抒改革辦法。行政院首先於五十八年十一月公布「農業政策綱要」。接著，中國國民黨二中全會於五十九年三月又訂定「現階段農村經濟建設綱領」。根據這兩項文件，其後又擬訂一項新的「農業生產的改進措施」。

依照這些綱要、綱領及改進措施，政府認為必須擴大農業經營規模，推行農業機械化；認為必須充裕農業生產資材，穩定農產品價格；必須強化農民組織，增強服務；必須發展農業加工，拓展國際貿易。此外還包括農產運銷制度的革新，包括農業金融制度的革新。並且要重新考慮特別作物和糧食作物的比重問題。

根據這些綱領、綱要及改進措施，一些具體的方案已開始實施。如：農業機械化的推廣，肥料價格的降低，共同經營的推動等等。同時，一些辦法也正在加速研議之中。如：由行政院財經會報通過設立的「農業金融策劃委員會」，將負責策劃農業金融的調節；一項叫作「農產品市場法」的草案，已由省農林廳呈送經濟部審議中，企圖以此改革運銷制度；獎勵農業投資的「農業發展條例」正由經濟部研擬之中；土地重劃決定加強辦理，隨後又宣布暫停實施。就在四天前，執政黨還指示經濟部研擬「農業五年投資計畫」，限定於兩個月後提出。

凡此種種，正表現出解決農業危機的迫切，和政府接受挑戰的決心，不能不說是值得欣慰的。

從世界各國先進國家工業化的歷程中觀之，由農業社會轉變到工商社會時，必然發生不協調現象，高瞻遠矚的財經大臣，假使能夠預作綢繆，倒不一定要忍受衰敝的苦痛。今日不幸如此，固屬令人惋惜，但亡羊補牢，猶未為晚。

不過，從過去的十幾個月中，政府對應付農業經濟衰敝的情形看來，則政策尚未作最後定奪，其情形至為明顯。同時，當今的農業問題，與總體經濟的其他部門，皆息息相關。當政者應如何通盤考慮，大刀濶斧，以改變現狀；並且放眼前程，為農業發展鋪設康莊大道，實是刻不容緩的一件大事。而在這樣的一件大工作上，朝野各界自應貢獻其力量，以便群策群力，集思廣益。記者便是在吳三連先生的這種想法下，奉派就農業問題作了這次專題採訪。

記者奉命後，十二月上、中旬在台北完成了先期工作，下旬驅車翻過北部山脈，於二十一日由頭城進入蘭陽平原，二十四日直抵蘇澳。然後再重新從台北出發，經桃園、彰化，穿越整個嘉南平原，總共走了一千四百公里。沿途走訪農村，察看田園。其中所見所聞，與某一些蟄居書城，閉門造車的所謂專家學者的看法，自有不同；至於某一些官腔官調，官話連篇的農政官員，恐怕更要大相逕庭了！

在以後的一連串特稿，也就是這項報導的第一部分，記者將把這些實情毫不加修飾的一一呈現出來。

【補註】

《今天的台灣農村》全文於民國六十年一月四日至二十五日一連二十一天在《自立晚報》逐日刊出，然後再集印單行本。

當時台灣戒嚴，管制言論的警備總部，懷疑寫作動機，開始監控。還有兩位御用學者在報紙上向我揮舞大刀。

但當時國民黨中央黨部秘書長張寶樹約見本人，想進一步瞭解農村經濟詳情。張氏係農業博士。稍後蔣經國出任行政院長，他的副院長徐慶鐘也是農學博士，也約見本人瞭解寫作動機。又稍後蔣經國院長編列了一百八十億特別預算，推動「台灣農業振興方案」。隨後又追加兩百億。

此項田野調查報告的第三部分，筆者建議降低農業成本、取消肥料換穀政策、推動農業機械化、降低農民稅賦、進行第二次土地改革、修正農田重劃方案、提高稻米收購價格、改進產銷制度、鼓勵種植高價作物、實施農業保險制度、成立農業部。筆者最後並以「新農業」為詞描繪台灣農民、農村、農業的遠景。

以上各種建議，大多經政府先後採納。設立農業部也終於在二〇二三年才成為事實。

只有第二次農地改革迄未獲青睞。筆者至今仍堅信：由於工業化、都市化、人口老化，政府把七十幾萬公頃農地整併成五公頃一塊塊的小型農場，貸款鼓勵一部分青年從事機械化農業生產，是解決台灣三農問題的唯一活路。

另有一事，應該併記。

當我向發行人吳三連先生報告警總監控的時候，吳先生把他一九三七年發表《台灣米穀政策之檢討》一書的「歷史」向我說了一遍。

日本殖民台灣時，認為台灣和朝鮮兩個殖民地有滿足母國米糧的義務，而且價格不公道，所以台灣農民非常吃虧。那時候吳先生擔任《台灣新民報》東京支局長。

一九三七年十二月，吳先生離開東京到川奈鄉下閉室一週，寫了一本《台灣米穀政策之檢討》的小冊子，交由頗負盛名，也比較同情殖民地人民的岩波書店印行。

這本小冊子批評政策不當，並說服日本當局提升台灣農民利益，但不久即被禁止發行。

一九三八年一月十八日，東京警視廳到吳宅搜索，然後帶走吳先生，拘押了二十一天。

已實施法治的日本，警方在無罪可起訴的情形下把吳先生釋放了，可是盛怒的台灣總督府壓迫《台灣新民報》高層，把任東京分局長的吳先生撤職了。

●吳豊山復按：本人對台灣農業、農民、農村的所謂三農問題，幾十年來不曾停止關注。民國一〇五年十二月二十六日《自由時報》刊登本人所撰〈解決台灣三農問題惟賴二次土改〉一文。特轉載全文如下：

解決台灣三農問題惟賴二次土改

一

筆者出身南台灣農家，自幼目睹農民百般辛苦；進入社會後又目睹城市豐裕生活，認知到農民與一般國民物質生活存在嚴重落差；因此從青年時期就為農民發聲，關切台灣農業、農民、農村的所謂「三農問題」，數十年不改其志。

台灣工業發展有成後，由於台灣農業產值佔GDP比重偏低，歷來行政和立法部門，對「三農問題」可謂漫不經心，不管從天地良心、經濟發展或人民福祉角度看待，筆者都不能接受，所以期盼政府拿出魄力推動台灣第二次土地改革，並且確信如果推動有成，不只人民得到福祉，推動官長的功勳也會長昭史冊。

二

台灣在民國四十年代由陳誠主導第一次土地改革，經由「三七五減租」和「耕者有其田」，瘦了大地主，利了佃農，形成小農經濟，擴大了內需市場，成功地讓台灣進入輕工業起飛階段。

到了民國六十年代，由於工業起飛，務農收入相對低落，於是農村青壯人口開始大量外移，農村剩下老弱婦孺。當時的行政院長蔣經國曾編列鉅額經費推動農業振興方案，可惜未能對症下藥，所以農業仍未見起色。

到了民國七十年代，出任台灣省主席的農學博士李登輝，倡議以「八萬農業大軍」振衰起敝，可惜不旋踵即又高升。接任的邱創煥主席改倡「精緻農業」，最後除了做出幾個樣板外，盡皆成為文學政治的笑譚。

過去十年，農委會有「漂鳥計畫」，有「雁南飛」，有「小地主大佃農」等等一大堆計畫，當權者是想做一番變革，可惜力道太小，對全國七十八萬農戶所涉全盤問題，當然不會產生根本改革的效果。

三

上天賜給我們台灣人民幾十萬公頃亞熱帶良田，我們卻將其中三分之一「休耕」，這是暴殄天物；「休耕」的農地，政府必須每年從國庫撥出近千億經費補貼，這是便宜行事；如果再看看地球上一大堆人鬧饑荒，我們卻荒廢土地不耕種，這是自詒伊戚。

更有一種論調，說假如國外進口比較便宜，那麼何必自己生產？殊不知糧食問題其實是國安問題，那種只看今天不看明天、只看平時不看戰時的態度，更不是「輕率」一詞就可卸責！

四

如何進行台灣第二次土地改革？

淺見以為我們可以分成三個階段：

第一個階段是把國營台糖公司分布台灣各地的五萬公頃大農場劃分為每五公頃一個單位的小農場。政府設置一筆足夠數額的循環基金，讓有志經營農業的青壯同胞可以借貸來購買或租用小農場，可以借貸來購買或租用耕作機械。耕作機械種類不少，所以可以數個小農場分別購置，相互支援。機械耕種之外所需農工人力，可分平常性與季節性兩部分；平常性人力責由各鄉鎮農會招募農工隊支應，季節性人力責由國軍效法三百五十年前鄭家軍「屯田」精神適時支援。農委會並責成省農會做好生產規劃和總量管制，責成縣市農會做好運銷服務。每一個小農場可以使用百分之五的土地建設農舍和農倉。百分之五就是七百五十坪，這是提升務農誘因的一個要點。

待台糖大農場分割完畢後，即進入第二個階段。那就是以同樣模式去整併零碎的民間農田。如果有農民不願出售「祖產」，可以採長期合約出租方式併入重劃工程。

第三個階段是把由於先天或後天因素實在無法併合處理而原有地主又無力耕種的畸零地塊，由各鄉鎮農會輔導進行全面造林，絕不荒廢一分半畝寶貴的土地資產。

五

筆者假如說台灣農政一無是處，並不公道。台灣人天性聰敏勤勞，許多有志氣的農民主要靠著自身努力，成功變革。也有一些農家援引政府扶持，成為樣板。不過，全面解決台灣的「三農問題」需要政府大力投入，則不辯自明。

大家可以閉起眼睛想像，假如有朝一日，台灣的鄉村大地上都是五公頃一單位的小農場，小農場上的農舍寬敞舒適，目之所及沒有一塊休耕之地，農村的老人納入政府安養體系，一車車賞心悅目的土地產出運往城市或經由海港空港運銷海外，每一個新農民都收入豐裕，生活體面，這會是一幅多麼令人驕傲的國泰民安畫面！

六

新政府宣稱要推動五大創新產業，儘管業界質疑多多，筆者認為只要努力，就可能看到成績，所以仍願意鼓掌支持，可是如果忘掉農業這一大塊，筆者期期以為不可。

何以故？

莫說我們的祖先如何篳路藍縷，披荊斬棘，只看當今地球上仍有不少以農業經濟為主的國家，同樣生龍活虎，光耀世界，就可知道我們台灣輕視農地的價值是何等不智！

台灣大地可以生產糧食、蔬菜、瓜果、菌菇、花卉、肉品、乳品，五光十色，物華天寶，不止讓我們可以享用豐富的物質生活，也讓我們可以提升就業率，可以賺取外匯，這是上天賜予台灣人民的奇異恩典；萬請主政當局切莫辜負天意，等閒視之！

報載：行政院下個月要成立「農業專責辦公室」；筆者一則以執政當局似乎有心而喜，一則以又見疊床架屋為憂，所以不揣譾陋，就有話直說了。

2. 環遊世界七十九天

出版時間 民國六十一年四月
出版機構 晨鐘出版社
頁數 二二一頁

目錄——

序一

吳三連

文化是一種社會遺業（Social Heritage），是人類累積的創作，而各民族的文化，尤為其適應環境和改善生活方式所努力的成果。惟文化具有承續、發明、傳播、採借以及涵化或抗拒等作用，自亦有其興衰隆替，舉廢繼絕，以及後來居上的種種現象。我們為要促進社會國家的不斷進步，從長遠處看，不但要光大自己的社會遺業，更須認識他人，以瞭解其社會文化的變遷，才能使我們自己產生適應環境和改善生活方式的勇氣。

自第二次世界大戰結束以來，由於交通工具的日益進步，自由國家的觀光事業異常發達。此於各國間文化的傳播交流，當有莫大貢獻。但是做為一個觀光旅客，如何能藉短暫的旅行，於觀賞其山水名勝市井繁華之餘，更體識到各國社會的風土民俗、文物制度，默察其不同背景的文化淵源以及其立國建國的成就，自然不是一件易事。至於仁者見仁，智者見智，同一時間，同一社會，觀光者儘管如過江之鯽，而各人的觀感則不能不因其智慧、學養，及興趣而有所差殊。惟其如此，對遊記的寫作，讀者既不必強求作者抱其相同的觀點，作者亦正可任憑慧眼而馳騁其心靈。

以前，我曾有兩次環遊歐美的機會：第一次在民國四十九年，第二次在民國五十六年。頗想把旅遊的感想筆之於文，可是返國後都因俗務紛擾未果。以我看來，歐洲的歷史較久，尤其義大利、法國和英國，其名勝古蹟，真是美不勝收，但建國的歷史比諸我國仍相去很遠，不過我們東方文化一向是以人文為中心的，歐洲因早有基督教之勃興，其後經中世紀政教合一的影響，其歷史文化的源流似仍以宗教文化為背景，這可看出東西文化的淵源，確有其顯著的不同。至於美國，建國尚不滿兩百年，其文化淵源固又來自歐洲，但比起歐洲來，則更富有海濶天空的豪邁氣象以及開創者的精神。而我在多年前最感慨者有如下幾點：第一是乘坐噴射客機橫渡太平洋不過十二個小時，橫渡大西洋更是只要短短的七個小時，即達目的地，深感現代科技的進步，已將宇宙空間距離大為縮短。第二是旅遊歐洲時，很多商店以日文標示招攬日人旅客，日商的廣告隨處可見。有幾次歐洲人曾誤認我為日人，用日語打招呼，我當然不能接受，我表明我是中國人，由此可見日本人在國際間所受到的重視，使我深切感到國家必須富強，在國際間才能取得真正平等的地位，但是這不是標語口號所能濟事。第三是經過美國時，美國政府當時已遭遇到黑白糾紛和反越戰的困擾，然而反對者儘管反對，政府既不贊成，便仍照政府原定政策去執行；至於民間的反對活動也從不加以干涉；但無論贊成或反對，都不能越出法律的軌範。這令我想到美國之能後來居上，迅速成為民主世界的領導者，不能不說是其政治制度所培養而來的獨有的成就。其四是我們中華民國立國甚早，更具有悠久的歷史文化，但與歐洲國家相比，我們對於前人所遺留下來的如此豐厚的社會遺業，似過於守舊未能充分發揚光大。我深深覺得這是我們積弱的原因之一，至於我們未能善為選擇吸收外來的科學文化，則是我們積弱的原因之二。

《自立晚報》採訪組主任吳君豐山，去秋應美國國務院邀請訪美，復順道旅行歐洲各國觀光，先後歷七十九天，他曾將每日旅行的經過和觀光的感想，次第寫成七十九篇遊記，先由本報發表，現由晨鐘出版社印成專集，而其書名也便是《環遊世界七十九天》。這固然是遊記，但也可說是一本考察歐美政治文化的報告。吳君嘗畢業於國立政治大學政治系，繼入該校新聞研究所研究兩年，取得碩士學位。因而無論政治、新聞或一般社會文化，自然都是他所關心的事。我們披讀之後，便可知道他所觀光的對象，大多關係於歐美各國建國過程，具有代表性的事物；他所留心的問題，正是歐美社會所創新的現代科學文化以及其政治制度的影響得失。由於吳君好學深思，觀察力敏銳，乃能於極短暫的旅遊中，窺見其社會文化的肯綮。因此我相信斯作不僅可提供旅行者很好的觀光指引；而自辨察歐美社會文化的變遷與進步言，也正可提供國人作如何適應環境和改進自己的參考。爰於該書剞劂前夕，兼述本人多年前旅遊歐美的管見，並綴數語，以為序。

自序

一九七一年夏天，美國國務院邀請我前往美國作一項為期四十五天的訪問旅行，我在八月十六日起程，由台北飛往日本東京，在那裡停留了兩天。然後，由夏威夷進入美國國境。四十五天內足跡幾乎遍及新大陸各地，並且一度跨越加拿大邊界。當官方安排的行程結束後，我稍作逗留，然後從舊金山飛越大西洋，抵達倫敦。其後的一段時間，我在英國、西班牙、法國、瑞士、義大利、泰國、菲律賓諸國及香港作了一番走馬看花式的巡禮，前後共花用了七十九天的時間。這就是本書所記述的事物的背景。

當尤里斯．伯尼於一八七三年出版他那本膾炙人口的《環遊世界八十天》的時候，整個世界和現在是不同的。飛力亞斯．佛樓哥先生和他的僕從沈．巴斯巴杜從倫敦出發時，坐的是隨風飄飛的大氣球，我離開台北時坐的卻是西北公司的波音七四七大型噴射機；他們在美國西部碰到了紅蕃，引起了一場混戰，我看到的卻只有嬉皮怪物，不時抬頭瞪我一眼；他們曾經在印度蠻荒扮演英雄救美，我卻遺憾地終其全程，毫無遭遇。無論如何，《環遊世界七十九天》和《環遊世界八十天》是不能相提並論的。我本來想把它取名為「遊學記」，為求通俗，乃作了更改。我必須承認，我之所以採用這個名字，不能說不是想掠他人之美。

環球旅行時至今日已不是什麼冒險或新奇的行當。數以千計、萬計的民航客機載滿了旅客，在全球各大埠飛來飛去。在國內，富商巨賈、達官貴人都常有這種機會，不過，他們不見得願意留下一份文字紀錄。年輕人有機會走遍全程的，還不很多，所以在台北坊間，這類作品尚不多見。十幾年前，我曾經讀過楊乃藩先生的《環遊見聞》。楊先生文筆流暢，記述頗詳，只有像他一樣的功力，才能寫作這類文章。

我原想將這本書寫得像一部遊記，但是由於懂得的詞藻有限，一開始就碰到困難；假使我把它寫成一份訪問報告，由於牽涉很多專門的東西，不見得能夠符合大多數人的興趣；假使我把它整理得像一段日記，那麼很多專屬於個人的感觸也實在沒有理由要人家分愁分憂。但是，它在某些地方卻像遊記，某些地方像訪問報告，有些地方又與日記沒有兩樣。

簡單地說，它是一本「三不像」。

事實上，寫作這類東西，本來就頗困難。沒去過的人說我寫得太簡單；去過的人說我寫得太草率。喜愛政治的朋友會說我對很多問題避而不談；喜愛冶遊的人會說我不曉得人生的真趣。至於十七、八歲的女學生，我想，一定會說我是一個粗枝大葉、沒有頭腦的東西。有了這麼多顧慮，而最後仍然把它寫了下來，乃是因為我想，至少它可以做為茶餘飯後消遣的談助。

我要在這裡感謝吳三連先生、自立晚報社和我的三位兄長對於這次旅行的資助。我還要感謝美國政府的邀請，沒有這項邀請就根本不會有這項旅行。

此外，我還要虔誠地感謝萬物之神靈，以及他所創造的這個美麗世界，那河山、那花木、那日月、以及所有的一切……。

【選刊之二】第一天飄洋過海

旅行總是一件令人愉快的事。它使我們離開過慣了的單調生活，離開了過分熟習的環境，走向另一個新世界。每天一早，當眼睛睜開，看到的就是一個不同的房間，你將會碰到陌生的朋友，你將會看到新奇的事物，你的腦子裡會增添新的記憶；總之，每天都會是新的一天。

短暫的離別，並不是一件值得傷心的事，被送的人和送行的人都會顯得喜氣洋洋。我揮別了親友，登上了機艙，西北航空公司的七四七大客機已升火待發。當它慢慢地滑進跑道，擺好了架勢，然後往前奔衝，凌空而起，一次愉快的旅行便這樣子開始了。

我穿了一件淡青色的夾克式襯衫，隨身背著一個泛美公司的白色旅行袋。旅行袋裡放了一些證件、一本字典、一個照相機、一架電影攝影機，和幾種治感冒拉肚子的藥丸。此外，還有一只大皮箱，把少得不能再少的衣物和近百件準備要沿路送人的禮物一齊塞在裡面，看起來實在一點兒也不像要去周遊列國的樣子。

可是，我不得不這樣做，我必須盡量把拖累減少至最低限度。事先的估計：在這一次旅行中，上下汽車、上下火車、上下飛機，總共加起來至少有幾百次。為了保持輕鬆愉快，元氣充沛，我絕不能有兩個以上的箱子。軟片的分類，時間的調整，連同症狀的判斷，藥丸的服用都已經事前作了充分的瞭解。

我要航空公司的服務人員幫我劃了一個機窗邊的位子，這是我在這一次旅行中要堅持的幾個要點之一。因為我曾先算過，我在這一次環球旅行中只能在地面上看到這個地球的幾個點，其餘的部分我必須從空中去欣賞。除非雲層阻隔，或是夜空黑暗一片，否則，必能從我所願。

今天真是一個大好的飛行天，七四七客機又寬敞無比，坐在裡面，令人倍覺舒暢。從窗子望出去，遠近的白雲有如一座座覆蓋了白雪的山，群山之下是海洋，可是從飛機上看下去，這時候的海洋卻靜得像一大塊藍色的玻璃片。剛剛三、四十年前，我祖父一輩的人從台灣去日本，必須坐船，輪船離開基隆港後開進這一大片海洋，要過幾天才能到達橫濱。在港口送行的人要一連記掛遠行的親友在海上顛簸好幾天，才能到達彼岸。可是今天的情形卻已完全不一樣，送行的人有的還沒到家，被送的人卻已經遠遠地看到那插入天空中的富士山頭了。

當飛機貼近海面，平穩的降落在羽田機場時，愉快的心情使我彷彿就感覺得好像東京在向我招手一般。

【選刊之二】第七十九天還鄉

地球雖大，到頭來還是自己的國度溫暖；世界雖美，終究是自小長大的故鄉親切。我在把親友託買的「港貨」購買齊全後，便前往啟德機場，搭乘馬星公司班機，踏上最後一段旅程。

「環遊世界」聽起來實在不錯，真正環遊起來，可就不完全是好玩的事了。我這樣子說，並不是想故意沖淡自己的榮耀。讀者諸君中曾經作過相同旅行的人，對我這種說法，必能發出會心微笑；那些不相信這一句話的朋友，我不妨也立此存照，待有那麼一天，你也作過相同的旅行後，便自然就會想起某年某月某日，某人曾經說過這樣的話。

事實上，打開地圖一看，環球百餘國，我不過是到了其中十一；天下五大洲，我不過僅到歐、亞和北美；若指踏過的土地，恐更千萬不得其一，名曰「環繞」則可，說是「環遊」實屬牽強。

但是，屈指一算，在過去的七十九天中，我一共上下了四十幾次飛機，僅坐大小汽車就走了六千公里，住了三十五家旅館，看了幾十個大城小鎮，觀賞了無數的名山大川，泡了五十包生力麵，吃了兩百餘頓要命的各國餐點，認識了大約兩百個各國朋友，送完了近百份禮物，為我的幾個小姪女搜集了大約三百張風景卡片，為親友拍了二十一卷彩色電影，照了一百餘張黑白和彩色相片，為我服務的報社搜集了約三十萬字寫作資料，花費了總共大約四十萬塊錢，用壞了一只皮箱，體重減輕了五磅。……

到了！

淡水河在觀音山下打了幾個轉，然後北流入海；那敦化北路和民權東路正爭著進入松山機場。

【補註】

由於台灣在民國六十八年以前管制國民出國旅遊，因此旅遊文學頗受歡迎，晨鐘出版公司印了好多版，但後來該公司停業。民國七十四年自立晚報再版，七十六年又再版。

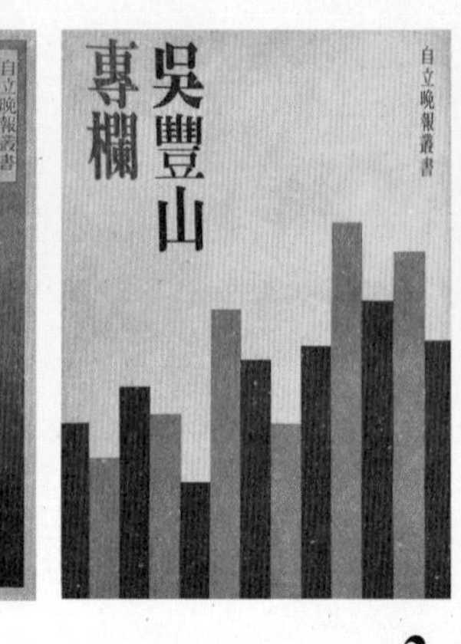

3. 吳豐山專欄 一、二集

初版時間 第一集民國六十六年十月、
第二集民國七十一年二月
出版機構 自立晚報社
頁數 第一集二五六頁、第二集一七八頁

【第一集】目錄

【第二集】目錄

刊行「吳豐山專欄」集序言

吳三連

《自立晚報》為了善盡言論的責任，對一般政治、經濟、社會、文化各方面所呈現的五光十色的新聞素材，希望抽取一些有特殊意義之事物，作較深入的探論，特自六十四年十月起在第二版開闢一個專欄，由吳豐山君執筆。當時豐山君正擔任本報專任撰述，故名為「吳豐山專欄」。後改任總編輯、社長，本欄仍繼續由他撰寫，每週或每兩週撰刊一篇。而衡以當前大有為政府和我復興基地全體人民所一致努力的目標。該專欄的主旨，乃著重於反映一般民情，督促政府尊重民意，弘揚民主和法治之精神。

民主政治是以民意為基礎，以法治為軌跡。所謂民意，它固可訴之於選舉，並藉民選的代議士行之於議會；但亦可藉大眾傳播工具隨時見諸與輿論。所以這兩者在現在民主國家中同為溝通民意之橋樑。做為一個現代報人，如何能反映出當時代的民意，乃其無可推卸的責任。

說到法治，從表層觀察，似為政府機構或司法機關的事；但究其實際，則人民亦有其同等的責任。法治不僅要國人共同維護，要大眾傳播工具善為宣揚；且西方學者常說；權力易傾向於濫用，權力易傾向於腐化。若無議會和輿論作有力的監督，亦難達成完美的法治境界。

任何專欄作者於評述某一事象之時，雖然不能完全避免訴之於主觀的判斷，但是一個高明的作者，他必然要仔細觀察某些事象之本質，及其所以演變的種種因果關聯。如其提出某些建議或主張，亦必衡察一般民眾的意見。所以一篇有意義的專欄文章，必須憑藉作者多方面的採訪，明敏的觀察力，豐富的學識，和慎思明辨的思考力，兼以從事新聞寫作的簡練而生動的筆法，融合凝結而成。必能如此，才能引起讀者的共鳴和社會的重視。

豐山君自六十四年十月至六十六年八月共撰寫專欄文章五十七篇，曾由《自立晚報》集為一冊出版，自六十六年九月至七十一年二月又有數十篇，續由《自立晚報》集為一冊出版，豐山君多能致力於反映民間意見。是故該專欄經常接到許多讀者來函，或提供資料，或建議意見，或殷殷策勉。如該欄間隔日期稍久，更有不少讀者紛以電話書函催促。又該欄所提出的許多建議，亦有不少為政府主管單位直接採納為施政方針的。因此該欄雖闢刊未久，實已成為反映大眾心聲的良好園地。至於少數讀者認為該欄持論雖本民意而措詞每有不盡欲言之處，那是觀察到此時此地國家處境艱難，應該是可以諒解的。

【選刊之一】這件事情政府對不起老百姓

糧食平準基金的運用方法，五年間一變再變，使得農民受了很大的損失。仔細把前因後果加以檢討，我發覺，這件事情政府大大地對不起老百姓。

一

民國六十二年年底，由於稻作面積縮小，稻米產量驟減，米價為之大漲，引起了社會恐慌。政府對實際情況加以檢討後，發覺稻作面積之所以縮小，主要係因農民認為種稻無利可圖所致。於是，從六十三年起，政府設置了糧食平準基金，以此基金實施保證價格無限制收購。六十四年也照這個辦法辦理。

六十三、六十四和六十五這三年，台灣風調雨順，稻米大豐收。六十五年政府乃以「力有未逮」為由，方針一轉，由無限制收購，改為只「收購餘糧」。到了六十六年，方針又變，改為「計畫收購」。「收購餘糧」的六十五年，政府每分地約只收購六百台斤，「計畫收購」政策下，每分地收購量更剩下了微不足道的一百六十台斤。所謂收購，至此似有實無，朝令夕改的結果，對稻農的利益產生了莫大的損害。

二

民國六十五年，政府糧食平準基金運用方法之所以改變，最主要的原因是倉容不足。由於倉容不足，政府不能再無限制收購，立即的影響是市價狂跌。原來每台斤蓬萊米保證價格為六元九角，在來米保證價格為六元三角，但市價蓬萊米僅及五元，在來米僅及四元五角。六十六年的情況更加暗淡，蓬萊米跌至四元六角，在來米跌至三元八角。也就是說四斤在來米還換不到一包長壽香煙。所謂「穀賤傷農」，這就是活生生的事例。

說來好笑，收購稻米需要倉庫，這是最起碼的常識。一噸稻米需要佔用多大的倉容設備，也是一算便可知道的事情。台灣的稻田面積最大可能有多少，平準基金的運用對稻作可能發生何種程度的影響，這些問題也都是在政策制定過程中就應該搞得一清二楚的事情，但為政諸公不察，到頭來弄得朝三暮四，出爾反爾，主其事者之無能何至於此！

三

更糟糕的事還在後頭。稻米「生產過剩」，主要出路不外乎外銷。但是主其事者，有很長一段時間，一直遲疑不決。稻米已經堆得滿坑滿谷，卻仍然恐懼以後生產不足，並且不顧稻米品質因存儲過久勢必變質的事實，只以外銷價格不高而任令這些農民的血汗閒置一旁。第一批稻米出口已經是一延再延，到六十六年才運出高雄港。那個時候，平準基金積壓已高達一百五十幾億，倉容的問題已經更嚴重，部分稻米的品質已經損壞，不得不忍痛當作飼料處理，而農民更是心灰意冷，不再有種稻的興趣了。

四

政府是為老百姓謀福利而設立的。糧食平準基金的用意至佳，可見我們的政府不斷在設想為老百姓謀福利。但是，一項好的構想，還要有周詳完整的計畫相配合；計畫做得不好，以致於達不到理想的目標，政府仍然算未盡到為老百姓謀福利的責任；假使由於計畫不周，以致於老百姓因而受了損失，那麼就應該算是政府對不起老百姓了。

最近一段時間，各級議會對此問題，頗多抨擊。我查閱各方資料，發覺政府已瞭解糧食問題的嚴重性，而且信誓旦旦，要立即設法。昨天，行政院還通過了一項糧商餘糧外銷辦法（以前稻米外銷只能政府辦理），雖嫌慢了一點，但假使能從此迅速逐步謀求解決，總還算是好事一件。

【選刊之二】剷除那些手拿扁鑽的奸細

每一個國家，都有一些貪官和刁民；只是，貪官和刁民的數目如果太多了，這個國家的政治一定難於清明。

一

刁民者，刁頑、陰險、狡詐的老百姓之謂也。

通常，老百姓都是善良的，尤其是我國的老百姓，長久以來，他們只曉得默默地耕耘，默默地收穫；他們做該做的工作，吃該吃的飯，繳該繳的稅，萬一被人欺負了，也只是找人評評理，討個公道，絕不至於想到要搞個什麼名堂，把事情弄成稀爛。

可是，最近越來越不一樣了，不知道是什麼情勢使然，刁民越來越多了。

我們每天打開報紙一看，這邊一篇陳情書，那邊一篇道歉啟事。一大堆陳情書中，總有那麼一兩篇，一看就曉得做賊喊抓賊，洋洋灑灑的萬言書，賊理自成章節，後面從嚴公、蔣公開始，列了一長串官名，自以為如此便可反黑為白，得其所哉！

那道歉書更是洋洋大觀，難於罄述。有的人冒名行騙，有的人仿製人家的產品，有的人做惡意宣傳；一旦行藏敗露，央人求情，道歉了事；而他，錢也賺了，壞話也說了，可以騙的也騙了。

這些刁民，利用人情的弱點，鑽法律的漏洞，為非作歹，陷害善良，他們一搞出個名堂，社會一角便為之烏煙瘴氣，久久難消。

二

與刁民同樣可惡的便是那些拿紅包、收回扣，或者盜取公款的貪官。每一個時代都有貪官，即使在唐代貞觀之治時代，貪官污吏也沒有斷過。

一個公務員想貪污的話，絕不會找不到機會。過去還沒有用機器取代人力的時候，哪怕只負責發張戶籍謄本的「小官」，只要他想貪污，照樣可以用拖延你兩天的辦法，向你要個十塊錢。申請一張戶籍謄本都如此了，就更不必談到那些負責檢驗、負責核准、負責採購、負責升遷或負責撥款而又心術不正的大員小員了。

要公務人員負責辦事就不能不給予公務人員權力，而，有權就易於弄權。想錢的人，假使要弄權以求錢，坦白說，除了事後發覺懲罰以外，是很難事前防止的。尤其是，當貪官與刁民碰在一道，狼狽為奸，有時候連法律都莫奈何！

三

刁民與貪官之外，還有一種既非刁民也非貪官的新角色，他們對社會國家的危害，越來越嚴重。這就是民主政治發展以後所出現的民意代表中的敗類。

沒有民意代表就沒有民主政治，因此民意代表是十分重要的，大多數的民意代表也都是好的，不過千百人中間也難免冒出一兩個「壞」的；他們壞起來，比刁民還要刁，比貪官還要貪，對社會國家的危害也比貪官和刁民更嚴重。

壞的民意代表之所以能夠壞到如此嚴重的程度，乃是因為他們非官非民，亦官亦民。他們有質詢權，可以參預政事，交結公卿，稱兄道弟；他們有審查預算權，可以刪增經費，掌握公帑；他們還時常聽取施政報告，可以預聞部分機密，了然機先；此其中，交換、爭取、壟斷、「推介」，上下其手，翻雲覆雨，只要他願做敢做機會就多了。

做個民意代表，要影響實際政治，難之又難；可是，要謀取個人利益，那就太容易了。

四

令人感嘆的是，中華民國今天的處境，實在容不得有太多的刁民和貪官，也容不得太多自私自利的民意代表，卻偏偏這種人並不只少數一兩個。

台灣乃彈丸之地，國際環境復又十分險惡，是以當局常以怒海孤舟惕勉國人。這些刁民、貪官和自私自利的民意代表，正好比一個個手拿扁鑽的奸細，他們的行徑，足以使得這條船變成破船。因此，我們要毫不留情地一一把他們剷除，丟到海裡去。

讀這篇文章的朋友，請不要誤以為我無的放矢，也不要誤以為我無病呻吟。我是在最近看了一個部長的一份「說明書」和一位立委的「經濟質詢書」以後，感時憂國，寫下的一篇文字。

【選刊之三】奉勸極端分子不要在錯誤的道路上走得太遠

《大華晚報》昨（二十五）日社論以「無黨無派、無派有幫」為題，對「黨外人士」大加抨擊。二千字社論稿中，思想偏激，語多侮蔑。同為報人，眼見在國家當前這種困難的處境下，一幫極端分子，竟然在足以造成分裂的錯誤道路上，越走越遠，痛心至極。

一

這篇社論以該報記者報導參加國建會的學人吳建國博士認為「黨外人士」之稱呼不妥為引言，對「黨外人士」極盡其醜化之能事。指「黨外人士」一詞，「本是那些言論偏激、自稱『無黨無派』的人所鑄造的。」其目的在於「形成語意學上的陷阱」、「竊取群眾的感情」，以達到當選的目的。一旦當選了，便「露出小政客的本來面目」、「其實所謂『無黨無派』都是欺人之談」，是「毒辣的手段」，是當年「共黨施之於大陸」的伎倆。

文末指出，「既弄清那些稱『無黨無派』的『黨外人士』的真面目」，亟需「迅速正名」

建議今後「尊稱他們為『幫派人士』，以免一般民眾再繼續的被他們所欺騙。」

二

說來好笑，「黨外人士」四字到底是誰創造的，恐怕搞都搞不清楚，這篇社論竟然一口咬定是「黨外人士」自己製造的。坦白說，「黨外人士」四字並不盡妥當，一部分「黨外人士」言行偏激，社會也有公評，但比起早幾年的「分歧分子」之爭論，實已大有進步。稱「黨外人士」為「黨外人士」固然不盡妥當，若稱「社會人士」，照這篇社論執筆人的標準，恐怕也好不到哪裡去。假使照這位執筆先生的說法，「尊稱」為「幫派人士」，冷靜地想想，豈不更節外生枝，逼友為敵？

今天台灣最需要的是團結，據筆者所知，今天的國家元首蔣總統經國先生，對無黨籍立法委員康寧祥先生便禮待有加，倍極關愛。揣測其想法，無非是有志一同，公忠體國；《大華晚報》的這位撰稿先生何竟不知行情，指名道姓，敵視排擠，在團結第一、國家第一的今天，劃分壁壘，對同是反共的國人，醜化侮蔑到這種田地？

姑不論古人「君子不黨」的說法，也不說什麼「Freecandidate」，僅就今天台灣的實際情況而言，「黨外人士」一詞即使不妥，為團結故，也不可如這位主筆老爺這樣，「一竿子打盡一船人」。政治是眾人之事，而人各有志。某一黨派即使功在國家，愛國卻不只是一部分人的專利。政治的理想甚為廣泛，只要一樣為國，大同之中應該包容小異；視小異為叛逆，只因有筆在手，有報可用，便順我者生，逆我者死，豈不徒使治絲益棼。此與真正愛國，實已相差十萬八千里！

最令人感到難過的是，這位主筆先生竟然大談政黨政治的大道理，認為政治既是團體行為，從事政治活動者應各有其政黨，無黨而能當選者必為「來路不明」，各有「幕後」。

執筆人無視今天台灣戒嚴的事實，強人所難，睜著眼睛說瞎話，寫社論而不知道梁起超先

進諫之道，使人君畏吾言不若使人君信吾之言，使人君信吾之言不若使人君樂吾之言。戒之以禍者所以使人君之畏也，喻之以理者所以使人君之信也，結之以心者所以使人君之樂也。

——臧僖伯諫觀魚之首段

吾嘗論之，人君之游宴，畏人之言而止者是特不敢為而未知其不當為也，信人之言而止者知其不當為而未知其不足為也，惟釋然心悟，然後知其不足為，雖勸之而亦不肯為矣，況諫之者乎。

——同文之末段

呂祖謙編撰東萊博議全書共八十六篇，論者謂學子若能涵濡探討，則思想因而開拓，說力因而展闊，有朝一日下筆為文自然得心應手宏肆磅礡

吳豐山

讀書以為學，纘言以為文，非以誇多而鬥靡也，蓋學所以為道，文所以為理耳。苟行事得其宜，出言適其要，雖不吾面，吾將信其富於文學也。

——韓愈送陳秀才彤序卷二〇

本之書以求其質，本之詩以求其恆，本之禮以求其宜，本之春秋以求其斷，本之易以求其動，此吾所以取道之原也。參之穀梁氏以厲其氣，參之孟荀以暢其支，參之莊老以肆其端，參之國語以博其趣，參之離騷以致其幽，參之太史以著其潔，此吾所以旁推交通而以為之文也。

——唐柳先生集卷三四

韓愈力倡文以載道，柳宗元啟迪文以明道，呂祖謙據以編輯東萊博議，三位大賢足為後世志於評論者之師也。

吳豐山

生「公、要、周、適」四原則，連「中國新聞記者信條」第五條「評論時事，公正第一」都不遵守，夫復何言？

三

我之所以為文對這篇莫名其妙的「社論」，稍加糾正，並非完全因為我在以「無黨無派、獨立經營」為號召的報社服務，以其言論，傷及友報。而是主要鑑於今天國內極右和極左兩種不良傾向，不幸有逐漸加強的趨勢。假使任令這種戾氣日趨張狂，絕非國家之福。

報紙是社會公器，社論尤負有公正解析時事以引導國民之重責大任。像是這位執筆人，無視時代脈搏的跳動，即使能見容於以溫柔敦厚著稱的《大華晚報》發行人耿修業先生，日久，也必被時代的潮流所淹沒。

【補註】

民國六十四年，本人請辭《自立晚報》採訪主任一職，改任撰述委員，自請撰寫「吳豐山專欄」，每週一篇，刊載《自立晚報》第二版頭題前。

本人針對一般政治、經濟、社會、文化層面提出評論。兩年後獲得「曾虛白新聞事業公共服務獎」。

民國六十六年社方彙整五十七篇文字出版專欄第一集。民國七十一年二月彙整四十六篇文字出版專欄第二集。

民國六十六年受命為總編輯，民國七十年改任社長，民國八十一年改任發行人，但「吳豐山專欄」從未因本人崗位不同而中斷。也就是說，本專欄的總篇數數倍於一、二集所彙整的數目。

本人從諸多文章中選刊三篇，一是要讓大家知道，當年評論時政必須極盡委婉之能事，二是要讓時下青年曉得當年評論時政除了警戒官方干擾，還要分心應付出自民間的污蔑。

蔣經國主掌國政前後長達十七年，本人評論時政主要在此時段。據曾任行政院長的李煥先生回憶錄，民國六十四年五月二十三日蔣經國召見他時，告訴他「吳豐山評論時事很公正」。另據曾任行政院長的郝柏村先生回憶錄，民國七十六年五月十六日蔣經國召見他時，卻以本人為一個原住民被槍斃含冤，說「吳豐山挑撥山胞對政府的向心力」。

可見當年評論時政，「紅衣服穿一半」（按：古時候死囚穿血色囚衣）。也因此，本人晚年回想，很慶幸自己得到上天格外的庇佑。

4.台灣一九九九

出版時間 民國八十年九月
出版機構 自立晚報社
頁數 一七一頁

目錄——

【選刊之二】壹　新國土

總統到高雄主持地下鐵首期網線通車儀式，然後轉往梨山總統別墅度週末，預定禮拜一早上回到台北。

說度週末，其實是以例常性行程，隱瞞外界耳目。菲律賓內政部長三天前秘密來訪，與我國內政、外交兩部長會談後，轉往梨山和總統見面。

價購菲律賓呂宋島北邊三分之一土地的交易，經過一年多的不斷磋商，已經談得差不多了。除了菲國保留地下礦權半數利益外，購地總價款一千三百億美元，其中，三百億美元在簽約時付款，另外一千億分二十年平均攤付。菲律賓當局拿了頭期款，外債還掉一半。其後每年五十億美元，假使妥善運用的話，對經濟建設必有大助。

可是，原居民遷移問題卻苦惱著菲國政府。大約有七百個大小部落，照雙方初期會商，必須由菲律賓政府負責在交地後一年內遷走，現在菲國希望我們額外「贊助」全部搬遷費。

總統非常不高興，要外交部長張大有好好交涉。總統認為，假使答應了這項「贊助」，菲律賓食髓知味，以後可能會予取予求，事情豈不就永遠沒完沒了。

總統不高興的真正原因，其實不在多支付二十二億遷村費。總統希望最遲下個月初，購買北呂宋的成果能夠公開宣布，這樣的話，就可在下下個月正式宣布競選連任的時候，造成更好的聲勢。

黃公權留在台北總統府。做為總統秘書，難得一次不必隨行。禮拜五總統去高雄前臨時交代他留守，希望他利用總統南下這幾天，和黃恆昌教授，把下禮拜一要向全國旅遊界發表的一篇演講稿逐字敲定。

打從三年前競選時，總統便非常重視他的形象塑造。他希望經由各種不同的途徑，讓全國人民相信，他是一個足以把台灣成功帶向二十一世紀的大政治家。

正因此，他的演講稿變成他最重視的一環。總統希望，他的每一篇演講稿都能充分表達他福民利國的理念，尤其希望以他的熱情鼓舞青年和壯年這兩個世代的國民，做為他的權位和國家建設的堅強後盾。

黃公權和黃恆昌教授對總統的這個想法，充分理解，通常是黃恆昌教授起稿，然後二人一起潤飾，總統最後會更動一些字眼，但基本上總統總是非常滿意。

黃恆昌和總統交誼莫逆，他最喜歡說的一個笑話是，總統和他一起讀中學的時候就常說「將來要競選蔣總統」。有一次還被教官叫去訓話。那個當年立志做總統的人後來果然做了總統，黃恆昌一直支持他，就是不願放棄教書改服公職。

一九九五年總統在競選時開出支票，說要把台灣建設成一個完全現代化的國家。他的政見很具體，包括要把恆春建設成為西太平洋的夏威夷。當選後，他劍及履及，用區段徵收的辦法，把恆春海邊的八百頃土地以市價收歸國有，然後以每兩千坪一塊台幣的象徵性價錢出售給內外資觀光飯店做為建地。當時反對黨大力圍攻，說總統圖利財團，可是總統估量老百姓支持他。很快地，只兩年工夫，恆春小鎮改頭換面成了熱鬧無比的恆春觀光市，國際機場也建好了，海內外遊客雲集，反對黨知道民心向背，反對的聲浪才完全停止。

下個禮拜一的演講，目的是要旅遊業拿恆春市的成功經驗，大力投入觀光建設，與政府合力把台灣每一個有大觀光價值的地方都開發起來。總統相信老百姓——特別是青年男女，對台灣的急速現代化有大狂熱，只要保持青年選民的認同，他的連任之路便見坦順。

黃恆昌和黃公權兩人，一直有個爭論，黃公權認為貴為一個元首，宜乎中規中矩。黃恆昌卻認為，在某些場合，對某些對象，總統應該適度發揮熱情，用熱情感染群眾，贏得支

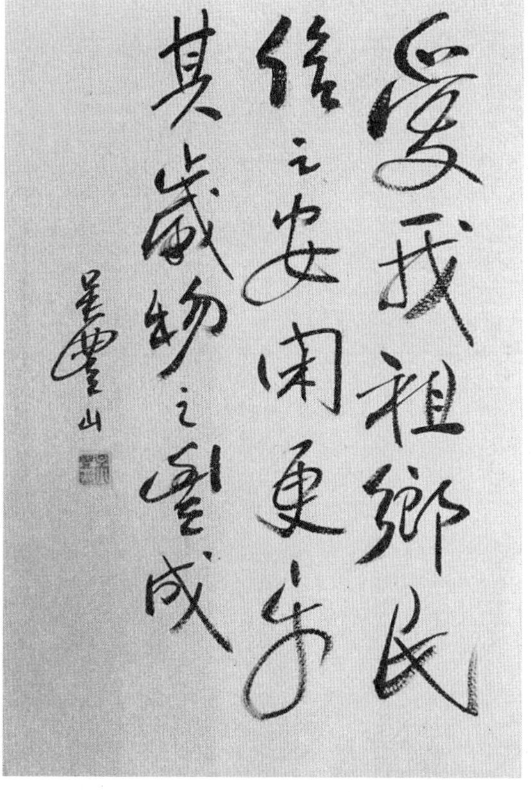

持；他認為總統不妨穿短褲頭在海邊漫步，不妨用年輕人的語言，描繪明日美景。

總統今年五十四歲，黃恆昌認為中年以上的人已經不會排斥他了，但對青年男女的掌握必須多花一點功夫，才不會被急速前進的潮流判為落伍。

總統認同黃恆昌的看法。禮拜五高雄地下鐵通車儀式後，在前往小港機場途中，總統下車去同在路邊小公園裡跳舞的青年工人跳了幾支正流行的快節奏舞，隔天每家報紙就登了比地下鐵剪綵更大的照片。

因此黃恆昌把原本已經用了許多挑逗性字眼的最後一段再拉長一倍，甚至於還用了「本人希望在歷史邁向二十一世紀的第一年，全國同胞每個人都因為我們國家偉大的進步，一夜之間年輕十歲」這種高度誇張的句子。

要把費南度部長用直昇機送到梨山而不讓大批新聞記者知道，並不容易。總統侍衛長想出來的辦法是，總統夫人不去高雄，留在台北和費南度部長一起搭機，總統夫人下機後，再過約莫半小時，費南度才走在飛行員中間進入別墅。

儘管總統不高興菲國節外生枝，但費南度清清楚楚地知道台灣需要新國土，總統需要大突破，因此肆意堅持。

二十二億元減了二億尾數，遷村時間由一年改為十個月，「贊助」改為「捐贈」。禮拜一早晨，費南度早總統一個小時從梨山走高雄返菲，然後，總統帶著第一夫人，小狗「大頭」和愉快的心情返回總統府。

可是，黃公權曉得，未來這一個禮拜，總統不會太愉快。

禮拜二，總統約晤反對黨領袖——難纏的陳俊廷主席以及國會少數黨頭目王大宜議員，總統要親自向他們說明價購新國土的政策和內容。

陳俊廷一九九四年當過勞工部部長，一九九五年在政黨崩裂重組時投效反對黨當副主席，那年年底，反對黨主席競選總統失敗後，他被扶正，今年的總統大選，他勢必出馬。總統私底下稱呼為「那小子」的王大宜，更是難以對付。可是陳俊廷和王大宜加在一起的時候，總統辦法就有了；他們貌合神離，總統私人的管道報上來的消息說，王大宜希望陳俊廷明年敗選，那麼四年後反對黨的總統候選人就非王大宜莫屬了。

「這麼重大的問題，事前不商量，現在談好了才告訴我，叫我如何反映？一千三百億是天文數字，菲律賓是番邦，三百億頭期款付了之後如何保證能夠把土地拿過來？北京一定會搗蛋，連華盛頓都不可能樂觀其成。接交不順利的話，我們能出兵嗎？就算土地買過來了，老百姓願意移民？」反對黨主席果然反對。

總統認為自己已經把用意說得十分清楚了，外交部長很快就要出發前往北京，副總統負責去華盛頓。購買北呂宋雖然使國土驟增一倍，但影響不了西太平洋均勢，北京和華盛頓即使不高興，也不會有太大反對動作。

他目光炯炯的注視著陳主席，心裡想：你不過是為反對而反對罷了，可是你敢公然與民心背道而馳？

然後他把目光轉移到王大宜身上。

這個從台北市南區選出的國會議員，短小精悍，說話前習慣乾笑兩聲，跟總統講話的時候也沒有兩樣。

「陳主席說得很對，不過看來好像我們反對也沒有用。假定總統的決定不考慮更改，我倒想建議，由我們反對黨找十名議員，配合執政黨十名議員聯合提出擴張國土建議案，然後總統才宣布購買北呂宋的事。」

好像忽然覺得自己的算盤打得太狡猾似的，王大宜補充說道：「只有讓馬尼拉、北京和華盛頓都認為我們內部在購買新國土上意見一致，事情才能順利進行。」

反對黨主席的反對者果然贊成。

黃公權坐在一邊，聆聽這段歷史性的對話。他追隨總統已經二十年，從總統一九七九年投入政治開始，直到今天都沒有離開半步。他知道總統有過人之長，尤其對人情世故的判斷。價購北呂宋固然一方面是為了擴大台灣的發展空間，一方面也是為了贏得連選連任；反對黨可以不反對，出乎他意料之外。

國會的建議案當場敲定下禮拜提出，總統兩個禮拜後宣布。

這又是一篇具有劃時代意義的演講稿，黃公權和黃恆昌又要忙好幾個晚上了。

只是黃公權一時實在想不出，明明是總統一手主導的大事，如何把它說成是總統從善如流？而且從國會提案到總統宣布只一個禮拜的間隔，要如何處理得在政治誠實度上天衣無縫？

讓黃恆昌去傷腦筋吧！這種填補漏洞的事不知道已經幹了多少次了，黃恆昌每次都有足夠的智慧辦到，沒有理由認為這一次他會慌了手腳。

他打了一個電話到花蓮給正岩法師的秘書，最後一次比對了明天正岩法師和總統見面的細節，然後拖著疲憊的身子回到在汐止的住家。

【選刊之二】拾參　淚珠

一九九九年六月十八日。端午節。

淡水河。

下午三點。

河面上，早已鑼鼓喧天。

全國各縣市的龍舟隊伍今天舉行一年一度的龍舟大競賽。

龍舟大賽之後，緊跟著一個劃時代的壯舉——十艘名為「台灣友愛」的三桅大機帆船，將載著三百名親善大使，啟程遠航，環繞世界一周，遍訪報名參加「二〇〇〇年台灣萬國博覽會」的世界各國，傳達兩千兩百萬國人誠摯的邀請。

從一九九二年開動清理工作的淡水河，到去年大功告成。消滅污染花了一千三百多億，疏濬河床花了將近兩百億。清理完成後沒幾個月，河面上出現了近千艘大小私人遊船，分別使用東西兩岸的遊船碼頭，每到週末或是星期假日，河面上帆影點點。吳尊賢基金會捐建的五十層樓高大噴泉，在河面上一柱擎天。靠三重、新莊的那岸，新建了整長條海鮮餐廳和觀光飯店；不管白天或夜晚，不論從空中或地面看，那是一幅風調雨順、國泰民安的太平盛世景象。

一陣急促的小鼓聲響起，總統駕到。元首頌高奏聲中，總統在夫人陪同下，步向觀禮台正中央前方落坐。中央文武百官、國會議員、各縣市長、各國駐台使節、各行業領袖，冠蓋雲集，早已坐滿了整個觀禮台。觀禮台左右兩邊，兩面超大號國旗，拔高三十公尺，迎風招展。

去年的冠軍隊──台北市隊，首先衝出碼頭，以飛快的速度，在觀禮台前方繞了一個圓圈，把冠軍盃送還主持台，然後便開始了你死我活的新年度冠軍爭奪賽。

微風從淡水河上游那邊緩緩的吹來，成群結隊的鴿子在河面上忽高忽低飛來飛去，北一女百人大樂隊樂聲昂揚，各縣市高手齊一的吆喝聲此起彼落，兩岸民眾時而歡呼、時而鼓掌、時而嘆息。觀禮台這邊笑聲童稚，偶爾女士們一陣尖叫，壓過了樂聲和鼓聲；歡樂塞滿了夏日的午后。

五點剛過，台北市隊趾高氣揚地要回了兩個小時前他們交出的冠軍盃！

十艘四十公尺長的三桅大機帆船依序頭尾相連，從上游開了過來，很快地在觀禮台正前方串成一線。三百名水手穿著雪白的制服，整齊地排列在十個甲板上，十八響禮炮過後，總統跨前一步，對著麥克風，逐字逐句：

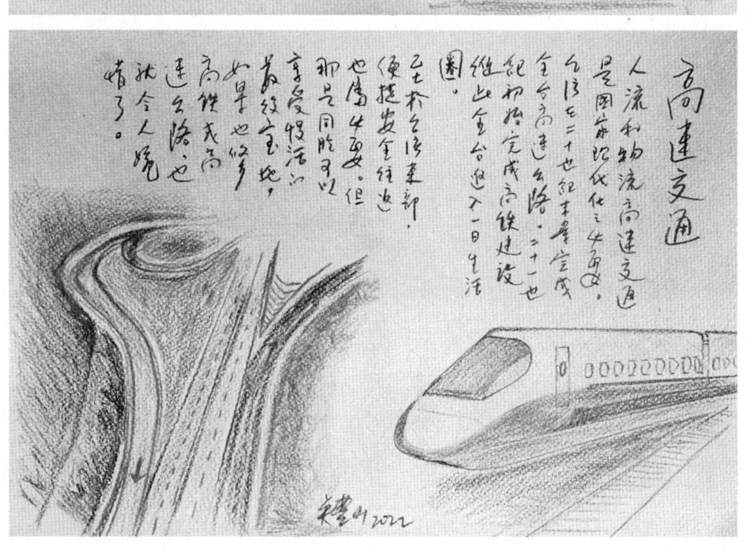

「本人宣布，『台灣友愛』船隊今天啟航，帶著台灣兩千兩百萬人民誠摯的邀請，歡迎世界各國，前來西太平洋的美麗之島，參加二〇〇〇年台灣萬國博覽會，並且攜手，以充滿無比堅定的信心，共同邁向二十一世紀。」

三百名各大專院校女學生穿著白衣紅裙，代表全國同胞，揮動齊一的手，祝福遠航的親善大使。除了樂隊一遍又一遍地奏著「愛拼才會贏」外，兩岸無聲。

船隊緩緩移動，住淡水河口方向開去。他們將在那裡和一艘五千噸海軍補給船會合，首途上海，轉釜山、橫濱，橫渡太平洋。過巴拿馬運河後，兵分兩路，遊訪北美和南美，航經大西洋，會合英倫。遍訪歐洲各國後，一支向非洲、澳洲、紐西蘭，一路走蘇伊士運河，過阿拉伯海，穿越印度洋，一年後一起從香港回國。

總統和大家緩緩的揮手，目送美麗的船隊在碧波上漸行漸遠。

沒有人注意到，總統眼鏡片下有淚珠奪眶欲出。

【補註】

民國八十年六月，本人應邀赴美參加兩場相關台灣前途的研討會。兩個集會前後間隔三個禮拜。本人利用無聊的晚餐後時間寫了這本「不是小說，而是對台灣前程的憧憬，也是一種深沉的期盼」的作品，我期盼什麼？憧憬什麼？

我談台灣向財政困窘的菲律賓買了北呂宋、總統民選、司法改革、廣建國宅、清理環境污染、兩岸和解……

我是在三十三年前的一九九〇憧憬二十四年前的一九九九。

除了總統民選、清理環境污染外，其他都變成筆者的痴狂。

一九九〇年本人四十六歲，所以天馬行空，想像飛馳；現在回想，還是覺得天馬行空無罪，想像飛馳有理！

本書全文先在《自立早報》連載。

一九九一年八月一日《自立早報》總編輯李永得邀集張忠棟（台大歷史系教授）、黃主文（立法委員）、陳永興（醫師）、李昂（小說家）、杭之（文化評論家）、向陽（詩人）舉辦了一場座談會。與會人士咸認作者是一個「無可救藥的樂觀主義者」。

座談會紀錄全文二萬字，先在《自立早報》副刊刊出，並做為本書附錄。

5.台灣跨世紀建設論

出版時間 民國八十五年十一月

出版機構 玉山社

頁數 一六七頁

目錄——

序 憂喜參半看台灣

一九九六年三月二十三日，台灣產生了首屆民選總統，標示出台灣至少在外觀上終於遠離了專制的時代，這是無限可喜的大事，是一個歷史新階段的開始。

可是，選舉本來只是民主的形式，選舉並不等同於民主。除了選舉之外，充分民主尚有許多規範，台灣還嚴重缺乏這些必要的規範，以致於政黨惡鬥、主要傳播管道被財團和政黨掌控、黑金伴隨著選舉而滋生，肆意腐化政治，並且有愈演愈烈之勢。

專制政治之所以令人討厭，在於專制常常背離民意，更在於專制最易走向腐敗。民主政治的制度設計，是希望政治人物向手握選票的廣大人民低頭，並且透過制衡原理，防止腐敗。可是，我們的政治人物即使在競選的時候向選票低頭，開票之後卻大多馬上騎到人民頭上。專制時代，專制官僚有一套貪污腐敗的辦法，民主時代，分處府會的政治人物假使要勾結腐敗的話，辦法更多，途徑更廣，數目更大；我們今天在台灣看到的，正是這種令人憂心的情況。

小小一個河邊抽水站，不肖官商聯手就可以從國庫偷走幾億元。大型公共建設，預算一追加就是幾十億，而且一加再加。根本沒有能力建垃圾焚化爐的公司卻能一包好幾個，焚化爐連個影子都還看不到，公帑卻已被污掉幾十億元。一九九六年八月上旬的賀伯颱風吹出了公共工程的百孔千瘡，這些公共工程當年在建設的時候，各級政府原都信誓旦旦……。

就好像在台灣政治的民主外表下包藏著腐敗的內裡一樣，台灣社會在一片欣欣向榮的外表下，也是存在著諸般令人憂心忡忡的內涵。數目字不會騙人，台灣城鄉到處聳立的漂亮樓宇以及人民在飲食交通衣飾各方面的展現，在在印證我們的年平均國民所得還有低估的部分。可是，社會道德隨著物質生活的豐裕，卻已敗壞到令人驚心的地步。政府不提倡道德，政治人物的作為，人民更是清楚看在眼裡，所謂「上行下效」，朝野大家有志一同，一切向錢看；官既可僚，民何以不能刁？在刁民的心裡，法律不具太大意義；於是善良人民的自由被妨礙、尊嚴被羞辱、生命被危害、財產被侵奪，由南到北，燒殺擄掠，一日數十起，連立委也被押走關到狗籠裡，令人怵目驚心！

政治民主與經濟繁榮一直是人類追求的理想目標，自由與麵包兼而有之，其樂何如！台灣政治全面民選了，經濟建設更是早已被稱譽為「台灣奇蹟」，再苛刻的評論者都不能低估台灣物質建設的成就。可是，我們早期有意無意間的公害放任，使得大家今天必須面對公害放任的必然惡果。污水不能有效管制，幾十年下來淹死了幾乎所有的台灣河川。政府處理不好垃圾問題和交通問題，使得全島到處一片髒亂。今天我們豐衣足食，豐衣足食之外，生存環境卻不堪聞問。如果再加上色情氾濫和奸歹橫行，吾人誠不知在這種怪異環境下生長的後代子孫會變成怎麼一個樣子？

筆者深知，一般社會男女平日忙碌於衣食住行，這是大社會常態，領導社會的知識分子和各方領袖絕非不關心國家的長遠發展，他們不但關心，而且也都知道問題的內涵，甚至於大都相信只要群策群力，那麼做為國家建設根本基礎的政府結構與政府效率，都能找到解決辦法，連錯綜複雜的兩岸關係與國家定位，也都能謀得化解方案。

可是現實的情況卻是爭論盈庭，毛病依舊；台灣前途不禁令人一則以喜，一則以憂！

台灣走到今天，正是到達了可好可壞的十字路口。民間充沛的活力加上數十年來累積的經建成果，是台灣邁向真正成功的大本錢；反之，如果任令黑金猖獗、政黨惡鬥、社會道德淪喪以及公權力說而不行、萎靡不振，那麼台灣逐步被推落萬劫不復的深淵，揆之人類歷史車鑑，也不算稀奇！

再過一千多天，人類就要跨入二十一世紀，二十一世紀是一個人類理當擁有更大幸福的世紀。世界一流趨勢專家在過去這幾年紛紛描述新世紀的理想；人們將厭惡永無止境的爭奪和浪費，厭惡主宰了人類數百年的浮誇思想和功利觀，代之以對健康和諧的追求，代之以人類個別才能的創造和發揚。

健康、和諧、創造、發揚這些事體，就政府之功能而言，便是更好的福利政策，更好的文化建設，更好的生存環境，以及做好這些施政推動基礎的非戰與和平。

一九九六年九月某日，筆者從台北中山南路國家圖書館辦完事情要離去的時候，站在該館長廊佇立良久，該館內正在舉行第五次全國科技會議，從長廊面向外邊，看到的是宏偉的國家戲劇院和國家音樂廳聳立中正紀念堂的左右兩邊。象徵我國醫療水準的台大醫院在左邊視界內。從台大醫院越過仁愛路，國民黨中央黨部的巍峨新大樓已建到十幾層，中山南路上則是車水馬龍，目之所及一片發達景象，宛然國民黨政權來日方長。可是就在那前後幾天，社會混亂情況騰載報章；官方說八百多個縣級民代有三百個是黑道，某個省議員竟然在銀行大樓內纏著該銀行總經理談判達十數小時之久，幾千噸飼料乳粉流竄民間變成人們的食物，一個毛躁青年竟能用假存單騙了銀行十幾億元，幾位立法委員為了誰是不是黑道大哥在立法院鬧翻了天……這般社會整體持續下沉的現象，令人看了不禁膽戰心驚！

百年歷史的國民黨能夠又一次戰勝時代的挑戰？國民黨能夠有效處理那一些因它長期掌權而生的奇疾怪病？假使國民黨終將下台，那麼後繼政黨真有能力開創新局？台灣能夠由於朝野大家共同努力而成為二十一世紀中一個成就不凡的國家？台灣會不會無法更上一層樓，而淹沒於歷史無情的浪濤下？或者台灣果然無法逃脫宿命，竟捲入中共的黑洞而徒然留下一堆只供後人憑弔的斷垣殘壁？

《台灣跨世紀建設論》正是這種憂喜參半心情之下的產物。筆者丹心熾熱，但才疏學淺，本書假使能夠激出社會更多的決心，便算不錯；如果有權者有所採擷，那就再好不過了！

本書的本文不足四萬言，自一九九四年冬天開始下筆，完成於一九九六年九月底。附註多達兩萬字，完成於同年十月中。之所以採取這樣的寫作辦法，是為了讓本文要言不繁，不過如果併讀附註，就更能瞭解筆者整體意見形成的過程。

筆者在學校讀政治學，後來又讀新聞研究所，青年時期就參加選舉，在台北辦報二十七年；寫這本書另有一個私人目的，那便是要為自己獻身公共事務的生涯劃下一道休止符。

是為序。

結語 為政之道

誠如本書第一章開宗明義：台灣建設的唯一目的在於造福人民。造福人民的要領，要言之，不外興利與除弊。

採取最平和的論事標準，如說現政府五十年來在興利與除弊上，了無表現，絕非公允。不少五十年前或三十年前比台灣強過很多的國家，如今甚為不堪；而拿今日台灣與昨日台灣相比，在物質建設上，現政府毫無疑問地有其足以傲人的成績單；一批令人尊敬的經建專業官僚，在相當不受政治爭鬥干擾的情況下，前後接力，在經濟發展上做出了可觀的成就。

不過，脫離了這個範疇，便見百孔千瘡。今天台灣人民已普遍遠離貧困歲月，可是在口袋裡塞滿鈔票的同時，人們出門看到的是混亂的政治爭奪、壅塞的交通、路邊發出惡臭的垃圾、死亡的河川和光禿的山坡……。

走在高雄街上，你可以看到人手一瓶礦泉水，因為高雄的自來水連煮開了都不能喝。全台各地的學童或者公司行號的員工一齊出門旅行，要等平安回家了，才確定途中沒有吃到必須集體住院的腐敗便當。城鎮裡有錢又有名的人必須隨時耽心會被綁票勒贖。沒有幾多錢財的人，只為了家裡的東西不被偷竊，家家都裝了鐵窗，一戶戶休養生息的家園都變成了鳥籠……。

不少台灣人在過去一段時間移民異鄉。人與土地的感情是與生俱來的，每一個人在母國原都有其盤根錯節的親族關係；假使不是由於什麼緣故，沒有人甘願攜家帶眷，遠渡重洋，去面對新的政府、新的語言、新的法令，並且從零開始建立人際關係。

什麼緣故？說穿了，他們不喜歡台灣整個大環境，又覺得自己使不上力，如此罷了！

台灣為什麼能夠富裕起來？台灣為什麼除了富裕之外搞得如此不堪？事已如此又將怎麼以策來茲？

一個國家的人，大分可成兩部分：一部分是官，一部分是民。那些在政府機構服務的人，本身不必從事生產，他們以提供服務，獲得薪酬。那些從事生產的人，將生產所得的一部分做為納稅之用，另一部分留下來做為生產的自我報酬。從事服務是辛苦的，從事生產也是辛苦的，大家都辛苦的結果，便是國家逐日進步。

活生生的現實是，假使為官者不好好的服務，或者為官者不滿足於法定薪酬，或者為民者不好好生產，或者為民者不依規定納稅，那麼這個國家的整體建設必然有限。

更進一步說，服務與生產以及權利和義務，都必須在一個軌道上長時間正常運轉，才能見到大效果；如果朝三暮四、朝令夕改，必然不能累積成果，甚至於事倍功半或者僅有的一點成果也日久化為烏有。

循由這個方向去思考，我們便能發覺，台灣之所以能夠從貧困翻身到富裕，一因人民普遍勤勞生產，二因有一批受過先進國家教育的經建專業官員以身許國，並且一個四年計畫接著一個四年計畫，鍥而不捨地一路走來；正是兩個因素造就了今天的富裕。

那麼台灣為什麼除了富裕之外，其餘搞得如此不堪？

何妨我們大家捫心自問：這五十年來，我們政府除了經建計畫之外，我們還有什麼計畫？這五十年來，在政府機關裡，除了一批經建官員形成團隊精神之外，哪一個大員不是上台之後自吹一把號，前一任下台之後，新上來的人又自吹一把號？筆者假使把手頭的大員吹號資料全部記錄在這裡，一方面羞辱了許多現在還在檯面的人，一方面也羞辱了善良健忘的同胞；這不是寫作本書的目的。

當然，把責任歸咎於單一因素，也不公允。我寧願相信人性本善；那些吹號的大員，至少有其理想，否則連號也吹不起來。那麼又是什麼原因，使得吹號成為笑譚？

這就必須更深一層探討我們政府裡頭政務體系、事務體系和監察體系之間的脫節和怠忽了。

為了避免煩人的冗長，我們用這種最簡單的方式來理解問題的內涵：

幾乎所有的建設都不是一蹴可成的；

譬如說，連台北市要做好衛生下水道建設也要至少二十年工夫；連高雄要建個飲水水庫都要花五六年時間；

政務官除了民選有任期外，本質上就是應該隨時下台，也就是說五日京兆是政黨政治上軌道之後的必然；

可是，事務官員是屆齡退休的；

如果政務官有大構想，經由討論決策的法定過程，成為政府既定政策；

成為政府既定政策後把具體執行方案交給事務官，事務官持之以恆，以底於成；

同時，監察體系隨時在監視著政策是否持續有效推動，手中掌握的糾彈大權保證了政策的貫徹始終。

如果能夠這樣，台灣今天不會變成這種除了富裕、其他難以令人接受的局面。

這其中，還有一個不可不說清楚的道理。

台灣政治在一九四五以前的五十年，是佔領國日本的殖民統治。來自日本的統治群，騎在台灣人民的頭上，官與民之間是明顯的統治者與被統治者關係。統治的目的主要在於創造並維護殖民母國的利益，跟所謂造福台灣人民，相去十萬八千里。

一九四五年以來，一直到一九八八年解除戒嚴為止的四十四年之間，台灣一黨專政，有民主憲政之名，無民主憲政之實；「加官晉祿」的思想跟著中國國民黨一起播遷台灣，丟失了土地家園的官僚，把「做一輩子官」當成生活的根本，政務與事務不分，黨政軍的職位任意「交流」；做官既為生活之根本，便只好揣摩上意，什麼風骨、什麼氣節，便只好束之高閣了。

這樣子的官場習氣，一直沿襲到今天，還隨時可見；一九九六年首次民選總統後的大幅人事異動，鬧出了一大堆政治笑譚，便是舊習氣與新要求之間產生衝突冒出的火花！

政治學的領域裡有一句名言：「有怎麼樣的政府，就有怎麼樣的百姓。」，事實上，有怎麼樣的百姓，也會有怎麼樣的政府。台灣政治今天演變到如此不堪的地步，朝野官民都必須痛切檢討。

筆者青壯年時期，在故鄉台南縣參加了幾次選舉。到各鄉鎮訪問選民的時候，當地協助選務的朋友，有時會帶我去拜訪一兩位「特殊人士」。這些「特殊人士」平日大門深鎖，開門後但見滿庭花香、滿室書香。屋裡的主人一臉慈祥，他們早已不問世事，不過，在地方上人人敬重。

幾句話談下來，你會立即覺察到他們智慧深邃，但是他們不喜歡這個黃鐘毀棄、瓦釜雷鳴的朝代。

歷史所描述的國內外各個太平盛世，有其共同特點：國家領導人英明睿智、仁民愛物，才德兼備的人組成政府的領導階層，有監察權柄的人對皇上對百官都是一士諤諤，廣大的老百姓人人奮發、人人守法、人人趾高氣昂，少數倖進之徒終免不了露出狐狸尾巴，作奸犯科的人必得刑罰，一時寃屈的人最後都能喚回失去的正義……。

比對今日台灣，台灣朝野官民應該汗顏；一個做賭博電動玩具的人可以拿幾個小錢玩弄大半警界，許多經理人把老百姓存款的金融單位一個個輕易掏空，某上市黨營公司可以在三五年之間五鬼搬運虧損百億，早已老邁的人還不滿足一生榮華富貴硬不下台丟人現眼，早該解決的許多重大民生問題年年依舊停留檢討階段，最高民意代表隨時示範暴戾，誠信二字已經從中文字典裡刻意塗銷，父母不知道去國中上學的子女出門後會碰到什麼不幸，假藥劣藥公然長期在電視上做廣告，無恥的「卡位」成了新潮的官場遊戲，如此這般，上下交征名、交征利、交征權、交征勢，烏煙瘴氣不知伊于胡底？

自古以來，文人著書立說，莫不都因一顆熾熱的心；說到慷慨激昂處，其實無非為了恨鐵不成鋼。台灣——我的家國！

多麼希望妳能喚醒廣大人民的良知，讓他們追求富足更不忘追求尊嚴！

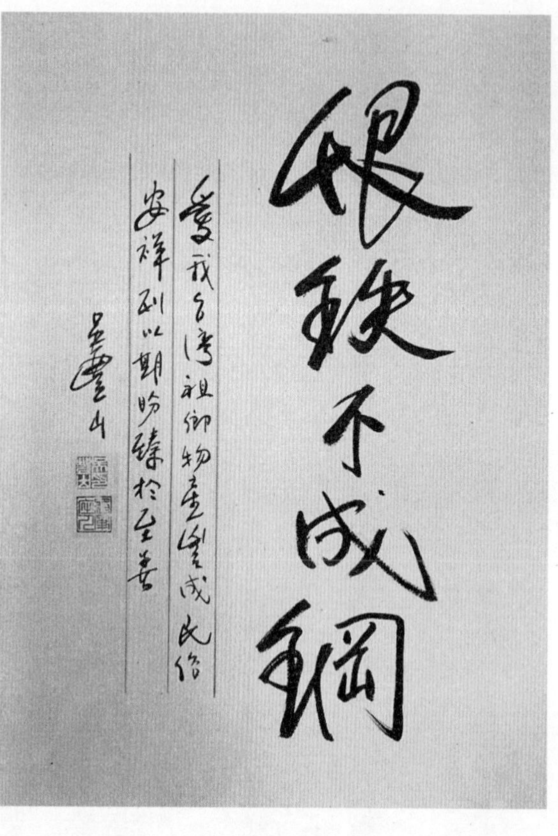

多麼希望妳能喚醒廣大人民的良知，為子孫後代的幸福，不要妥協貪贓枉法！

多麼希望妳能喚醒社會上層的知識分子，以國家的長遠發展為己任，不要拖懶，更不要諂媚權勢！

多麼希望妳能喚醒執掌公權力的人，隨時唸著「爾俸爾祿、民脂民膏」！

多麼希望妳能喚醒最上面的領導階層，讓他們知道必須虔敬地面對人民和歷史，讓他們說的話都是他們的真意，讓他們不要把簡要的政治故意複雜化，而且也讓他們勇敢地為他們的每一言行誠摯負責！

【補註】

民國八十三年本人結束在自立報系長達二十七年的報人生涯，改行從商。

民國八十四年，本人想把對當時國家建設的意見一次完整表達，然後割捨政治生涯，於是提筆，民國八十五年完稿，委由玉山社刊行。書中之議論，如今檢視，依然清新。

民國八十七年本人重返公共服務，這是命運的安排。

從商伊始與友人合作創立的公司，在重返公共服務後交由友人經營，一直順利運營迄今。

6. 論臺灣及臺灣人

出版時間 民國九十八年七月
出版機構 遠流出版公司
頁數 二三六頁

目錄——

自序 盡力為台灣

二〇〇四年十月，本人卸任公共電視董事長，二〇〇八年八月出任監察委員。這當中除了曾有一年四個月出任行政院政務委員之外，足足有兩年六個月的時間沒有日常工作負擔。本人利用這些時間，做了大量的資料搜集，進行了深沉的思考，寫作了這本論述。

這本論述之正文，只有一萬五千言，註解和附件卻數倍於此。之所以採用這種寫作方式，目的是希望讓沒有很多閱讀時間的人士可以只精讀正文。還有一個目的，是希望更多人不要因為冗長的閱讀，而對論述焦點失去了掌握；其實，註解正是主文的細述，讀友如果錯過，殊屬可惜。

美麗之島・今昔一脈

某年，本人因為工作上的需要，環島一周，途中走走停停。越過東北角海岸後便看到了三貂角，遙想當年歐洲水手萬里遠航東來，路經台灣島這處突入海洋的岬角，驚嘆歡呼之聲，如今猶可想像。車過蘭陽平原，兩百多年前吳沙率領族人在那一塊小平原上開水利、拓荒地，有時候也欺負葛瑪蘭原住民的圖像，如今也不難描繪。進入花東縱谷後，眼見一片賞心悅目的大自然，不禁為同胞至今仍能保有這處開闊的後山而感到欣慰。

從台東西轉，兩個多小時後就進入了嘉南平原，這是本人自小熟識的家鄉，也是台灣最早開發的地方。今天的麻豆鎮就是三百多年前鄭家軍屯墾的麻豆社；佳里鎮就是日本第一批軍人接收台灣時遭遇反抗，數百台灣人人頭落地的蕭瓏。今天稱為番仔寮的村莊，便是平埔族住居幾十個世紀的地方。灌溉整個平原，使得水稻可以一年兩熟的嘉南大圳，是日本殖民當局的水利建設，主其事者八田與一先生的銅像，今天還矗立在烏山頭水庫的一片樹林間。

一路往北走，漂亮的高速公路網，讓我頗有身為現代國家子民的驕傲。東望山脈，江山如畫。平原上，建物、工廠已經南北相連，不復六〇年代我搭火車北上求學那時的疏落景象；目之所及，熙熙攘攘，裝滿進出口物品的貨櫃車南北奔馳，一片榮景；只有在經過橋樑時看到底下每一條死亡的河川，才不禁嘆息。

這就是我們的台灣！這就是歲月風霜之後的今日台灣！

每一個人都是光陰的過客，可是台灣的生命無窮。我們享用了祖先奮鬥的成果，道理上，我們必須為台灣後代子孫綢繆；擴而大之，我們享用了人類文明累積的成果，也應該對人類整體有所增益。

台灣是台灣人的台灣，台灣同時也是世界的台灣，然而「世界」、「台灣」和「台灣人」這三個名詞，都有遠比一般社會大眾所瞭解的更繁複內涵。就在本論述寫完最後一個字的時候，政黨再輪替後的新政府已經組成，兩岸政策朝大幅開放的新方向前進。世界上主要國家都肯定兩岸和平互動，台灣內部很多人鼓掌迎接這種兩岸互動新時代的到來，也有很多人對兩岸這種新關係感到無比憂心；肯定也好，鼓掌也好，憂心也好，其實都是因為體察到這個更革又為台灣未來發展增加了新的變數。

同一時間，國際經濟情勢發生激烈變化，做為世界龍頭的美國發生大規模金融危機，波及全球。台灣一因本屬淺碟型經濟，二因台美經濟關係異常密切，便就不免隨之動盪不安，甚至於彌漫一片憂患。

同胞前路．可寬可窄

台灣的前路誠然牽涉錯綜複雜的因素，國際人士對台灣前途存在各種不同看法。國人同胞由於不同背景、不同意識形態，也各有期待。根據近二十年來各方民調，絕大多數人期望的是「保持現狀」。本人因為不相信天底下有永遠的現狀，所以追尋先民奮鬥的軌跡，探索人類文明發展的原理，進而確信已然由人民當家作主、定期改選國會議員和國家元首、有可觀的國防力量、有完整司法權的今日台灣，應該勇於堅持「兩岸分立、互不隸屬」，應該勇於追求卓越，打拚「小國崛起」；同時認為基於人類和平和兩岸人民福祉至上，在未來數十年間，兩岸應可經由理性善意協商，激盪智慧，共同尋找出某種彼此得以和平發展而非窮兵黷武、可以共存共榮而非你死我活的兩利雙贏架構。

近年來不管在台灣、在中國、在美國或日本甚至於歐洲，已經有越來越多的人士提出相近的見解，並且逐漸形成一股不可輕估的聲浪。

年華老去，本來應該信仰「沉默是金」。既然難安緘默，而且白紙黑字，那就表示，為了台灣，本人願意虛心接受必然到來的各種批評和指教。

本論述參考引用了國內外很多學人專家研究的成果，本人合當在這裡敬表謝忱。兩位助手張小姐和黃小姐在資料搜集和打字校訂上做了很多協助，遠流出版公司的王榮文董事長樂意刊行，謹併此表達無限感謝的心意。至於序文，沒有央請任何先進撰寫，是因為希望它不沾絲毫色彩，只以最單純的面貌呈現。

【補註】

坊間相關台灣及台灣人的著述為數不少。

那麼本人為何湊熱鬧？

不是湊熱鬧！而是本人自有一套不同見解。

——我認為台灣得到上天特別的恩寵，所以躲過了很多人禍。

——我認定台灣今天的建設成果是數代人辛苦打拚的結果，但一定要持之以恆，才可望臻於至善，並立於不敗之地。

——我認定台灣是台灣人的台灣，但也堅信台灣應該在全球行善積德以廣結善緣。

——我認為基於人類和平以及兩岸人民福祉至上，兩岸應經由善意協商，共同尋找出某種得以和平發展而非窮兵黷武，可以共存共榮而非你死我活的兩利雙贏架構。

本書本文只有一萬餘字，補註文和附錄十萬字，是一種另類寫作。

7. 人間逆旅 吳豐山回憶錄

出版時間 民國一〇四年一月
出版機構 遠流出版公司
頁數 三六三頁

目錄——

前言

一

民國六十六年，我的老闆——國之大老、《自立晚報》發行人吳三連先生行年七十又九，大病初癒之後，開始要我聽他口述一生經歷，並且負責在他百年之後刊行《吳三連回憶錄》。

有一天，在進行口述錄音的休息空檔，吳先生告訴我，將來你總是要寫自己的回憶錄，那麼應該留意各種相關資料的保存，不要像我今天，有些資料已遍尋不著，有些期日已記憶模糊。

吳先生七十九歲那年，我才三十二歲，當時心想，如果將來有一天我真的必須寫回憶錄，那也是幾十年後的事情，因此他的話我只聽進去一半。

我中年時期另一個老闆——企業家吳尊賢先生——自己撰寫回憶錄，要我幫他校訂。有一天，尊賢先生告訴我：你將來要寫回憶錄的時候，可以採用我這種寫法，既逼真又簡便。尊賢先生所說的逼真又簡便，是把自己的一生經歷像記帳一樣，逐筆記述，因此人生之盈虧，一清二楚。

可是，那時候，我正值盛年，尊賢先生的話也只聽了一半，認為將來如果真要寫自己的回憶錄時，再作道理不遲。

我把老闆的話只聽進一半，還有一個原因，那就是我從民國五十七年進入社會做事開始，每一年都使用一本同一格式的小記事本，在那上頭逐日簡記幾時開什麼會、幾時在何地與誰宴會、何日何事出國去哪裡，以及何日歸國。有些比較重要的事情我還會在上頭留下幾行記載。我當時心想，這小記事本應該就管用了。

後來，民國八十六年蕭萬長先生組閣，囑我協助一些事務，我認為茲事體大，所以便開始記備忘錄，但備忘錄未停止於蕭先生行政院長下台，而是迄今不曾中斷。備忘錄使用每張兩百字、每疊一百張的稿紙。至民國一〇三年七月底監察委員任滿，一共累積了二十八本，總共達五十六萬字。

換句話講，事實上我已因為生活和工作的需要，留存了部分相關資料，也記明了相關期日。

然則，我必須寫回憶錄？

二

我於民國五十七年進入自立晚報社服務，在那裡工作了二十七年，其中十四年併任國大代表。民國八十七年出任公共電視第一任董事長，民國九十年連任，於民國九十三年任滿。民國九十五年到九十六年任行政院政務委員。民國九十七年到一〇三年任監察委員；這便是我一生的主要經歷。

如果看這些經歷，那麼寫回憶錄好像沒有什麼絕對必要；不必費心費神，我自然樂得輕鬆。

可是我周圍很多朋友卻另有看法。

他們有的人認為我在《自立晚報》後期那十幾年，正值台灣民主運動風起雲湧的大時代，《自立晚報》扮演了重要的時代角色，我應以參與者立場留下紀錄。

他們有的人說，在台灣公共電視制定典章制度的草創階段，我是掌舵者，理當為公視建立檔案。

他們有的人說，擔任行政院政務委員不是一個孤立段落，我有責任把一個無黨籍人士在二、三十年台灣民主轉型過程中所扮演的角色和心路歷程向歷史交代清楚。

他們之中有人還說，六年監察委員是怎麼做的，也必須向社會說明白；尤其是「廢監察院」一直是一種重要論調，我有責任以親身經歷告訴社會，是廢了才對或是留存才對？

說這些話的朋友不是政界菁英就是報界先進；他們把我的寫作說成一種義務。

幾經思慮，那就寫吧！

可是，從何寫起？如何一個寫法？

三

民國三十四年，一九四五年，也就是第二次世界大戰結束那一年，我出生於台灣台南縣將軍鄉一個叫做將軍庄的小村莊。我出生的國曆一月，還是農曆民國三十三年的十二月，因此，我肖猴。上面有三個兄長。

我的父親德成公從我祖父波公繼承了一些田產和一家雜貨店。父親是獨子，他辛苦工作，簡樸生活，為的是增購田產，店鋪也由一家變成兩家，代價是四十七歲的時候積勞成疾，肝癌去世，留下從二十一歲到三歲的四子四女和寡妻。

我祖父之前的歷代先祖，沒有家譜也沒有任何文字記載。台灣鄉下的芸芸眾生在漫長的農業時代，大概就是在貧瘠的土地上辛苦種植，認命地面對颱風的不斷襲擊，然後拿著剩餘的產出過日子。人的平均壽命大概只有四、五十年。卑微的生命，渺不足道。

我年長懂事以後，從文獻和書本上看到一些文字，說清朝的水師將領施琅消滅鄭成功王朝之後，上書力諫滿清皇帝不要放棄台灣。皇帝感念施琅的忠誠，命他從安平登陸，跑馬三天，所過之處，為其采地，其餘由他幫皇朝治理。施琅遵照皇帝的命令，從安平上岸，開始跑馬，沒想到只跑了一天，馬腿就跑斷了。馬腿跑斷的地點就是我的祖鄉將軍庄，離將軍庄約一公里處有個村莊叫公館。

地方耆老說，施琅就在將軍庄設立衙門，在公館建官舍。隨同他來台的百姓之中，有一戶姓施，一戶姓吳，在將軍庄落腳。這個姓吳的就是我們的先祖。他有兩個太太，我們整個村莊的吳姓後代就是他和這大小兩房太太的子嗣。

喜歡考據的人寫得煞有介事，我用幾百個字記述在此，只是聊供參考。假如這是史實，其實對我來說，除了知道祖先來自中國大陸之外，也沒有太多意義。

可是拿祖鄉的歲月靜止不動去與廣大外在世界的翻天覆地比對，對我其後的人生來說，意義就大不相同了。

早在十六世紀，歐洲人就已航行大洋，殖民世界各地。葡萄牙、西班牙、英國、荷蘭，這些國家的航海家都已先後來過台灣。十八世紀開始的工業革命把世界連根翻起。滿清中國與列強糾纏不清，百餘年交鋒下來，積弱不振。台灣在中日甲午之戰後割讓日本。孫中山的革命黨人推翻了滿清，軍閥卻仍內戰不斷。希特勒橫掃歐陸，新崛起的軍事大國日本侵略中國，偷襲美國珍珠港，世界陷入大戰。大戰結束後，台灣又歸中國。國民黨和共產黨繼續內戰，只幾年時間，毛澤東像秋風掃落葉一般地席捲中國大陸江山。吃了大敗仗的蔣介石於民國三十九年把國民黨政權搬遷台灣，剛經過二二八摧殘的台灣歷史又生大轉折。

這是我出生時候的大環境。

四

民國四十年，父親把我送入將軍國民小學「寄讀」，隔年，我才開始讀一年級，民國四十六年小學畢業。六年期間，我在將軍國小留下了很好的成績——六年都第一名，六年都當班長，真是所謂「小時了了」。民國四十六年至四十九年，我讀省立北門中學。民國四十九年至五十二年我讀省立台南一中新化分部。民國五十二年依照自已的意願考入政治大學政治系。民國五十八年到民國六十年，我半工半讀從政治大學新聞研究所拿到碩士學位。

童年的整體記憶是匱乏。我家在我們那個村莊算是小康之家，可是在物質生活上百分之百克勤克儉。

整個求學過程的記憶是文法科很好，數理科不好。每個階段都有幾位對我付出很大愛心的老師，我至今感念。

在政治大學讀政治系的時候，我一度立志將來要當電影導演，而且還寫了一本叫做《黃炳煌的世界》的劇本。這個劇本因為我當時住的地方每年夏天會淹水，有一次在大水中損失了。一個政治系學生為什麼會萌生去當導演的想法？很久之後，才瞭解那是一種與政治改革同樣意涵的理想追求。

我整個求學時期是在政治威權、台灣經濟尚未做出大成績的時代。我自以為博覽群書，傻兮兮地深信，離開學校後一定可以力爭上游，對台灣做出貢獻。

後語

我已用前言及八卷扼要記述了半生經歷和思維，這個後語是要做幾個必要交代。

一、迄寫作回憶錄止，我在社會上工作了四十六年，主要經歷包括擔任國大代表、服務《自立晚報》、服務公共電視、出任政務委員和監察委員，這些經歷都已扼要記述。不過，四十六年間，我每一段時間都兼任其他職務。這些兼任的職務，我大都幾筆帶過，因為要避免繁瑣。

可是還曾經有過一些兼任職位，如果我一字不提，似非相宜，因此在此一記。這些兼職包括：

內政部政黨審議委員會委員
中央選舉委員會巡迴監察員
故宮博物院指導委員會委員
行政院文化建設委員會委員
中華民國棒球協會常務理事
中國新聞學會理事
財團法人中國圍棋會董事
國際廣告協會中華民國分會理事
保衛台灣委員會副會長
海峽交流基金會董事
蕭同茲基金會董事
感恩基金會董事

台美基金會董事
大自然季刊社長
自立周報社長
將軍出版公司董事長
萬順建設公司董事長

我在寫這個後語的時候，心血來潮，拿紙筆把我半生本兼各職的時間合併計算，還把不具意義與不擔責任的部分扣除，驚訝的得知答案是一百年又三個月，可見總合工作承擔不輕；至於總合工作成績有限，則時也命也，非可計較。

由於同一時段都不只做一個職務，因此在回憶錄中，有些記述難免些許重複，造成閱讀上的干擾，務請大家諒解。

二、我半生信仰「與人為善」，已依照《聖經．哥林多書》第十三章的訓示，盡最大可能不在回憶文字中數說他人的惡。反方向說，四十六年服務社會期間，我一定得罪過人，那麼，希望被我得罪過的人，也能夠慈悲地減免我的罪過。

三、我特別注意回憶錄全稿中對各政黨的批評，如果讀友認為我對哪一黨較苛或對哪一黨較寬容，那麼我必須說，那是由於政黨掌權時間的長短不一，以及戒嚴前後時空不同所生錯覺。事實上我只是以一個未參加政黨的國民立場，提出直白評論，而且目的是希望大家理性思考，誠摯地向人民低頭，共同提升台灣政黨政治的品質。

四、我從不曾想要以寫作做為一生工作主軸，可是陰錯陽差地，文字工作卻貫穿半生；既然如此，我不可不以附錄交代。我沒有出版「吳豐山全集」的計畫，那麼摘取數百萬字作品百分之一做成附錄，與回憶錄併在一起，成為唯一選擇；這個決定也請讀友諒察。

五、總評一己半生，自覺平凡，但平凡之中已盡力為我所忠愛的台灣和台灣人民做出一些服務。對能夠始終生存在承平歲月，能夠始終保持理性思維和中正公允，能夠始終得到師長與親友的提攜和信任，則衷心無限感恩。

六、有些人認為撰寫回憶錄是沒有必要的事體，我因為相信生命的每個階段各有其意義，所以在師長親友的催促下提筆了。過去七十春秋，我合群、恭謹地把生命從眾隨俗；如今我經由撰寫回憶錄，把因工作而生的外在配件全部卸除，連同所有獎狀、獎牌、獎章，一併打包，束諸高閣，進而了無牽掛地迎向純粹探索生存意義的全新階段。我為自己能有這種對生命意旨的圓潤體會，感到無比欣慰。

新階段的人生，我將拋棄折衷、妥協、遷就，在生命能量依然充沛的情況下，在山川無聲、歲月靜好的氛圍中，自由自在地攀爬知性之旅的璀璨顛峰。

我已撰擬一幅對聯，哪天神清氣爽的時候，我會把它寫好裱好，懸掛在舍下每一個來客都能看到的地方。聯曰：

曾經壯懷激烈盡忠盡慮橫刀斬馬護邦國

爾後心田和緩謝天謝人輕歌煮酒看野花

輕歌，意味不再繁文縟節，不再踵事增華；煮酒，是為了泡製喜樂，至於看野花，那是因為我相信，百花競艷的原野大地，必有智慧的手采和生命的甘泉。

【補註】

民國一〇三年七月，本人卸任監察委員。從民國五十七年進入社會起算，已服務社會四十六年。民國一〇四年我年滿七十，所以在台北國賓飯店舉行回憶錄發表茶會，以做為人生第一個段落的結束。

有十四位人士與我共同合購本書贈送中央各部會署、地方各市縣、全國大專院校及原台南縣轄區各級學校之圖書館。

他們芳名：陳介元、陳有進、黃文安、吳碧河、鄭深池、吳建立、劉嘉源、劉信雄、李訓欽、王隆興、傅兆騰、王揚忠、袁有義、吳永泰。

【緬懷導師 吳三連】

一九七二年任自立晚報採訪主任
與發行人吳三連合影 上圖
接待外國訪客 參觀自立晚報新購印刷機 下圖

【自立早報創刊】
台灣結束長期戒嚴
一九八八年一月二十一日
台灣解除報禁
大伙與高采烈迎接
發行的第一份報紙

【自立精神】

一九七七年
行政院院長蔣經國
參訪台南紡織公司
吳俊傑 吳尊賢 吳三連
蔣經國 吳修齊 周書楷
張寶樹 鄭高輝 吳豐山 上圖左起

一九七七年
自立晚報三十週年紀念酒會
發行人吳三連 右五
董事長許金德 右六
顧問范爭波 右四
常務董事吳尊賢 右三
總經理余聯璧 右一
副社長羅祖光 右二
副社長張熙本 左三
總編輯吳豐山 左一

一九八八年
向董事會報告自立早報社務
董事長許金德（左起）
發行人吳三連
社長吳豐山
常務董事葉明勳

一九八一年十二月
任自立晚報社長
董事長許金德授印信 上圖

一九八五年
自立晚報甄選四名青年
以「走出國家光明的前途」
為主題
徒步環球兩年 下圖

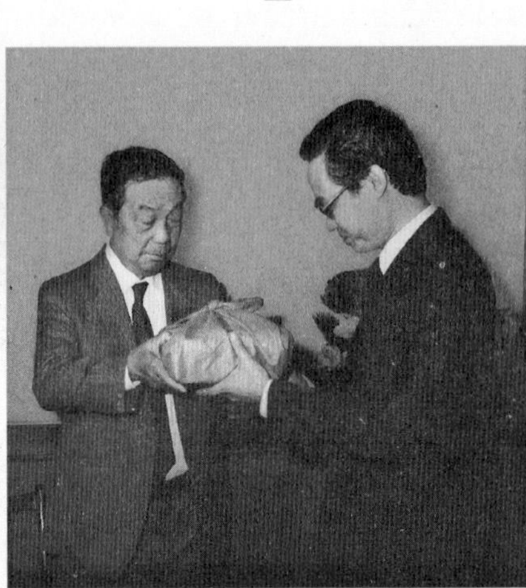

【野百合運動】

一九九〇年
經過解嚴
解除報禁和黨禁
台灣民主運動蓬勃發展

【選舉入政壇】

要為民眾服務
就要有政治職位
要有政治職位
就要從選舉出發

一九九〇年
參加國是會議 上圖

一九九一年
任國大代表主席團主席，主持會議 下圖

【公共電視】

一九九八年七月一日
公共電視按鈕開播
嚴格要求五百同仁
不貪污
敬業樂群
不卑不亢
李登輝 左五
孫運璿 左三
吳豐山 左一
李遠哲 右四
瞿海源 左四
廖蒼松 右一

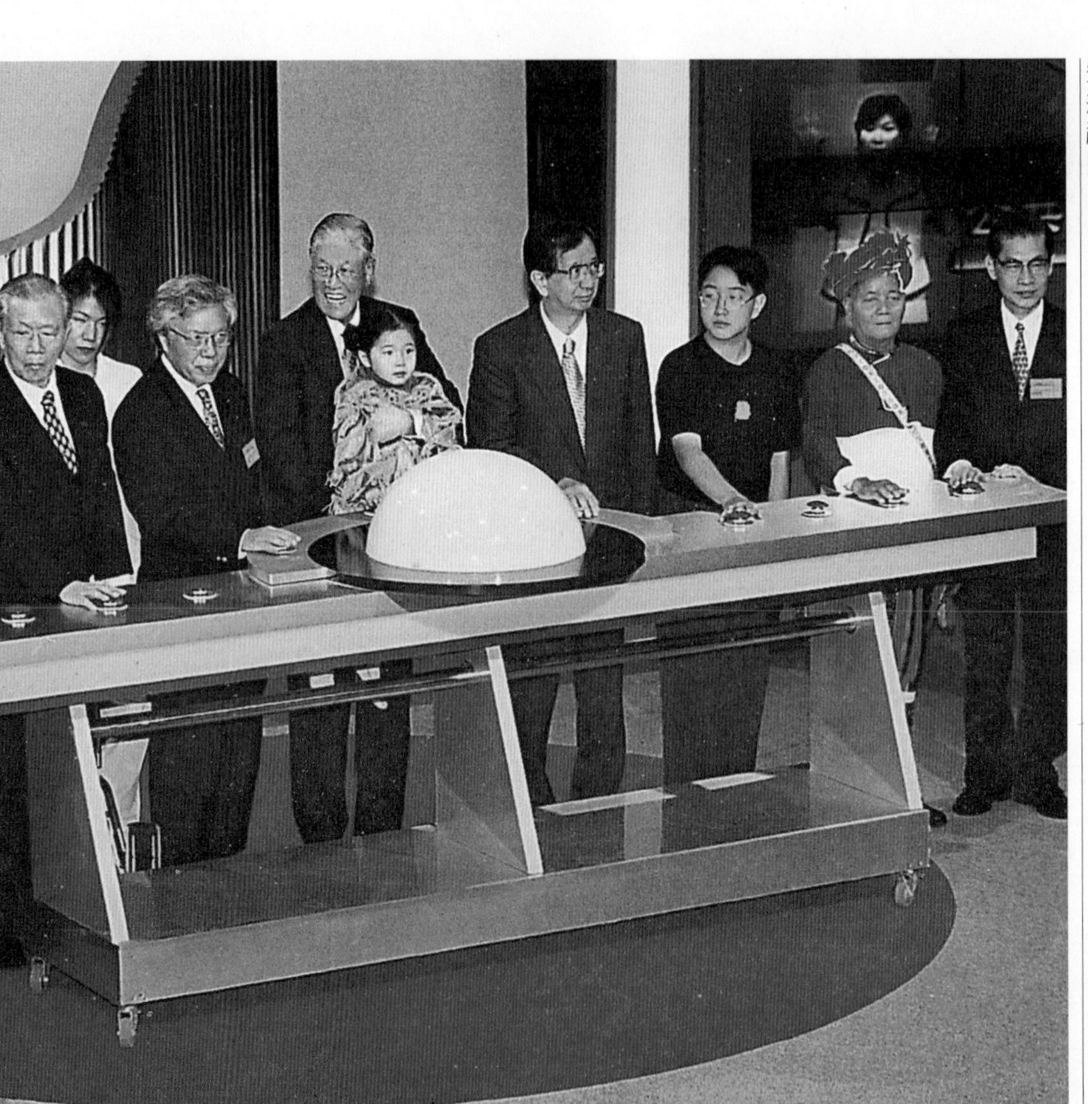

一九九八年三月

上任公視董事長，與公視籌備委員會主委孫得雄交接 上圖

主持第一次董事會 中上圖

二〇〇〇年

總統陳水扁蒞臨公視參加「蘭嶼週」揭幕 中下圖

二〇〇三年

公視董事長任上，受行政院僑務委員會之託，赴日本向僑胞演講「台灣民主化與兩岸和平」下圖

【行政院政務委員】

二〇〇六年一月二十五日

任行政院政務委員 右頁大圖

二〇〇六年

行政院政務委員赴綠島巡察生態保育 右頁右下圖

二〇〇七年

與蘇貞昌院長 客委會主委李永得赴苗栗探訪國策顧問李喬 右頁左下圖

二〇〇七年

主持國家通訊傳播委員會揭幕佈達儀式 左頁下圖

【監察院 伸張正義】

二○一一年十二月
任監察院內政委員會召集人
帶領全體委員
行政院巡查 上圖

二○一一年
桃園縣民在
南崁溪畔拉紅布條
感謝李復甸和吳豐山委員
伸張正義 中上圖

二○一三年七月
與考試院長關中等人
巡視考場 中下圖

二○一三年八月
與財經委員會同仁
巡查中央銀行鑄幣廠
左一央行總裁彭淮南 下圖

二〇〇八年八月一日
第四屆監察委員
在總統府向總統馬英九
宣誓就職

【誠信處事 忠孝傳家】

嚴父吳德成，天性樸實樂觀，拓展家業有成，四十七歲時罹癌過世 上圖右

慈母蔡叛，凡事牽腸掛肚，盼有兒當警察，享壽九十 上圖左

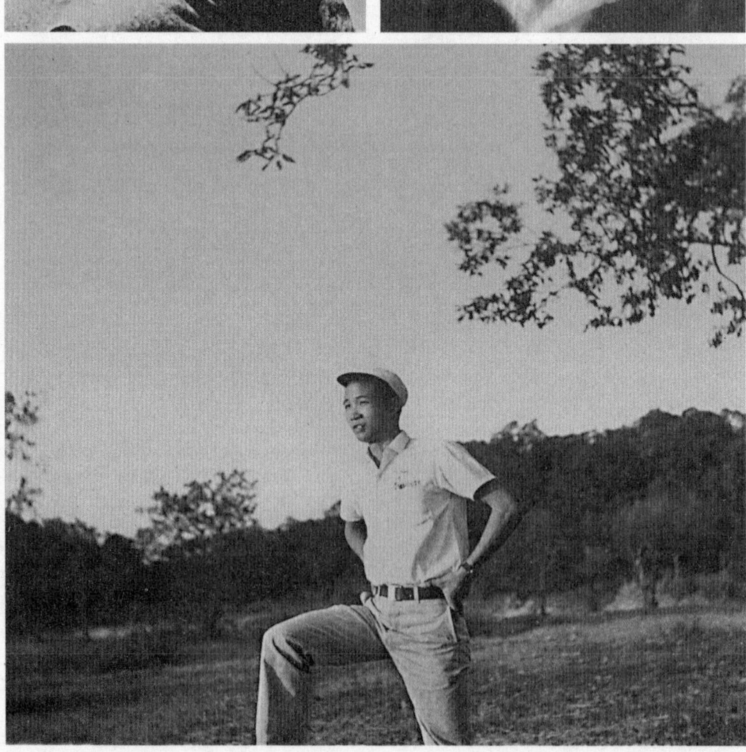

【虎頭埤少年郎】

吳豐山一九四五年生於台南縣將軍庄，就讀將軍國小，六年都是第一名，都當班長

一九六〇年，就讀高中，於虎頭埤留影 下圖

【喜結良緣】

一九七〇年大年初二
在故鄉台南縣
將軍國小禮堂
與蔡秀菊女士成親 上圖
一九七七年
搬到台北市內湖自宅 下圖

【吳豐山全家福】

二〇一三年六十八歲
和兩個兒子
兒媳及四個孫子
長男 永泰夫妻
次男 永祥夫妻
長孫 友博
次孫 友智
叁孫 友德
孫女 友涵 上圖右起

女兒 永鈺當時
在澳洲讀書 下圖

【慈母八十大壽】
一九九七年
母親八十壽誕
大家族聚集台南祖宅

8. 山川無聲 吳豐山靜思集

出版時間 民國一〇六年六月
出版機構 非賣品
頁數 四一三頁

目錄——

54. 愛女永鈺
55. 詹先生
56. 開闊襟懷
57. 追記鄉賢吳新榮先生
58. 慈善儒商 澤被社會——吳尊賢基金會卅五年
59. 苦海慈航 德範長存——吳三連人生的最後十年

感時篇

60. 了無愛心的全民公敵
61. 假象與真相、能力與脾氣
62. 不畏艱難勇作標竿
63. 善惡一念之間
64. 真要拆掉大巨蛋？
65. 不妨互勉坐不改姓 行不改名
66. 台灣社會的裡層
67. 優質民主不容刀光劍影
68. 敬告諸位總統候選人
69. 愛心事業不是表演事業
70. 建築事業天地良心
71. 小國家的規模 大總統的排場
72. 善良國民卑微的人權心願
73. 如果「小我」不斷膨脹
74. 唾沫殺人
75. 世事洞曉 人情練達——從勞工休假爭議談起
76. 發揮善的光輝
77. 善男信女的悲歌
78. 其實台灣不難走出困境——給總統和各方權力人士的諍言
79. 新政府應可籌措新願景以振奮人心
80. 解決「三農問題」惟賴二次土改
81. 整頓國家財政最是當務之急
82. 考試、監察可以廢院不可廢權
83. 幫林萬億說幾句公道話
84. 兩霸之間慎為小

85. 閃亮的台灣 迷惘的人心——兼論政黨輪替並非改朝換代

讀書篇

86. 人類的故事
87. 歲月的禮物
88. 容齋隨筆
89. 肇論
90. 黃石公素書
91. 極端人格
92. 天道奧義
93. 黃帝內經博大精深
94. 了凡四訓
95. 貨幣戰爭
96. 幸福的抉擇
97. 宇宙從我心中升起
98. 「菜根譚」教人圓融
99. 健康無價 素食有理
100. 三國演義中的造句精華

自序 山川無聲 歲月靜好

一

民國一〇三年，公職任期屆滿，下台一鞠躬的時候，我行年六秩晉九。

如果以六十五歲為老年界線，我已老過四年。如果以七十歲為老年界線，我算老之將至。老或不老，可以自己主觀認定，我認定可老可不老。不過，下台一鞠躬的時候，健康、意志、思路都還處於很好狀態；於是我決定維持作息常態，每天上午到吳姓宗親會走一走，下午到吳尊賢基金會看一看。

二

創立於民國四十一年的台北市吳姓宗親會，從民國六十二年開始，在南京東路三段自有一棟商辦大樓，其中一整層是宗親會會所，我在那裡有間辦公室。擔任公職的時候，只有開會時才去坐一下。這個會所同時是台灣吳姓宗親總會的會所，我雖然長年擔任台北會理事長和總會會長，其實只負責主持開會和主持儀式，其他的工作全由能幹的同仁分擔了。

吳尊賢基金會創設於民國七十年，其後三十幾年間，我一直以不同名義參與服務。基金會會所在忠孝東路四段。承創辦人尊賢先生及其子女好意，我在那裡也有一間辦公室。我在基金會其實只參與開會和動腦，幾位能幹的同仁把大部分事務都承擔了。

因此，我打球次數大量增加，而且進入最佳狀態，氣壞了好多球友。不過打球畢竟有時有陣，不是每日節目。

很顯然地，假如不尚遊手好閒，我可以再增加生活內容。

很好！我從青少年時期就養成大量閱讀習慣，幾十年來從未懈怠。淺見認為，閱讀之後必須繼之以思辨，否則閱讀未竟全功。淺見還認為，閱讀思辨如有一得之愚，卻不與人分享，也算自私自利，因此把所思所感形諸文字，理所必然；至於回首過往，以及關心台灣未來，正表示生命力依然活躍。

集刊在這本小書中的文字，除了沉思篇是未曾發表的往年存稿外，其餘大多是「半退休」後回首、讀書、思辨、觀察的表白。其中一小部分散見《自由時報》、《風傳媒》、《愛心世界》季刊、《吳姓春秋》半年刊。

三

人生的旅程，每個人短促相同、終點相同，但路徑不同、際遇不同、承載不同。比如說，本人五十五歲以前活在二十世紀。進入新世紀後，網際網路和智慧型手機已然連根改變了人群社會的工作要領和生活型態；本人對此一變革充分理解，但不認為生命的價值因而有所變易。

回首來時路，對自己始終能夠生存於承平歲月、始終能夠得到師長親友的提攜愛護、始終能夠保持中正公允，心存無限感激。

心存感激自然生出報恩情懷，因此雖然兩年前已發表了回憶錄，如今意猶未盡，所以決定揀選部分拙作，連同未曾發表的存稿，合為一百，結為一集，自費印製一千本，五百本當作報恩禮物贈與師長親友；五百本束諸高閣，留給子孫將來贈與有緣人。

四

我一直保有一個奇妙夢境，幾十年來每當神清氣爽、怡然自得的時候，就會自然浮現。我從來莫名所以，但心中歡喜。

木造教室外一棵開滿火紅花朵的大鳳凰樹。南台灣炎熱的六月天。一大群穿著短褲頭的慘綠少年，其中一個是我。時間是民國四十六年。驪歌初動、離情轆轆、驚惜韶光匆促的歌聲繞耳。美麗、哀愁、憧憬，塞滿一個國小畢業生的初心。

約在民國七十幾年，有一天陪同尊賢先生去看旅日台灣人畫家東方昭然先生的畫展。在大約六張明信片大小的畫布上，東方昭然先生畫了幾棵開得斑斕無比的鳳凰樹，樹蔭下落英繽紛。我佇立在畫作前很久，時光瞬間倒退幾十年。此時畫家走了過來，一臉心電感應的歡喜表情，說「這幅畫不賣，送給您」。

我把珍藏的這幅畫印在本書封面。我認為東方昭然先生送我這幅畫以及我把它選充封面與大家共賞，都是殊勝因緣。

因為把這幅畫印在封面，我便又決定把其他幾樣也極為喜歡的收藏，夾帶一二孤芳自賞的毛筆字，也刊在內頁，當作插圖，讓這本做為贈品的小書看起來像滿桌珍饈佳餚一般，讓大家都充滿喜樂。

舉世滔滔，紅塵滾滾，難得能夠「讓大家都充滿喜樂」，是一種很好的意境，您說是或不是？

說是的話，有請大口品嘗，細心品味，切莫辜負本人一番美意！

【選刊之二】人生的真實

講究恬淡生活，一般不是提到中國的陶淵明就是歌頌美國的梭羅。他們示範簡約的物質生活，闡揚素雅的心靈境界，令人心嚮往之。

要強調簡約可貴，總難免言過其實；陶淵明採菊東籬下固然可以怡然自得，假如不是已有「老本」，悠然見南山哪能當飯吃？梭羅說獨居華騰湖畔的兩年兩個月期間，只有建房屋用了美金二十八元一毛，說穿了，那是在幾乎完全沒有電器用品的年代，而且他上未奉侍父母，下不蓄養妻兒。

同樣地，要強調物慾的重要，也難免言過其實。拿現在的生活標準，汽車是代步工具，但五十萬元是一輛車子，五百萬元是一輛車子，五千萬元也是一輛車子。人總要住房子，但二十坪是一戶人家，二百坪是一戶人家，二千坪也是一戶人家。有的人已買了直昇機代步，還指望像別人一樣有噴射機！

其實，生活並不如陶淵明或者梭羅說的那麼簡單，人生是豐富又艱難的；當然，物慾也可以不必像某些人那樣，把它變成一個永遠填不滿的無底洞。

進一步說，人之七情六慾，窮畢生之力，恐怕都難以一一饜足。有名之外還要有利，有名有利之後還要有權勢，有名有利又有權勢之後，已十目所視，十手所指，此時如果還要自我滿足這個那個慾望，不遭天譴，也會遭受天妒。

人生就像書寫一樣，用同樣的筆和同樣的紙，有人龍飛鳳舞，有人方方正正，有人歪歪扭扭；可是一筆一劃，快也快不到哪裡去；寫得好，固然不錯，寫得差，別人照樣認得。只有根本不寫或者亂塗一通，才見缺憾。

【選刊之二】一桿進洞記

一

二〇一五年仲夏某日，酷愛高球的前省議員、國策顧問暨蕭前副總統辦公室主任王玲惠女士在美麗華球場打了一桿進洞，遂於六月十九、二十兩日在全國球場舉辦慶祝球會。王女士的慶祝球會，嘉賓雲集，其中一人是台塑集團故董事長王永慶的夫人王李寶珠女士。當天，八十高齡王李女士竟又打了一桿進洞！

高興得不得了的王李女士於是擇於九月十八、十九兩日邀請原班數十男女回到全國球場舉辦慶祝球會。稍早，她的四位友人黃竹雄、洪淑蒸、杜麗萍、江韋侖一起提供了一輛A一八〇賓士做為慶祝球會一桿進洞的獎品。

王李女士的慶祝球會從七月開始，先已在她家的長庚球場連續辦了很多場，這份獎品都始終發不出去。

十八日球賽，依然無人一桿進洞，黃竹雄先生於是在晚宴上宣布：十九日的純球敘，如果有人一桿進洞，賓士車照獎不誤。

小弟我，於十九日上午十時餘，在第十一洞揮出驚動武林的一桿，拿到了這個大獎。

二

十九日清晨的全國球場，秋高氣爽，百花競艷，高空中有幾朵白雲，微風吹拂樹梢，也吹

【一桿進洞】常到胞兄經營的高球場打球哪些角落異常陰險瞭若指掌

拂球友；每一個人都神清氣爽，不過大家也都明白，一桿進洞其實可遇不可求。

我與蕭副總統、詹啟賢資政、大國手涂阿玉同組。涂阿玉是蕭副總統的高球教練。蕭副總統身邊的人先後轉告我，最近一段時間，他老先生對總是輸我幾桿，耿耿於懷，所以不斷找涂教練指點，希望恢復水平，好讓我啞口無言。

前九洞，我表現失常，蕭副總統紮紮實實贏了我六桿。第十洞，詹啟賢打了平標準桿四桿，蕭先生和我都打了五桿。第十一洞是一百二十碼的三桿洞，但頂著北風。詹先生拿九號鐵桿，打了一個大壞球。蕭先生第二打序，距離很好，但稍偏右，打進了沙坑。蕭先生於是一時不計敵友，好意提醒，要我調左一點點。

詹先生選擇九號鐵桿的時候，我心裡就想，詹恐怕選錯球桿了。我認為必須以一百四十五碼計較，才能應對北風和上坡果嶺，於是我選擇了七號鐵桿。

說時遲，那時快，只三、五秒鐘，驚叫歡呼之聲四起，前一組和後一組桿弟和球友迅即聚攏過來，有人誇吳高手果然高桿，如關中院長；有人說小弟好運，如鄭逢時委員。摯友陳介元君胡鬧，竟說要大家一起到果嶺，眼見球在洞裡才算數；說話的時候，明明眼神充滿了九分敬佩，卻還要另加一分猜疑。

三

坦白說，球進洞的一瞬，我視點已不在果嶺，只在球落地的那一刻看到距離恰好。

全國球場是胞兄和田君獨資經營，我利用很多，所以對每一個球道和每一個果嶺都很熟悉，甚至於對那些角落異常陰險都瞭如指掌。這第十一洞，草紋由右往左。我的球落在果嶺右緣，球是神差鬼使地自己以四十五度角往左，溜著順草喜孜孜地躲進洞裡。

熟悉球場很佔便宜。全國球場十八洞有十七個洞是向海順草，我通常不輕易告訴對手這個奧妙。我因球距已退步，所以對推桿特別用心；果嶺上是長草或短草、順草或逆草、乾草或濕草、上坡或下坡、長距或短距，自我嚴格要求在幾秒內全部弄清楚才篤定揮桿。不過，坦白以道，在開球台起動第一桿的時候，恐怕連老虎・伍茲也不會考慮果嶺的草紋。

換句話說，小弟這個由右滾左的一桿進洞，除了距離和方向掌握正確外，其餘全是好運。每個球洞直徑不足四英吋，即使站在果嶺上，要把長距球一桿推進去，也比老婦穿針孔線還難；如果在一百二十碼外頂著北風一桿打進去，試問這不是好運什麼才叫好運？

四

驚喜的一刻，我未帶手機，小犬吳永泰和球場總經理賢侄吳憲紘在後一組，聽到歡呼聲才聚攏過來，我要他稟知乃母。我太太在電話那頭判定開玩笑，即便蕭副總統在電話中背書了，太太仍認為他先生打一桿進洞「應該沒有可能」。

依例，應該立即發紅包給前中後三組桿弟，可是我身上沒帶很多錢，此時小犬竟說他口袋裡有，便拿出來贈送每個桿弟各五千大洋。我當時心裡納悶，你怎麼口袋裡裝那麼多錢？傍晚回到台北，太太告訴我，媳婦悄悄跟她說，小犬自恃平日高桿，一心想要贏得這輛賓士，所以稍早幾天都抽空去練習場，練到肩胛貼滿撒隆巴斯。我這時才恍然大悟──原來他連一桿進洞時要發桿弟的紅包錢都傻兮兮地備妥放在口袋！殊不知一桿進洞的機率跟被雷公打到相差無幾！

後來我又知道一件事：第一天正式比賽，他要求與黃竹雄董事長編在最後一組，待第四個短洞打完，確定當天無人一桿進洞後，他竟獎迷心竅，遊說黃先生：「今天既然無人得獎，這輛車子其實可以隔天再做獎品。」黃先生竟一句ＯＫ，欣然同意。

一桿進洞人間盛事，既已昭告天下，當然必須好好慶祝一番；不過，待下一次慶祝球會，碰到黃竹雄董事長的時候，我一定要鄭重其事地讓黃先生瞭解：我們父子絕未同謀。

至於，前九洞大贏我六桿的蕭副總統，後九洞竟大輸我七桿；看來涂阿玉教練還必須耐心指導一陣子。

【選刊之三】思念阿娘

一

家母在民國九十六年以九十高齡過世，我對家母有無限的懷念。

家母出生於民國七年，一九一八年。日本殖民台灣始於一八九五，那麼也就是說，家母出生於台灣變成日本殖民地的第二十三年。這樣一算，家母人生的前二十八年活在日據時代。

十八歲的時候，家母在媒婆牽扶下越過我們村莊的一條馬路，走不到一百公尺，嫁給家父。家父是獨子，繼承了祖父的田產和一間雜貨店，但不知什麼緣故，在夫妻分工上，家母負責耕田，家父主責看店。

婚後第二年，大兄出生，然後每隔兩年一胎，連生了四個男孩。我排行老四。其後每三年生一個女兒，連生四個。這就表示，十八年間家母八度懷胎，在三十七歲的時候完成了她繁衍吳家後代的責任。

我至今不能理解，承擔務農重擔的家母，如何能夠不斷懷胎生育，又能夠每天耕田、養豬、堆草、煮飯、洗衣、清掃，而且凡事牽腸掛肚！

二

家母沒受過學校教育，只從歌仔戲中學知一點忠孝節義，她的世界很小。家父在四十七歲的時候肝癌過世，在那之前，她的世界是家庭和四散村莊周圍的我家農田。誰當總統、誰是行政院長，跟她一點關係都沒有！

不過，日本警察好像在她的視界中佔據很大的分量。她常不諱言她的人生有一個盼望，盼望四個男孩將來長大後，至少能有一個做到警察這種地位的高官。

家母去世後，我仔細地思想，家母的盼望是很有道理的。

日本據台時期的警察，穿制服、戴高帽、穿皮鞋，有時候還配刀，騎著擦得雪亮的富士牌腳踏車，威風得不得了。管束台灣老百姓的時候，大聲吆喝，常常「巴加野鹿」個不停。聽說當年小孩子胡亂哭鬧的時候，父兄只要恫嚇一句「大人來了」，小孩哭鬧就戛然而止；大人者，日本警察之謂也！

二戰後，台灣復歸中國，日本警察回日本去了。新來的警察接收了座落村莊西角的警察分駐所，雖然沒有那麼威風，也不「巴加野鹿」了，但威權依舊。除了治安警察外，管偷鹽的鹽警和管偷蔗的蔗警，都帶槍，偷鹽或偷自家種植的甘蔗的人被開槍打死的事，時有所聞；也許因此，在家母的眼界裡，警察依然是很有權力的公府高官，所以家母希望四個兒子至少能有一人做到警察的期盼沒有改變。

三

民國六十一年，我當選增額國民大會代表，那一年家母五十五歲。村莊裡的父老興高采烈地為我放衝天炮，並且告訴家母說「小村莊出了皇帝」，可是家母好像仍然認為當選警察比較好。家母當然不曉得國民大會代表是什麼碗糕，設如她真正曉得國民大會代表是什麼碗糕，我現在判斷，她仍然會認為當選警察比較好。

民國九十五年，我出任行政院政務委員，此時家母已失智，連我回家的時候，她都不知道進門的是自己的兒子，我怎麼去跟她解說政務委員和警察先生的不同職責？民國九十七年我出任監察委員，這時候家母已化成一罈骨灰供奉在靈骨塔，我連要跟她吹牛皮，說監察委員可以彈劾違法失職的警察，都已經沒有說話對象！

四

八年來，家母常常到夢中找我。也因為這樣，這幾年來我腦子裡嘗試想要去找出家母人生的意義，可是答案無比辛酸。

一個不認識半個字的鄉下農婦，辛苦養育了八個子女，雖然無人不孝，但有幾個人去幫忙承擔她幾十年務農的辛勞？在家境寬裕之後，罹患高血壓和糖尿病的家母，吃這個也不可以，吃那個也不可以，她連一丁點口腹之慾也沒有滿足。家父於民國四十九年過世，家母高壽，這就表示家母中年喪偶，一路守寡了四十七年，雖然兒孫滿堂，又有幾人好好陪她聊天或陪她看齣歌仔戲？

我們八個兄弟姊妹為家母生了二十四個內外孫，因為散居各埠，我看，他們與祖母沒有太多感情。二十四個內外孫又為家母生育了三十幾個曾內外孫；這三十幾個小子，連對我這個四叔公或四舅公都陌生，曾祖母或曾外祖母對他們而言，我看比天空中的一顆寒星還要遙遠！

家母人生的最重要盼望沒有達成，不曉得她臨終前有沒有殘留遺憾？我把她供奉在頂北投台北市吳姓宗祠；假如真有另一個世界，不知道那裡的宗親如果知道她的兒子是台北市吳姓宗親會理事長，會不會給她一些禮遇或尊重？

不知道什麼緣故，我家兄弟姊妹都稱呼母親「阿娘」。寫這篇文章的時候，應該是很多愧疚吧，或者正逢母親節吧，我竟紅了眼眶。

蒼天悠悠、弱水長流。阿娘，我真的非常非常思念您！

【補註】

本書係個人生活與感觸之記述，因此僅由本人自費印製一千本，贈送師友。

9. 壯遊書海

出版時間 民國一〇七年
出版機構 玉山社
頁數 三九四頁

目錄——

20. 賈伯斯——翻轉科技

文學精典篇

21. 三國演義（中國 羅貫中著）
22. 水滸傳（中國 施耐庵著）
23. 格列佛遊記（英國 喬納森·斯威夫特著）
24. 懺悔錄（法國 盧騷著）
25. 隨風而逝（美國 密西爾著）
26. 湖濱散記（美國 梭羅著）
27. 戰爭與和平（俄國 托爾斯泰著）
28. 美麗新世界（英國 阿道斯·赫胥黎著）
29. 伊豆的舞孃（日本 川端康成著）
30. 浪淘沙（台灣 東方白著）

大千世界篇

31. 人類文明
32. 幽浮與外星人
33. 特異功能
34. 古董
35. 寵物
36. 貨幣
37. 黑社會
38. 吃飯
39. 貪汙
40. 慈悲

吾土吾民篇

41. 台灣的童謠
42. 台灣的歌謠
43. 台灣的俗諺
44. 台灣的美術
45. 台灣的民間藝術
46. 台灣的花木
47. 台灣的鳥類
48. 台灣的美食
49. 台灣早期開發史上的大角色
50. 台灣的國家公園

後語 人人讀書 充實自我 壯大台灣

附錄 世界文明編年表

前言 壯遊書海 其樂無窮

一

人間好書不可勝數，一個人窮畢生之力，恐怕也讀不了萬分之一。可是，每一本好書都是前人智慧的結晶，為了使生命更為美好，理當能多讀一本就多讀一本；不讀書絕對是生命最大的浪費。

台灣人讀書風氣不是很好，只要比較各先進國家的印刷數量，一看便知。

淺見以為，如要讓國家不斷向上提升，那麼鼓勵同胞多讀好書，絕對是一件必要工作；至於每一專業，日有新知，從業人士應知日日精進，更不待言。

二

筆者於二〇一四年結束公職生涯，在發表回憶錄之後，自感健康、思緒、意志都還處於很好狀態，這就意謂來日方長，可以再用什麼方式做一些對台灣有益的事。

幾經考量，決定替同胞導讀一些非專業性的人間好書，讓不是那麼喜歡讀書的同胞，只花幾百分之一的金錢和時間，就能一親好書芳澤。

三

心意既決，我拿出一張稿紙，前思後想，時增時刪，再三推敲到底要揀選哪些好書？

我認為各主要宗教的經典，應該一讀；因為這些經典流傳久遠必有道理。可是同胞即使信仰該宗教，都不一定用心閱讀該教經典，更何況不是他所信仰宗教的經典。至於非宗教經典，如果顛仆不移，應亦有其永恆價值。

我認定人類文明的進展，多賴古今海內外一群超級菁英的貢獻；這些超級菁英的人生、事功和思想，理當讓同胞知道；也惟有認識這些超級菁英，才能開闊眼界，有利於台灣未來的發展。

文學，不管以何種形式呈現，都是人類心智的昇華。我半生寫文章，深知文人嘔心瀝血的

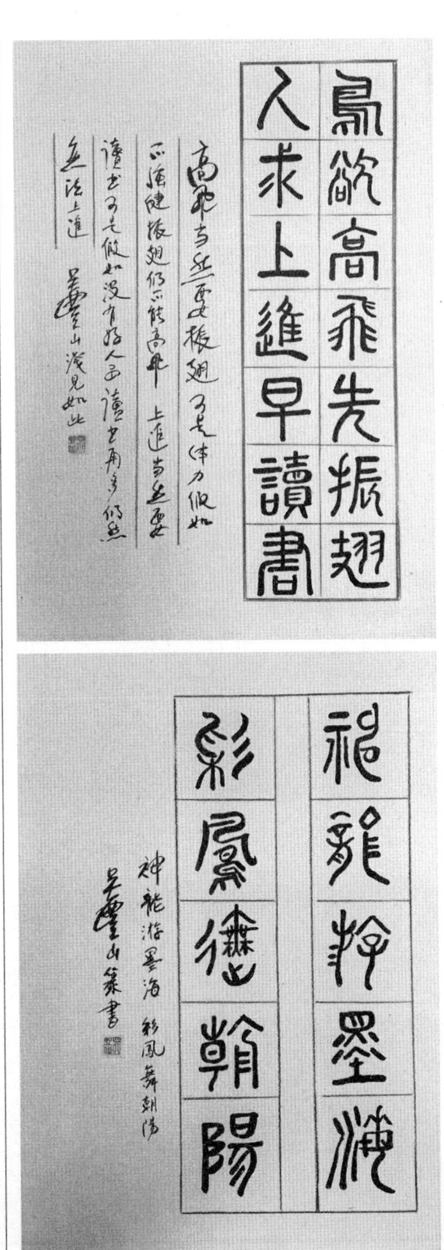

可貴。導讀部分曠世鉅作，可以讓同胞體會何謂鬼斧神工，同時也讓同胞瞭解世界之大，瞭解人生可以無限豐富。

大千世界萬象雜存，您喜歡也好，不喜歡也好，那都是人間現實。人性有善惡兩半，世界有已知未知範疇，也有似知似未知領域；既生而為人，能夠洞曉世事，練達人情，才不枉費瀟灑走一回。

最後，我回到吾土吾民，回到生養我們的這個海島。我合理懷疑，同胞對我們台灣的古往今來和風土人情究竟瞭解多少？我也絕對相信，唯有深入了解台灣，才會忠愛台灣，呵護台灣！

四

好像不少人以讀書為苦。我要很坦白地告訴同胞，逐一閱讀本書介紹的各種文本，並旁徵博引，融會貫通，形諸導讀文字，是本人俗世生涯中很快樂的一段時光。

晨昏之間，泡杯好茶，與古聖先哲同遊太虛，飄飄然活像神仙；看諸多一代人傑的豐功偉業，令人心生無限景仰；諸多文學大作，不管欣賞小說、散文或詩詞歌賦，都像品嚐滿桌美食佳饌、山珍海味，令人大快朵頤；細觀人間百態，欣賞好人好事讓人心悅誠服，批判壞事壞人也可一吐怨氣；至若美麗台灣的多面向容顏，在凝視近觀遠看之餘，也油然心生「上國公民」的驕傲。

筆者使用了幾千個小時，以做功德的心情寫作此書，現在付梓上市了，我親愛的台灣同胞假如樂意循著我的引導，快樂遊走一回，必然會有收穫；假如遊走一回之後，興致勃發，開始隻身壯遊浩瀚書海，那才真是善莫大焉！

【補註】

一如本人在前言中所述，我對同胞讀書風氣不好，頗不能認同。本書由感恩社會福利基金會、富邦文教基金會、吳尊賢文教公益基金會合購三千本，寄贈全國各公私立大小圖書館，對三個基金會破費我很感恩，可是我不知道多少同胞從圖書館借了這本書去閱讀？

前副總統蕭萬長、總統府前副秘書長張祖詒、中央研究院前院長李遠哲、行政院前院長蘇貞昌、台灣大學前校長楊泮池、台積電前董事長張忠謀、富邦集團總裁蔡明忠、世新大學客座教授王健壯、歷史學人胡忠信，一共九位先生對本書具名推介。對九位先生的推介，我很感恩，可是我也不知道有多少同胞由於這些名士的推介而決定借來一閱？

讀書風氣很好，一個國家的進步才可期待。因此我仍然願意保持樂觀態度，繼續推廣讀書風氣。

10. 歲月有情 吳豐山告老歌

出版時間 民國一〇八年三月
出版機構 玉山社 非賣品
頁數 三九一頁

目錄——

卷三 說實話

88. 宇宙精華 至巧天工
89. 謳歌大自然
90. 有夢最美
91. 東北角勝景無雙
92. 弄孫
93. 追憶先嚴
94. 歲月的奧妙
95. 如果人生重新來過
96. 五十年間 滄海桑田
97. 地表道場 億樣人生
98. 遠離地球 超脫歲月
99. 吳子呆呆看月亮
封筆詞 心滿意足——怡然封筆
吳豐山生涯記事

前言 山川無聲 歲月有情

一

年過七十，健康大概都會開始走下坡，可是天道微妙，歲月也會另外賜給禮物。

在台灣，如果現在年過七十，那就表示已經經歷了七位總統和幾十位行政院長。

年過七十的時候回過頭去看，哪一位總統剛愎自用，哪一位總統德不配位，哪一位總統予智自雄，哪一位總統心胸狹窄，哪一位總統為國為民，樣貌都很清楚。

年過七十，累積了一定的閱歷，回過頭去看幾十位行政院長，哪一位沐猴而冠，哪一位功勳顯著，哪一位鴉鴉烏烏，哪一位得過且過，其實也很清楚。

年過七十，時間夠久到讓您看到哪些人起高樓，宴賓客，樓塌了；哪些人一時光豔奪目，卻像放煙火一樣，短暫一瞬，灰飛煙滅。也有一些人物，從微不足道，經由苦鬥變成一方之霸；可見物換星移、滄海桑田，不只是文學用語，更是活生生的人間現象。

二

年過七十，可以很清楚看到台灣如何從落後邁向進步，從實質專制走向形式民主。

年過七十，可以讓自己從自身經驗看到時代的腳步，比如說三十年前或是四十年前花一百萬元買來的房子，如今變成幾千萬元的身家。

年過七十，如果不是孤家寡人一個，那便是辛苦撫養的子女變成大人，還幫您生了小孫子，讓您從人子變成人父，又從人父變成人祖。

年過七十，能讓您對是非對錯一目了然，同時也讓您知道人間是非其實常常混淆不清，讓您瞭解一定要理出一個是非對錯沒有必要。

年過七十，能讓您承認曾經年少輕狂，曾經委屈挫折，也能讓您深刻體會寬恕他人和自我寬恕的必要。

年過七十是從一個人生段落進入另一個人生段落。舊的段落已然過去，新的段落卻依然可以新生；假如思緒、意志仍然完好，新的人生段落依然可以活出燦爛。

三

我出生於一九四五年，在二〇一四年公職任滿下台一鞠躬，兩年後越過七十門檻。

公職任滿後，我還有兩項服務工作必須照顧，所以仍然每日上下班，但工作承擔劇減，所以我以「人間逆旅」為題出版了回憶錄，以「山川無聲」為題出版了靜思集，以「壯遊書海」為題出版了鼓勵同胞多多閱讀的導讀專書，同時開始學習繪畫。

由於青壯年時期持續寫了幾十年的政治評論文章，所以公職下台後也應邀間斷發表一些評論時政文字。

這當中，每一件事都讓我生活充實，心情愉快，只有撰寫評論時政文字讓我厭煩。寫了半輩子評論文章，長年泡浸在政治醬缸裡，連自己都可以嗅出身上沾染了一股政治臭味。如果掌權者不重視正論，那就更無理由枉費心思。

因此我決定自己刷洗一番，只再寫一些人間美好情愫。也就是說，從此轉身，在初老之後，回到常民之間，心曠神怡，一路高歌友情、親情、朝陽和落日；同時悠遊於彩墨和點線面之中，聊以彌補晚年必然的寂寞和少趣。

集刊在本書的每一篇文章都是真人真事，所以身邊的師長至親好友的名字都可能如實呈現；每一篇文章可能只是吉光片羽，也可能寫一個完整的故事；裡頭有歡笑有血淚，有悲歌也有頌歌。

四

集刊在本書裡頭的文章，是本人想到哪裡寫到哪裡，就像平日從茶葉櫃裡隨意挑選哪一罐茶葉去沖泡一般，拈花微笑，自由自在。

待寫到九十九篇的時候，認為可以打住了，才開始分類。其中卷三「說實話」本來用「看不懂」，後來認為並非看不懂，又改為「看不慣」。又後來認為年紀大了，心平氣和才好，最後才改為「說實話」。實話裡頭如果還有一些煩人的政治，那是由於筆者沒能一次把自己洗刷乾淨，應算情有可原。

有趣的是，全卷整理過後，放在抽屜內，不時拿出來檢視，又先後抽換了十幾篇，才終於定稿。抽換的理由竟然是不願再招惹任何無謂的紛擾；可見老人境界確有不同。

至於有幾篇文章配了一幅字或一幅畫，除了有三兩幅係刻意搭配外，其餘並非事先規劃，而是全書整理好了之後，才看看我寫的哪一幅字或畫的哪一幅畫可以「相得益彰」或至少博君一粲。

本書自費印製一千本，五百本做為贈送師長親友的感恩禮物。剩下五百本束諸高閣，讓子孫將來贈與有緣人。不上市是因為禮物無價。

對岸盛唐詩人韋應物有一詩作：

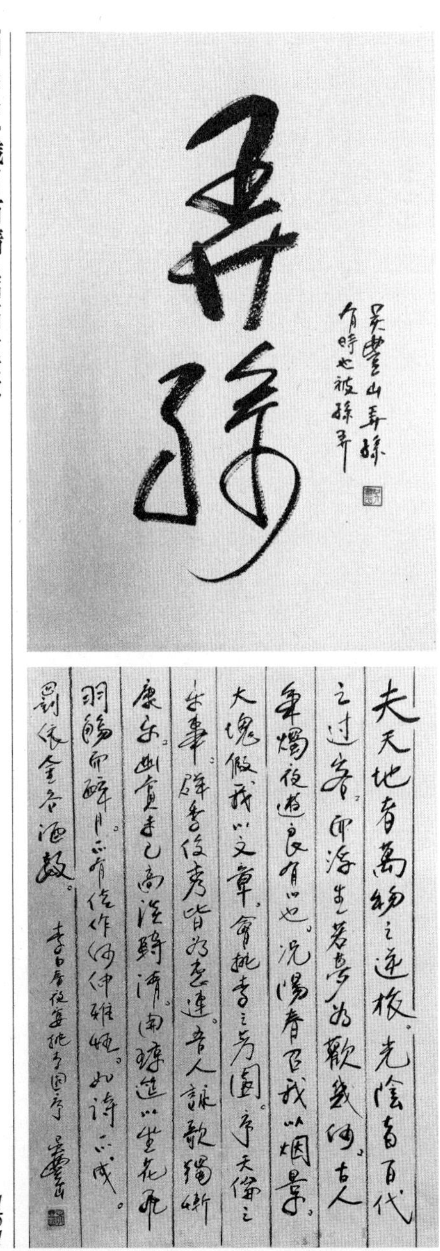

田家已耕作，井屋起晨煙。
園林鳴好鳥，閑居猶獨眠。
不覺朝已晏，起來望青天。
四體一舒散，情性亦忻然。
還復茅簷下，對酒思數賢。
束帶理官府，簡牘盈目前。
當念中林賞，覽物遍山川。
上非遇明世，庶以道自全。

後頭六句如果改成如下文字，正是本人現在心境的最佳寫照：

束帶理文字，往事盈目前。
當念祖上德，覽物遍山川。
古來無明世，庶以道自全。

【選刊之二】野老悲歌

一

讀文學史，讀到對岸唐朝有張籍者，作「野老歌」一首：

老農家貧在山住，
耕種山田三四畝。
苗疏稅多不得食，
輸入官倉化為土。
歲暮鋤犁傍空室，
呼兒登山收橡實。
西江賈客珠百斛，
船中養犬長食肉。

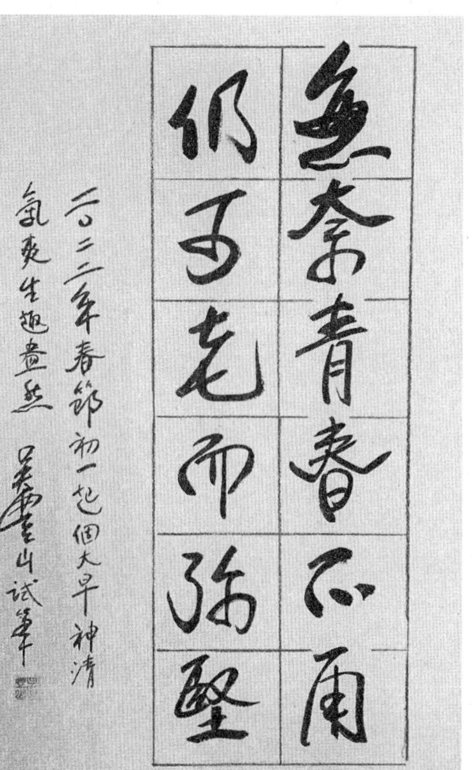

這首詩平仄工整，用字精簡，對比強烈，真乃上上之作，令人敬佩。

二

文學史冊上說，張籍生卒年月不詳，但是何時登進士第，累授國子博士、水部員外郎，轉水部郎中，然後在任上去世，則記述甚詳。

尤其對張籍的文學生涯和性格記述得更完整。說他對杜甫的寫實精神極為敬服，曾「取杜詩一帙，焚取灰燼，副以膏蜜，頻飲之曰：『令吾肝腸從此改易。』」又取多證，證實張籍曾受韓愈多助。同時也說張籍「性狷直」、「議論好勝人」、「自難望仕途之飛黃騰達」。

三

文人「自古相輕」。張籍有不少詩作為女權說話，更被當時重男輕女的人批評到體無完膚。

因此，筆者純就「野老歌」論事。

唐朝的社會是士農工商結構，一般尋常百姓不是耕田就是做小工藝，要做商業必須有資本。讀書做官是人上人。

只耕種三四畝山田絕對是貧農，苗疏已經夠淒慘了還稅多。稅多只好照繳，但官府貪污浪費無度，當然造成部分小老百姓民不聊生的後果。極少數富商生活奢靡使貧富懸殊的景象更加刺眼。

今日台灣經濟發達，但清貧人口仍有一個比率。政府做了很多蚊子館是事實，貧富差距日益擴大也是事實，年輕人不滿薪資水平倒退是大家都知道的事。

四

因此之故，本人拿了一張大萱紙恭恭敬敬地把「野老歌」抄寫一遍，篇末寫「抄彼岸中唐張籍諷時野老歌以警示當道」，然後拿去裱框。

本以為「警示當道」是一廂情願，對牛彈琴，未料後來綠朝某首長輾轉知道筆者有此一書作，便就欣然拿去補壁。

這位大員出身貧寒，從政迄今，德望一直居高不下，如果能夠永保仁民愛物的赤子之心，台灣有後望焉！

【選刊之二】白皮膚的台灣人

一

畢耀遠神父本來是荷蘭人，現在是台灣人。

一九五四年，三十二歲的畢耀遠神父離開他的祖國，前來台灣，落腳雲林虎尾。

那個時候的台灣，經濟落後。虎尾是鄉下地方，談不上什麼醫療設施，但虎尾的芸芸眾生同樣會生病。生病了怎麼辦？答案是沒能怎麼辦；小病了不起吃個便藥，大病如果有錢就送台中或台北，沒錢的話便就迎接死亡。

畢耀遠神父大發慈悲之心，回荷蘭去募款，把募得的三萬美金拿回虎尾，草創天主教若瑟醫院。其後不斷再募款，不斷改善；造福虎尾人民之餘，這個在台灣居住了六十三年的善人如今九十五高齡。如果有人問他何時回荷蘭，他的答覆是：我是台灣人。

二

像畢耀遠神父這種白皮膚的台灣人，並非絕無僅有。台東有個天主教白冷會，從七十五年前開始，就有一群來自歐洲的神父和修士，在那後山落後的一角，為台灣眾生辛勤工作。他們像接力賽跑一般，前後幾十位白皮膚的外國人在台東附近興建了一百多間教堂，宣傳天主教義之外，也蓋工藝學校，做慈善援助，做環境保護。他們有的學國語、有的學台語、有的學原住民語，把台灣當作自己的國家，把台東人當作自己的同胞；他們與台灣人同呼吸，與台灣社會同脈動。

三

比畢耀遠神父和台東白冷會的神父和修士更早，馬偕醫生落腳台北淡水，他娶了台灣女子，夫妻兩人在淡水地區做出了包括辦醫院、辦學院等等很大的事功。

經由各種調查與採訪，過去一百多年來，這些白皮膚的外國神父、牧師、修士、修女在台灣各個角落的傳教和行善事跡，大概都已廣為國人所知。

四

前來台灣的這些外國宗教界人士，包括很多不同國籍，派遣他們前來的教會團體也各自不同。相同的是，他們在台灣非但鮮少遭遇不幸，而且受到歡迎。

最近閱讀日本遠藤周作的遺著《沉默》（林水福中譯，立緒文化公司二〇一五年初版）一書，知道同為東方國家的日本，在豐臣秀吉時代的一五八七年開始迫害天主教徒。德川家康蕭規曹隨，曾於一六一四年將外國神職人員嚴刑拷打、驅逐出境。在歐洲人的眼中，這是整個歐洲信仰、思想的恥辱和失敗。

台灣人的善良天性加上儒釋道信仰再加上帝的恩寵，才使得今天「台灣最美麗的風景是人」！

必須跟地球上的諸多外國比較，才能深刻瞭解台灣確是洞天福地；進一步說，假如我們台灣人不知善加珍惜，那才真是自我糟蹋，自詒伊戚！

【選刊之三】地表道場 億樣人生

一

做為地球上物種之一的人類，每天約有三十萬個新生命在地表上出生。

這三十萬個新生兒分別在三洋五洲的各國家各地域離開母體，除了極少數目夭折外，絕大部分在無知無識的情況下開始他們的人生。

每一個生命的起跑點都不一樣；有的國家富強，有的國家貧弱；有的地域四季如春，有的地域酷暑酷寒；有的家庭富可敵國，有的家庭貧無立錐；有的父母百般慈愛，有的父母無

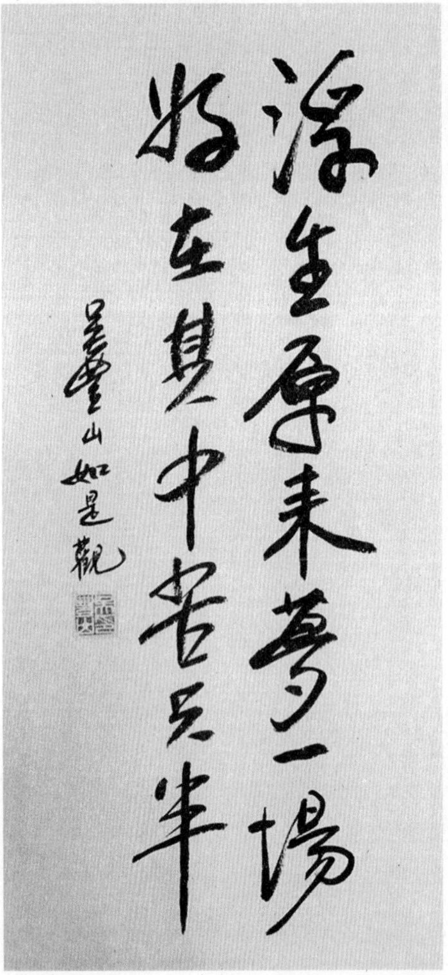

比邪惡；有人四肢健全，有人天生殘障……

儘管每一個新生兒的出生境遇不同，但生命已然啟動；這大約三十萬個嬰兒，在其後的歲月中，有人會貧困終其一生，也有人會成為教授、將領、企業家、部長或總統；當然絕大部分會只是人海中的一員，度過尋常的生老病死的一生。

二

這三十萬個嬰兒過了五、六年就長成為兒童，大部分人會進入小學校，接受人生的初期教育。各國家的小學教育大概都是六年。六年之中學校教導識字、算數、地理、歷史和倫理。有些國家在智育、群育之外，特別重視體育。如果國家財政較好，這批新人類在十二歲的時候會成為每一個國家可以期待的幼苗。

中學教育是一道人生關卡。實施九年或十二年義務教育的國家，他們的新生代會得到新一階段的教育。相反的，十二歲以後的新生代各憑本事和命運，有的人只能開始童工生涯、有的人會流浪街頭、有的人會成為黑幫的小弟……

成為黑幫小弟或流浪街頭或做低賤童工，是不是就注定了一生不堪命運？當然不是，其中有人也可能出人頭地。

由於幸運進入較佳人生軌道的青少年，是不是就從此一帆風順？當然也不是，其中有人會成為紈綺子弟，醉生夢死，或甚至於不得善終。

三

大學教育是另一個人生大門檻。三十萬青少年只有少數能夠進入大學。順利完成大學學程的人，在任何國家都會變成得天獨厚的一群秀異分子，他們進入各行業一、二十年後，很多人有機會進入領導階層。始終保持正向信念和作為的人會成為國家社會的正數，走上歧途的人會運用惡智慧變成國家社會的負數。

人類生命的最精彩部分在這群人身上演出，這些戲碼包括勳功卓越、創新不斷、大富大發、登峰造極、黯然下獄、萬人唾棄、樓起樓塌、頭破血流、聲名狼藉……

四

最奧妙的是，然後，大家都會進入老年。

年過六十五或七十，體力自然衰退，熱情自然消滅。有的人繁華落盡，有的人含飴弄孫，有的人每天在廟埕下棋，有的人晨昏到公園散步，當然也有人老當益壯，夕陽不西沉。

人類現在的平均壽命比一百年前提高很多，這是託飲食和醫療進步之福。可是人類到今天還不能長生不老，所以七十、八十、九十、最多一百或一百零幾，不是上天堂就是下地獄，沒有例外。

最最奧妙的是，你上天堂了，他下地獄了，但是地球照樣二十四小時自轉一周，照樣三百六十五天繞太陽迴轉一年，海浪依然拍打海岸，太陽每天清晨依然從東邊上來，黃昏後從西邊下去。而且每天大約三十萬新生兒照樣來到人間，並且周而復始地演出他們的生命戲碼，高唱或低吟他們各自的生命凱歌或悲歌。

【補註】

本書與《山川無聲——吳豐山靜思集》一般，係個人生活與感觸之記述，因此由本人自費印製一千本，贈送師友。

本人在發表本書時，順便宣稱封筆，被尊敬的忘年之交、年過一百的張祖詒老伯唸了好幾天，只好繼續寫作。

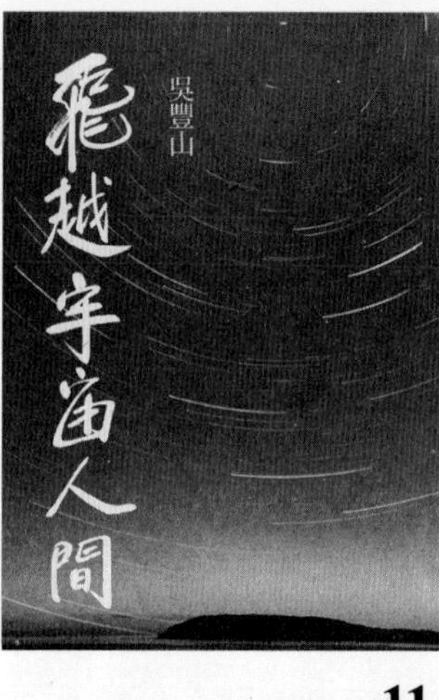

11. 飛越宇宙人間

出版時間 民國一〇九年一月
出版機構 玉山社
頁數 二二八頁

目錄——

50. 邪不勝正
51. 物極必反
52. 父慈子孝
53. 成住壞空
54. 法於陰陽
55. 天條與宗教

卷七　美麗

56. 鬼斧神工
57. 四季的變化
58. 文明的饗宴
59. 科學的賜福
60. 佳餚美饌
61. 心靈境界

卷八　哀愁

62. 造物者為德不卒
63. 戰爭帶來禍害
64. 資源分布不均
65. 歹人作惡多端
66. 隨時危機、處處陷阱
67. 科學的詛咒
68. 所得分配欠缺理性
69. 暴君暴政
70. 世界如何大同？四海如何一家？

卷九　實力

71. 生命必有其意旨
72. 專業專精 鍥而不捨
73. 相信自己不畏挑戰
74. 群策群力
75. 以無為有
76. 善用實力

卷十　博愛

77.「良心」是人類特有的秉賦
78. 施比受更有福
79. 喜捨
80. 寬恕
81. 慈悲

82.「聖徒」德蕾莎修女

83. 親情、友情、恩情、愛情

84. 溫情滿台灣

85. 真正的幸福在於愛與奉獻

參考書目

前言 飛越宇宙人間 探索千古奧妙

一

二〇一八年十二月，本人把《歲月有情——吳豐山告老歌》的書稿交付玉山社代為編印一千本非賣品，以饋贈師友。因為自期在寫作五十年後，就此怡然封筆，所以頓感輕鬆，無比快樂。

可是，只輕鬆快樂了很短一段時間，就又感覺生活之中好像少了什麼。二〇一四年，本人結束公職生涯，當時買了好幾本教人如何歡度老年生活的書籍，閱讀後發覺講的道理大都一樣，那就是除了「力保健康」外，「生活要有內容」。依此訓勉，本人大量閱讀、寫作。先後出版了《人間逆旅——吳豐山回憶錄》（遠流出版公司印行）、《山川無聲——吳豐山靜思集》（非賣品）。此外，二〇一七年還花了很大功夫，撰寫《壯遊書海》一書，由玉山社出版。有三個基金會好意共同出資，購買該書三千本，贈送全國各公私立圖書館。本人因此自認文字生涯已然功德圓滿。

二

那麼，到底自感生活中少了什麼？

本人的老年生活，除了有兩個辦公室必須照料之外，還寫毛筆字、畫畫、打球，怎麼會「好像少了什麼」？

原來，人的生活有其慣性，五十年持續閱讀、寫作，忽然一朝封筆，形同小嬰兒斷奶；小嬰兒被斷奶，哭一哭，問題就化為烏有；老人不哭，如果覺得生活中「好像少了什麼」，再正常不過了！

左思右想，既然健康、意志、思緒都還處於很好狀態，那就再閱讀、再寫作吧！

三

然則再讀什麼？再寫什麼？

本人於一九六八年服完預官役後，開始踏上一己生命的小舟，駛向遼闊無邊的人海。五十年間，看遍人間萬象，遭遇無數驚奇；其中最大的驚奇莫過於發現人間品類複雜無比。

放眼四海，有人獐頭鼠目、猥猥瑣瑣，有人衣冠嚴整、落落大方；有人斤斤計較、自私自利，有人慈悲為懷、痌瘝在抱；有人爭權奪利、面目可憎，有人大公無私、慈眉善目；有人舌燦蓮花、輕諾寡信，有人沉穩厚重、一諾千金；有人雞腸鳥肚、目光如豆，有人大開大闔、襟懷遠大；有人趨炎附勢、見異思遷，有人是非分明、忠心耿耿……

一言以蔽之，世間每一個人的人生格局差別之大不可以道里計。

四

吳某人憤世嫉俗嗎？

沒有！

我可以接受人世間龍蛇雜處、良莠不齊、品類不一的現實。我驚訝的只是同樣生而為人，為什麼格局、境界、風華會生出如此鉅大的差別？

本人在人海航行五十年後棄舟上岸，坐在岸邊，回首過往旅程，也重新檢視近二十幾年來相關宇宙人間的閱讀心得，認定差別來自於有人找到一己在宇宙中的座標，也瞭解人世間存有天條；相反地，更多人一路盲目航行，或者一朝驚覺失誤，卻為時已晚。

於是乎，基於善心善意，本人離開岸邊，回到書房，書寫這本《飛越宇宙人間》，盼望經由「探索千古奧妙」，把辛苦閱讀與愚者千慮之一丁點心得，提供世人參考。

如果因此有助於人類社會向上提升，那就善莫大焉；如果人世間紛擾依舊，那就算本人白做苦工，也可罷了。

五

必須特別陳述的是：

探索宇宙人間，涉及天文學、物理學、人類學、考古學、物種學、地理學、社會學，乃至於哲學、宗教學，可謂卷帙浩繁，真正學海無涯，任何個人窮盡洪荒之力都只能接觸其中千分之一乃至於萬分之一，探索工作永遠沒有大功告成的一天。因此，本人雖然自知僅觸及皮毛，仍決定依原定出書進程行事，否則沒完沒了，原來為追求快樂反而會變成不快樂。

話雖如此，為求嚴謹，本人收工同時，決定萬般謙卑地在這篇序言中留下以下這段文字：

在漫無邊際的浩瀚宇宙中，每一個單獨個人都只像滄海一粟；幾十年的短暫生命相對於萬

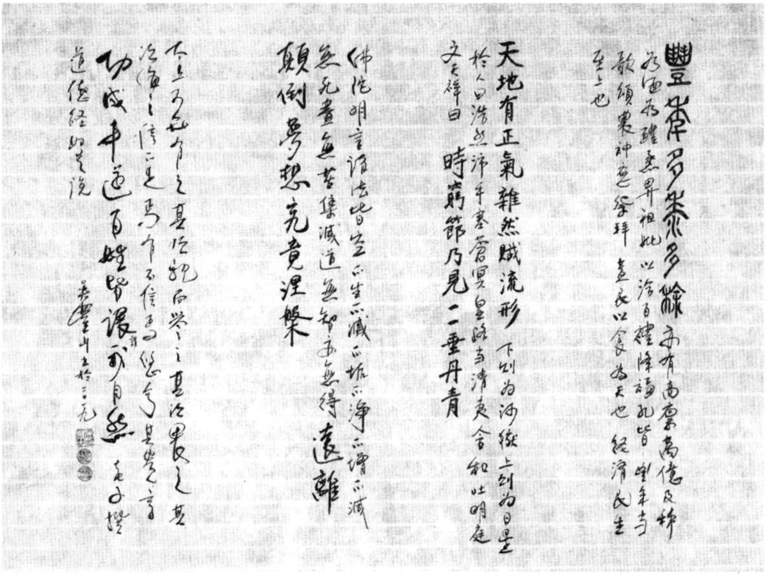

年千古，都只像白駒過隙。

然則，生命必定有其意旨，此所以探索宇宙人間，盡可能找到一己在宇宙中的座標，並且體察存乎其中的天條，以安身立命，煥發生命風華，進而營造人類社會整體向上提升，變成一種必要。

基於這種見解，本人不揣譾陋，嘗試艱難。

換句話說，出版本書除了善心善意之外，不過是為一己微不足道的、形同唐吉訶德的作工，留下一個小小的印記；百十年後，國人同胞中的有緣人如果在舊書攤上發現這本小書，閱讀之後，若有所得，歡迎與我隔著時空，會心一笑。

六

幾事交代：

—本書是本人近二十幾年來相關閱讀的綜合整理，也就是說從幾千萬言的閱讀中抽取出精華；所以本人詳列參考書目為附件，俾讓想進一步閱讀的人，瞭解完整出處。

—本人早年的辦報經驗告訴我，一本書從頭到尾一片字海不好；所以本人於文字完稿後又花了一些時間勉強畫了七幅畫、寫了三幅字，分別搭配十卷內文，以減輕閱讀壓力。本人不是書家也不是畫家，所以殷盼各方讀友不要苛責。說句不太禮敬的話：美國房龍先生畫在《人類的故事》一書的插圖，比我畫的沒有好看到哪裡去！而且他還不會寫毛筆字！

——本書應非討喜讀物，多虧玉山社願意出版，而且在編印作業上花了很大心力。三十一位尊敬的師長和友人應我要求，寫了鼓勵的話。雖然事先言明百字以內、不可溢美，但仍甚多用語過甚其詞，情商修改卻大多被否決，只好尊重。敬請讀友於過目時自行打折。不過，本人對賜稿的大雅師友，銘感五內。

——本書出版後，我將請託幾個文教基金會大批購買本書，贈送全國各公私立圖書館，也謹併此先行表達謝忱。

——如有影視界有識之士，樂意以本書為腳本，拍製十集一流紀錄片，本人願意擔任義務解說員，並協助募集部分拍製費用。

【選刊之二】利益分配

人類社會有家庭、有社團、有國家；家庭、社團、國家都是一個群體，但所有群體皆由個體組成。個體與群體之間利害與共，於是必生利益分配問題。利益分配得當，群體命脈得以維繫；利益分配不得當，群體命脈趨向終結。

我們讀歷史或歷史文學，可以發現一場勝仗打下來，做帝王的人都會分賞兵將；居大功者分土封爵，居中功者授予金銀玉帛，居小功者也能大塊吃肉、大碗喝酒。曹操打天下時甚至常常不待戰爭結束，早在攻城之前即通令兵將，誰能擒賊擒王，得黃金多少。這便是利益分配；要不然假如拼死拼活，帝王只您一人當，誰會是傻瓜王八蛋？

夫妻關係是人際關係中最緊密的一種。可是夫與妻仍是兩個個體。家中為夫者月入十萬，只給太太一萬元去買柴米油鹽，剩下九萬放在口袋，拿去花天酒地，那麼不離異也難！這就是利益分配不得當的效應。所以有一句話，說「連強盜分配戰利品都要講究公道」。

勞資關係的和諧，多賴利益分配合宜。現代國家多以公權力干涉勞資利益分配，因為它牽涉公安、公德和公義。

一個國家假如貧富懸殊，會生出很多麻煩問題，但資方自發性的合宜利益分配可遇難求。如由政府以租稅課徵做為利益分配之要領，也並非毫無爭議。在近代曾出現不少反證。例如二〇一二年主張社會主義的法國總統歐蘭德宣布課徵百分之七十五的超高富人稅，引發高所得者紛紛設籍外國，形成百業蕭條、失業率攀升，不止歐蘭德不敢爭取連任，「富人稅」政策在實施兩年餘之後戛然而止。

這類案例使得租稅政策如何得宜出現新一波爭論。「以低所得階層社會福利極大化解決利益分配問題」、「不可以高度累進稅制懲罰成功者」成為較佔上風的論述。

時序已經走到二十一世紀初葉，但據統計，勞資利益分配猶然難期得當。

二〇一八年，本人看到一份資料，說二〇一〇年以來，全球十億美元以上富豪的財富，每年增加十三%，是一般勞工每年僅增加二%的六點五倍。說二〇一七年全球股市再現高度繁榮局面，但全球財富增加之中，有八十二%落入一%的富豪口袋，另外佔全球人口半數的三十七億人卻未分享毫釐；也就是說貧富懸殊日益惡化。

反觀台灣，情況類同，否則不會財團越來越肥大，而受薪人的薪酬水平倒退二十年。

二〇一九年三月，本人又看到，「國際樂施會」說，全球二十六名最富有的人擁有的財產等同全球三十八億最貧窮的人的總和。

事實上，從二〇一六年開始，本人看到一股以示威遊行為要領、以選票為武器的「庶民造反」風潮，在美國、法國、菲律賓、台灣以及中南美洲好幾個國家興起，而且風起雲湧，來勢洶洶；將來歷史學家回過頭來探討其中奧妙，應會證明「庶民造反」之言不虛。本人僅先寥寥幾語立此存照。

共產主義的興起其實就是利益分配不得當的結果，大地主與佃農的利益分配懸殊，大地主因此被打成土豪劣紳，共產黨革命以大地主被抄家宣告勝利。

可是幾百年下來，共產主義卻又走向終結，何以故？因為自認最講究利益分配的共產黨人同樣犯下利益分配不得當的錯誤；利益分配平均不等於利益分配得當。

兵將不分戰功大小，平均分配利益，不算得當。同樣地，勞資雙方不分付出多少，平均分配利益也不算得當。

在資本主義國家，都有一些所謂豪宅。在台灣，好像住一戶新台幣數億元的豪宅被視為眼中釘。本人看法不一樣。企業主出資本、絞腦汁、冒風險，一旦失敗了必須自己承擔；終於成功了，「住比較好的房子、開比較好的車子」是僅有的獎賞，最多再由官方發給一張五十塊錢印刷的獎狀；試問，以好宅、好車和獎狀做為企業主貢獻社會就業和發展經濟的獎賞，豈非應有的利益分配？相反地，假如賺大錢的企業主，只管一身享樂享福，卻只願分給下屬一丁點好處，那麼由於利益分配應得當而不得當，被仇視被罵得狗血淋頭，也是干犯天條使然。

其實，利益分配的奧妙無所不在。所謂「禮，尚往來」，假如長時間有去無回，人際關係一定生變。受人點滴之恩，不一定要湧泉以報，如能心存感恩，別人自能感受出來。我長期觀察台灣政壇動態，發現選壇人物假如把政治獻金視為理所當然，船過水無痕，日久必被鄙棄。台灣很多選壇人物一時得意飛揚，最後卻以失敗收場，跟草率處理人際睦誼息息相關。

【選刊之二】成住壞空

「成住壞空」四個字，在佛教經典中到處可見。它是萬物的循環鐵律。

地表底下有一大堆種類不同的化石，化石就是動植物死亡之後沒入地下經由歲月沉澱所形成的東西；這些東西明顯表示：動植物最終都以死亡為歸路。

人類是動物種類之一。每一個人走到生命的盡頭，依照不同習俗，有的埋在墳墓裡，有的燒成灰放在骨灰罈裡，有人把骨灰灑向大海叫海葬，有人把骨灰埋在樹根邊叫樹葬，也有人被擺放在曠野讓老鷹吃掉叫天葬。最不可思議的是鞭策幾十萬人，花了幾十年，建築龐大的金字塔，裡頭埋了一個帝王。

不管怎麼處理大體，總之就是死亡、終站。

以台灣現在的平均壽命八十年來說，出生到二十歲大概是「成」，二十歲到六十歲大概算「住」，六十歲到八十歲逐步「壞」去，最後死翹翹，「空」。有人基因特好，保養特好，所以長命百歲，但最後逃不過天條，依然變「空」。

「成住壞空」的天條告訴人類什麼？

依本人淺見：

——要珍惜生命，活存本身便是價值。

——要努力工作，不枉費人間走一趟。

——要力保健康，讓一己盡可能長「住」。

——要樂予栽培後進，以期人類生生不息。

——要灑脫面對死亡。

說「要灑脫面對死亡」，要灑脫到什麼境界？

富蘭克林（Benjamin Franklin, 1706-1790）是美國開國元勳，也是位多才多藝的人物。他寫給喪父姪女的信如是這般：

「人不到死，不能算是完整的生命。」

「我們本是靈，肉身是借來暫用的。肉身給我們快樂，幫我們求知，造福人群，這是上蒼的恩德。假如肉身不合這些用途，則給我們的只是苦而不是樂，不幫助我們，反帶來累贅，已失去上蒼賜給我們的用意，能夠一旦擺脫，同樣也是上蒼的恩德。所謂死，不過如此而已。」

「我們有時寧可局部死亡，這也算是明智。一隻血淋淋痛苦不堪的手足，在復原無望時寧可割斷它；拔牙的人並不憐惜壞牙，因為痛苦和牙齒相關聯。同樣的，摒除了整個肉身的人，也立刻脫離了一切痛苦和病痛的糾纏。」

富蘭克林顯然視死亡為解脫。

「長江後浪推前浪」其實是一串很了不起的造句。

以《沉思錄》留名青史的羅馬哲君馬克思．奧里阿斯（Marcus Aurelius, 121-180）對「成住壞空」頗多體會。他說：

「長壽與夭折的人所放棄的是一樣的多；因為一個人所能被剝奪的只有『現今』，事實上只有這個是他所有的，他所沒有的東西他當然也不會失掉。」

「最重要的是，以愉快的心情等候死亡。須知一切生物是幾種物質的組成，死亡不過是那幾種物質的解體而已。」

「人的生命只是目前這麼一段時間，其餘的不是業已過去便是永不會再來。」

這個哲君還相信短暫是一切事物的共同命運。他說，「抬你入墓的那個人，不久將又有人為他唱起喪歌。」

談成住壞空，不能不觸及因果與輪迴。

好像人世間對「因果」一詞，大都簡單體會為宗教語言和信念。

其實不然，因果關係在哲學、生物學、法律學、工程學、宇宙學上都有其一定意義。扼要地說，因果關係就是一個事件（因）和第二個事件（果）之間的作用關係。不過，宗教在因果關係的論述上最為深入，而且許多不同宗教都有類同論述。

以佛教為例，有「三世因果」。所謂「三世」，指過去、現在、未來。說現在果是由於過去因，現在因會導致未來果。

「三世因果」連結「六道輪迴」，說眾生由於未盡之「業」，故於地獄道、畜生道、餓鬼道、人道、天道、阿修羅道中流轉生死。因此勸人要除四相、去三毒、守五戒、行十善、修六度萬行，最後才可望到達「無生」境界，解脫輪迴，前往「西方極樂世界」。

佛經上對「西方極樂世界」的美妙有極為具體的描述：

「極樂世界地平如掌，純是七寶合成……風吹樹花，落放地上……軟妙如棉，足履其上，蹈下四寸，隨足提起，復還如故……彼佛國土，每於晨食時，香風四起，自觸出微妙音……復有眾鳥，住虛空界，出種種音，猶如佛聲說法……樓閣千萬，百寶合成，於台兩邊，各有百億花幢，無量樂器……國內又有道場樹，高四百萬里，其木周圍，五千由旬，枝葉四布，二十萬里，一切眾寶，自然合成……」總而言之，那裡無病無痛、無災無難、無仇無恨、仙樂飄飄、花菓處處、光華四射、人人永生。

本人不知佛教的「西方極樂世界」與天主教、基督教的「天堂」是否美妙相同？不過，基督教和天主教說虔誠信仰上帝可得永生「安息主懷」，天堂應該就是最美妙的所在。

輪迴與永生並不只是宗教經典上的用語。

美國醫學博士史蒂文森（Jan Stevenson）曾調查世界各地二千五百多個聲稱記得前世的孩子，出版了四卷《輪迴與生物學》。他的結論是：輪迴確實存在。

曾任耶魯大學精神科主治醫師的布萊恩・魏斯博士（Brian L. Weiss）著有《前世今生》（*Many Lives, Many Masters*）等書，記錄他執業中的輪迴案例。

二〇一九年二月，台北民間電視台曾派員到北印度專訪達賴喇嘛。這位高僧說他已決定不再轉世，以終結西藏的政教合一體制。並說他可活到一百一十三歲。

本項記述只供參考，在學知上不做進一步判斷。

必須一提的是，相信輪迴會作用於生命態度。章回小說描寫官府殺人時，綠林大盜會仰天狂笑，大聲說「二十年後又是一條好漢」。開飛機撞毀紐約世貿雙子星大樓的教徒，認為他們為聖戰犧牲，必回到真主身邊。在今世淒慘落魄的男女，願意辛苦地活過每一天，是因為可以「寄望後出世」。也有受盡冤屈的人死不瞑目，一定要「看惡人後出世輪入地獄道」。

【補註】

三十一位各方大雅應本人之請，各寫短稿一則，共同飛越，他們的大名：彭淮南、吳清基、錢復、黃武次、趙榮耀、許水德、李復甸、張祖詒、蕭萬長、詹火生、吳建立、吳伯雄、陳介元、林義夫、胡元輝、李永得、詹啟賢、吳新興、蘇貞昌、陳美伶、賴清德、鄭深池、黃秀孟、吳亮宏、尹祚芊、李遠哲、杜忠誥、許金川、公孫策、洪德旋、王金平。

感恩社會福利基金會、吳尊賢文教公益基金會合購本書二千冊，贈送全國高中職以上各公私立圖書館。

吳豐山
親佛小記

12. 親佛小記

出版時間 民國一〇九年十一月
出版機構 玉山社 非賣品
頁數 二〇七頁

目錄——

緣起　莫因善小而不為

一

中年以後，本人會看看佛經、聖經、可蘭經，目的是想瞭解各大宗教與宇宙人間之關連。不過既是經典，研讀非易，遇有難解語文或思維，便就擱在一旁。老後歲月，多出很多閱讀時間，我特別用心瞭解佛教，所以把佛經以及相關論述一本讀過一本。

二

二〇二〇年初，一種叫做新冠肺炎的流行病，席捲全球，到了六月底，上千萬人感染，而且已有超過五十萬人死亡。為了防疫，各國所採取隔離或中止措施，嚴重阻害了經濟生產和消費，相關行業哀鴻遍野。災難何時終止，尚未可知。

新冠肺炎的病毒從何而來？有兩種說法：一是人類基於邪惡目的所製造，俾用於戰爭；二是自然環境被破壞所產生。

人類基於邪惡製造病毒，歷史上已有不少案例，所以新冠肺炎病毒係人類製造，並非危言聳聽。至於自然環境何以被破壞，同樣是人類的罪惡。

到了七月底、八月初，好幾名不同黨派的現任、卸任立法委員被檢調發動大規模搜索，移送羈押，震驚台灣社會。他們涉嫌收賄為某一民間企業之經營權糾紛惡用立委職權。台灣的立法委員自己巧立名目編列預算，其實收入豐厚，但金錢誘人，於是仍有人墮入銅臭黑洞，搞成身敗名裂，令人浩嘆！

三

我讀佛經，終極體會是釋迦牟尼悲痛人類的命運，提出戒除貪、瞋、痴思維，鼓勵眾生「諸惡莫作，眾善奉行」以共創人類福祉，是積極入世而非消極出世。現在全球有五億以上的佛教信眾。到底兩千多年來佛教對人類社會產生了多少正面功能，恐怕無法計量；不過，以「諸惡莫作，眾善奉行」追求人類整體福祉，應是顛撲不破的真理。

我們台灣在二十一世紀初葉的今天，政治自由、經濟發達、社會開放，這是人民數百年打拚的成果，彌足珍貴，可是在社會各個角落仍充滿很多大大小小的罪惡，距離人間淨土的理想仍有一段不小的距離。平日讀報看電視如果看到這些悲苦，常常令人久久不能自己。

四

二〇二〇年初某日，本人靈光乍現，如果不是佛門中人的我，利用一己好不容易累積的一點點社會公信力，以做功德的心情，用淺白的文字，把親近佛學的過程，加以筆記，應該可以期待發生一丁點正面效用。一丁點就是微乎其微，不過釋尊教誨「眾善奉行」，先賢也教誨「莫以善小而不為」，吾人合當謹遵教誨。

這便是這本《親佛小記》的由來。

五

完稿之後在交付出版社以前，本人推敲：如果我邀集周圍一些好友，一起做功德，豈不比循正常出版程序作業更有意義？

其結果是，這本小冊由本人尊敬的幾位大德——林新傳、徐龍、陳介元、張有惠、吳亮宏、李漢東、陳有進、吳碧河、陳釙贈、鄭深池、吳建立、陳淵泉、吳豐盛、王隆興、沈鴻居、吳建南與我，共同出資印製二千本；一千四百本寄贈全國高中職以上各公私立圖書館，另六百本由捐印人均分，贈送有緣人。

六

本小冊除了諸位大德捐印外，本人還請佛學造詣深厚的大書法家杜忠誥為書名題字。請四位藝術家好友各提供二張作品做為每一段落的插圖；他們是台灣抽象畫派祖師爺陳正雄、意象畫派名家陳釙贈、業餘攝影家吳淵源、吳夏雄。我自己也恭抄《心經》並畫圖一幅湊合。

這樣做的考量是不讓這本小冊呈現一片字海。

對捐印、題字和提供藝術作品的諸位大德，本人由衷感謝。

七

最後，我要說的是，佛學博大精深，經卷浩繁，本人僅觸及皮毛，而且慧根淺薄，自必難免疏誤；如果各方讀友在閱讀之後略有所得，那麼請向佛陀感恩；如果白白浪費了您的時間，那是本人罪過；不過，請瞭解本人全出於一念之善。

南無阿彌陀佛。

【選刊之一】唯心、唯物

宗教學探索宇宙人生，哲學也探索宇宙人生。

在哲學論述上，唯心論與唯物論是兩種極端學說。

胡曉光著有《佛理奧義探究》一書。他指出，唯物論者的宇宙觀，肯定宇宙間最基本的東西是物質，除去物質則無所謂世界。進而言之，人也是物質，他們不承認宇宙間有所謂獨立於物質之外的精神存在。而且更進一步認為宇宙間任何一種活動，都由於物質的活動，所謂因果、規律、時空等等，也不外是若干物質的特性，人不能憑空造出一條物理學的定律。

唯心論者相反，他們以精神為宇宙的本源。認定宇宙任何事物莫不自精神實體而來。此種精神實體的功能作用，在人主體上是以觀念形式表現，在客觀物質上是以能力形式表現。

唯物論與唯心論之外，還有心物二元論，認為宇宙根本上是心物二種相異的性質。胡曉光的佛理探究得到的結論是：佛學是從緣起觀來闡釋宇宙本體本原問題，認定宇宙現象的存在，無論物質的或精神的，都是緣起性空。宇宙間絕對不存在永恆不變、常一獨存的形而上學的實體為本體本原。所以佛學不探討形而上學的本體論，只認為這世間凡夫由於無明之故，起種種虛妄分別，所以歸納出無造物主、無我、無常以及因果相續這四種最根本信念。胡曉光因此認定佛學不是唯物論，也不是唯心論，更不是二元論，不是多元論，所以不崇拜偶像，佛學否定實體，肯定因果律，是真實主義的緣起性空論。

不喜歡哲學的人，會對以上論述暈頭轉向。因此，本人要在這個段落一談「祇樹給孤獨園」。

本人閱讀過的佛經，其中好多本一開始都同一句話：「如是我聞，一時，佛在舍衛國祇樹給孤獨園」，然後才接下記述各事。

《佛說孛經鈔》記載了其中詳情。

說舍衛國這個土邦的太子祇陀，有田園八十頃。那裡平坦方正，果樹也多，還有淨水溫泉，沒有蛇鼠蚊蠅。

有一位居士名叫須達多，自皈依佛陀後，緊守五戒，悟見佛理真諦通達，常布施奉獻，所以鄉人都稱呼他為「給孤獨長者」。

須達多想為佛陀建一寺院精舍，找遍各處，認為祇陀太子的園地最好，因此向祇陀太子求購。此時祇陀太子說「你如果能夠用黃金佈滿園地，使田園間都無空隙，我便賣給你。」

須達多富可敵國，一口答允，未料祇陀太子後悔。此時一些元老諫勸祇陀應言而有信。不久須達多就運來黃金，須臾間已鋪滿四十頃。看到此一情景，祇陀太子說話了：「不要再鋪了，園地算您奉獻，樹木算我奉獻。」於是二人合作建成精舍奉獻給佛陀，佛陀就和一千二百五十位出家沙門一起住入精舍，這個精舍也就名叫「祇樹給孤獨園」。

剖析這個故事，可以發現祇陀太子的田園（物）和給孤獨長者的財富（物），由於二人的善意協商（心）而建成了精舍（物），並且一起把它奉獻（心）給佛陀。佛陀因而能與眾多弟子入住生活，並在那裡修行和傳承（心）。

在文法學科的範疇，當創新一種理論時，常見「不偏激不成其為一家之說」的情況。唯物論與唯心論在論述上皆可自證圓滿，可是在現實人間，心與物常不單獨存在，而是併合呈現；祇樹給孤獨園就是很鮮明的事例。

事實上，任何一種學說，落實到人間時，都立即呈現出偏狹的毛病，如果不加修正，便見偏頗難行。比如說，採行資本主義的國家，後來都先後融入社會主義的福利措施；比如說，台灣的三民主義，後來融入了資本主義；比如說，採行共產主義的國家，不修正的話都先後宣告失敗。

因此本人要再一次強調，釋尊智慧深嚴，佛學的精義在於修心與戒貪，排斥盲目追求逸樂；因為盲目追求逸樂最後會給個人和社會帶來痛苦，因此眾生合當相互以因果律勸誡眾生諸惡莫作、眾善奉行，以共同追求一個可能的理想社會。

【選刊之二】心經

佛教經典的經文長短不一，有的長達數萬字，有的短短幾千字甚或幾百字。

《心經》是佛教經典字數最少的一部，全經只有二百六十個字。

《心經》全稱《般若波羅蜜多心經》。

本人研讀于凌波居士所著《般若心經蠡解》。因為只有二百六十個字，所以本人參酌于凌波居士大作，逐字逐句解讀如下：

般若波羅蜜多心經

般若是智慧，但不是一般智慧，而是奧妙智慧、正智慧，或相對於惡智慧的善智慧。若進一步深究，則智是瞭解，慧是鑑別。

波羅蜜是彼岸，波羅蜜多是到彼岸了。

心經的心指菁華，如以讀經的目的在於洗面革心而言，則此心亦可直解為人心。

觀自在菩薩，行深般若波羅蜜多時，照見五蘊皆空，度一切苦厄。

觀自在另譯觀世音。譯為觀自在是玄奘手筆。觀是觀照，了解諸法皆空，因而解脫，解脫了即自在。

菩薩是梵文菩提薩埵的簡稱。菩提是覺、是佛果，薩埵是有情眾生。民間以「觀音菩薩」為簡稱。觀音菩薩不是人，是佛，在西方極樂世界。說他是男或女，是眾生的執著。

行深是修行高深。

五蘊是指造成人身的五種要素：色、受、想、行、識。五蘊又稱五陰或五聚。蘊是覆蓋的意思。

色泛指物質。包括佛經把人體稱為色身，以及把宇宙的物質形相稱為色相。

受是心理上的感覺組合。

想是心理上的識別組合。

行字很麻煩。如要簡解，可解為一顆雜亂的心不斷產生各種念頭。

識是認識。識有六種，即眼識、耳識、鼻識、舌識、身識、意識。

皆空是佛教的最核心思想。佛教指人世間萬事萬物皆因緣生，皆因緣滅，也就是一切本來都是假有。

至於度一切苦厄。苦是逼人身心，厄是艱難危險。生老病死是生理上的苦。愛別離、怨憎會、求不得是心理上的苦。釋迦牟尼佛並不否認人生有樂，但認為所有樂皆會有苦的因子，也就是說樂的後果仍是苦。

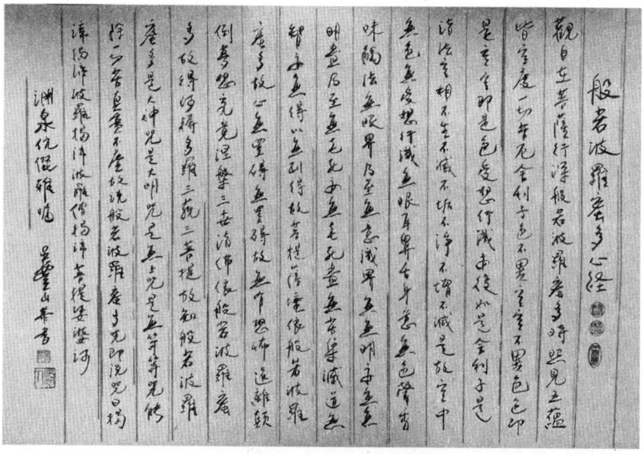

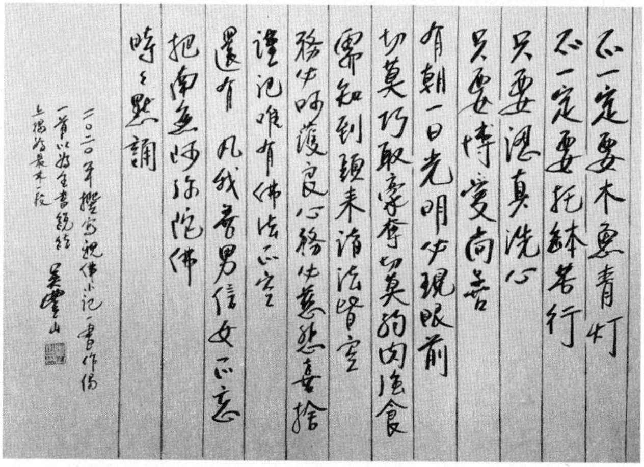

舍利子，色不異空，空不異色，色即是空，空即是色，受想行識，亦復如是。

舍利子是一個沙門的名字，又名舍利弗，是釋迦牟尼佛住世時的弟子。

色的意指，前段已說了。

空的意涵，前段已說了。

舍利子！是諸法空相，不生、不滅，不垢、不淨，不增、不減，是故空中無色。無受、想、行、識。無眼、耳、鼻、舌、身、意。無色、聲、香、味、觸、法。無眼界，乃至無意識界，無無明，亦無無明盡。乃至無老死，亦無老死盡。

所謂無無明、亦無無明盡，很難三兩字說清楚。

無明是本來就是迷昧不明。

于凌波說：真如佛姓，由無始無明所覆蓋，由見聞知覺的作用，成為妄心。妄心攀緣塵境，成為妄想執著。而這個妄想執著作何解？凡事不當於實的叫妄，妄為分別而取種種之想叫妄想。固執於一切事物而不離叫執著。因妄想、因執著而生愛取或憎捨，叫妄想執著。

佛法稱色、受、想、行、識為五蘊。稱眼、耳、鼻、舌、身、意為六根。稱色、聲、香、味、觸、法為六塵。六根六塵合稱十二處。十二處加上眼、耳、鼻、舌、身、意六識合稱十八界。

十八界之外，復有十二因緣。

于凌波說：十二因緣是釋迦世尊以因果法則開示有情生命三世流轉的真相。說事實上，釋迦世尊也是以此證得正覺的。他引《過去現在因果經》的記載說，世尊在雪山修道，苦行六年後至尼連禪河，入水沐浴，浴罷至畢波羅菩提樹下，結跏趺坐，至第三夜，悟得十二因緣：無明、行、識、名色、六入、觸、受、愛、取、有、生、老死。

這十二因緣匯聚而成過去因、現在果、現在因、未來果等三世因果。

至此世尊澈悟宇宙人生真象，遣除我法二執，不造一切惡果，不貪愛、不妄取、不投生、無老死。

于凌波說：我人的生死根本是無明，而八萬四千修行法門是破無明；破得無明，就是明心見性；果然明心見性，在妙湛圓寂、萬境俱空的真如實相中，何來十二因緣呢？

無苦、集、滅、道，無智，亦無得，以無所得故，菩提薩埵，依般若波羅蜜多故，心無罣礙，無罣礙故，無有恐怖，遠離顛倒夢想，究竟涅槃。

苦、集、滅、道合稱為四聖諦，是佛教人生觀和宇宙觀的根本。苦是果，集是因。滅是果，道是因。

集就是貪求無饜。使人知苦、斷集、慕滅、修道，就是世尊說四聖諦的目的。

何謂涅槃？

涅槃是一種境界，是不能以語言文字詮釋的。為什麼不能以語言文字詮釋？因為它是聖人所證得的超越凡情經驗，而非人類用以表達他們所熟知的感官心靈、事物意象。

可是不以語言文字表達，又如何教化眾生？于凌波因此從《佛陀的啟示》一書中摘錄了幾段關於涅槃的說明，試圖解說：

「涅槃是徹底斷絕貪愛，放棄它、摒斥它、遠離它，從它得到解脫。」

「熄滅貪愛，就是涅槃。」

「一切有為無為法中，無貪最上。就是說：遠離憍慢，斷絕渴想，根除執著，續者令斷，熄滅貪愛，離欲，寂滅，涅槃。」

如果還未悟得，以下這段話好像比較易懂：

「凡是親證真理、涅槃的人，就是世間最快樂的人……他不追悔過去，不冥索未來，只是扎扎實實的生活在現在裡。因此，他能以最純淨的心靈欣賞與享受一切，而不參雜絲毫的自我成分在內……他既無自私之欲求、憎恚、愚癡、狂傲以及一切染著，就只有清淨、溫柔，充滿了博愛、慈悲、和善、同情、了解與寬容……不積儲……他不渴求重生。」

如果讀友還有未解，那麼只能說涅槃是超越邏輯與理性的，它是由智者內證的。

涅槃亦翻譯為圓寂。圓證一真，無欠無餘曰圓；寂融萬法，不生不滅曰寂。

三世諸佛，依般若波羅蜜多故，得阿耨多羅三藐三菩提。

三世指過去、現在、未來。

阿耨多羅三藐三菩提全句是梵語。阿是無。耨多羅是上。三為正。藐為等。菩提為正覺。

前後連起來就是「無上正等正覺」。

無上是正覺圓滿，萬德具備。

正等是不偏、平等。

正覺是不邪、不迷，遠離顛倒妄想的正智。

故知般若波羅蜜多，是大神咒，是大明咒，是無上咒，是無等等咒，能除一切苦，真實不虛。

所謂咒，就是密語，相對於顯語。說釋迦說法，經典中說明道理示人修持者謂之顯教；不加解釋，唯加持功用者謂之密言。

說大神咒，是比喻般若能解脫生死煩惱的魔障，有如大神力。

說大明咒，是比喻般若的大智，能大放光明，破除眾生愚痴的昏暗。

說無上咒，是說世間一切諸法，無一能勝過般若。

說無等等咒，是指無法能與之相等。

故說般若波羅蜜多咒，即說咒曰：揭諦，揭諦，波羅揭諦，波羅僧揭諦，菩提娑婆訶。

這是心經最後一段，是咒語。佛教經典翻譯的五不翻規則，其中包括咒語不翻，因其不可思議。說是要一心虔誠轉誦，日久必生效用。

然則，至少字面上要懂一點吧，否則怎麼背得起來？可能因此，于凌波依據賢首國師的《心經略疏》，稍解如下：揭諦者，是去的意思，也是度的意思。波羅揭諦是度到彼岸。波羅僧揭諦的僧是眾的意思，指大眾度到彼岸。菩提薩婆訶者，菩提是佛果，薩婆訶是快，是速疾的意思。

整句咒語上下連起來變成：去，去，去到彼岸！大眾去到彼岸，共證佛果。

南無阿彌陀佛！

【選刊之三】因果律是鐵律

佛學講究因果、深信因果，因而台灣社會普遍認為因果是佛門專用語言。

事實上，因果律在數學、法律學、化學、物理學上也是鐵律，是宇宙間一個作用造成下一個作用的必然。

比如數學：一加一等於二，四減一等於三，三乘三等於九；因果律是鐵律。

比如法律學：偷竊一百萬，判你坐牢兩年。殺死一個人，判你以死謝罪；因果律是鐵律。

比如化學：二氫加一氧生成水，壓縮鈾做成原子彈；因果律是鐵律。

比如物理學：蘋果不會飛上天，只會受地心引力作用掉落地上；因果律是鐵律。

我注意到歷來很多科學家在科學領域遊走一番後都回到上帝身邊。我注意到有些原本信仰上帝的科學家後來由於科學研究的發現，在宗教信仰上，變成不可知論者。此外，我當然也注意到名揚國際的已故宇宙物理科學家霍金（Stephen Hawking, 1942-2018）直言沒有上帝、沒有來生、沒有天堂、沒有地獄。不過，不管哪一類科學家，迄今好像還沒有人公開否定單純的因果鐵律。

我們可以這麼說：釋尊不做形而上的無謂爭論；他只是以其過人智慧看透人生本然，以及天道奧妙，進而萬般慈悲地提出務實可行的救贖良方；眾生不從的話，那是自絕於真理。

【補註】

《親佛小記》由前揭「緣起」一文所記明之十六位大德與作者共同出資印為善書，所以散布甚廣。

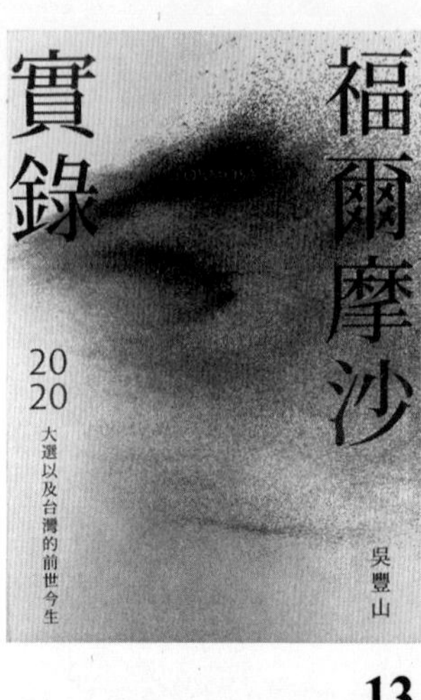

13. 福爾摩沙實錄
2020大選以及台灣的前世今生

出版時間 民國一〇九年五月

出版機構 天下雜誌出版社

頁數 二六九頁

目錄——

19. 民進黨建黨三十三週年 2019.09.28
20. 社會公器 2019.09.29
21. 政治酬庸 2019.10.03
22. 國慶 2019.10.10
23. 僑界政治 2019.10.13
24. 台灣的斤兩 2019.10.14
25. 張忠謀再任 APEC 特使 2019.10.15
26. 真相與是非 2019.10.26
27. 拜廟 2019.10.28
28. 人間悲歌 2019.10.29
29. 台灣經貿前景 2019.10.31
30. 彈劾川普 2019.11.01
31. 莫把黃金當糞土 2019.11.02
32. 兒戲政治? 2019.11.03
33. 晚節 2019.11.04
34. 兩岸烽煙 2019.11.05
35. 節操 2019.11.09
36. 成見、偏見、高見、淺見 2019.11.10
37. 韓張配 2019.11.12
38. 王金平的字典 2019.11.13
39. 宋楚瑜七度風塵 2019.11.14
40. 蔡賴配 2019.11.18
41. 橘逾淮為枳 2019.11.23
42. 誰貢獻台灣? 2019.11.25
43. 泥巴戰 2019.11.26
44. 交流、滲透、通敵 2019.11.27
45. 台灣寶貝誰來養? 2019.11.28
46. 民調 2019.11.29
47. 我們的後花園 2019.12.04
48. 有情有義 2019.12.07
49. 工商團體選邊站 2019.12.09
50. 再三十二天投票 2019.12.10
51. 敵視考、監二院 2019.12.11
52. 網軍、網紅 2019.12.13
53. 地下賭盤 2019.12.16
54. 這樣子的政務次長 2019.12.17

55. 垃圾時間？ 2019.12.18
56. 政見會？相罵會？ 2019.12.19
57. 川普灰頭土臉 2019.12.20
58. 副總統 2019.12.21
59. 挺韓、罷韓遊行 2019.12.22
60. 知識分子 2019.12.23
61. 常識性謬誤 2019.12.24
62. 攻防「反滲透法」 2019.12.25
63. 惱人的能源問題 2019.12.26
64. 敲鑼打鼓通車剪綵 2019.12.27
65. 三位高手 打成一團 2019.12.29
66. 封關民調 2019.12.30
67. 「反滲透法」通過三讀 2019.12.31
68. 二〇二〇元旦 2020.01.01
69. 努力做個一等公民 2020.01.02
70. 造勢 2020.01.03
71. 熱鬧 2020.01.06
72. 國家之舟 2020.01.07
73. 以史為鏡？ 2020.01.08
74. 沸騰 2020.01.09
75. 爆鍋 2020.01.10
76. 揭曉 2020.01.11
77. 旭陽依然東昇，可是…… 2020.01.12

推薦序

一本總統大選備忘錄　也是一份告台灣同胞書

王健壯

四十多年前的台灣新聞界，「吳豐山」是個重要名字。多數人當年寫評論文章，因為形格勢禁，不得不迂迴婉轉吞吐其詞，他在《自立晚報》寫「吳豐山專欄」，卻經常直白無隱，「千秋白水文章」，讓人羨慕。

到現在，近半個世紀過去，豐山兄早已離開新聞最前線，但七十多歲的他仍然筆耕不輟，文章的字裡行間多了點溫柔敦厚，文風卻依然直白如昔，《福爾摩沙實錄》（以下稱《實錄》）這本書，就是他始終如一的證明。

寫評論不像寫新聞，寫新聞是事實陳述，寫評論卻是意見表達，而意見常受制於個人信念、立場與愛憎，就像豐山兄常引莊子的那句話「此亦一是非，彼亦一是非」，很難讓所有人滿意，譽之所至，謗亦隨之，這是寫評論的人都有過的經驗。

但即使如此，寫評論的人仍要有一些自我要求，就像胡適辦《獨立評論》時所說，知識分子雖然是「治世之能臣，亂世之飯桶」，但提筆論政時卻要「成見不能束縛」、「時髦不能引誘」，以今天的語言來說，就是不能囿於黨派之見，也不能媚俗迎合政治正確；若要臧否時政，那麼一點點的獨立精神是必要的，一點點的自由思想也是不可或缺的。

吳豐山一向自稱是個「徹頭徹尾的台灣本位主義者」，熟識他的人也知道他的政治傾向是中間偏綠，但他寫文章評人論事時，卻能是其是、非其非，對錯黑白分明，對的按讚，錯的絕不和稀泥各打五十大板。而且，「台灣本位」從來不曾矇蔽他的成見，他也不曾為了標榜「台灣本位」，而譁眾取寵趕時髦；他的第四權角色始終高於他的自我角色。

在《實錄》這本書中，可以找到許多這樣的證據：

——連續兩個多月，不少挺民進黨的政客和名嘴一連串的動作，以羞辱、潑糞、揶揄、抵制為要領，我不以為然。我不認同韓國瑜，可是我更不能認同這種無所不用其極的競爭方法。

——有些政治人物，包括貴為總統的蔡英文，跑去蹭網紅，葷腥不忌，誠令人不知其可。需知：要做個令人尊敬的政治人物，最忌諱的就是不可有奶便是娘。

——這樣子的陳宗彥（內政部政次）當然非下台不可，可是民進黨上上下下置之不理。現在很多同胞認為民進黨只是口說謙卑，其實行為傲慢，從陳宗彥身上看到的，不就是這樣？

——陳師孟應該不可能不知監委只能調查法官是否違反執法程序或操守有問題，不能干涉判決內容。陳氏為什麼會犯這種常識性謬誤令人不解，民進黨上上下下對這種謬誤不發一語，更令人不解。

——國會制定（反滲透法）必須耐心相互協商，嘴巴說謙卑，實際上卻仗著過半席次強渡關山，頗不可取。

——我注意到，蔡英文在（選舉）揭曉後的國際記者會和勝選大會上兩度希望對岸「和平、對等、民主、對話」，不過，我必須指出，這是口號，最多只是原則，不是方略。

引述這幾段話，只是要替吳豐山的「第四權角色高於自我角色」找幾個證據，他對藍營或韓國瑜的批判，在《實錄》中當然也不少，但他有憑有據，絕不指鹿為馬，或捕風捉影。豐山兄一生與政治為伍，而且也曾出入政媒兩界，當過國大代表與內閣政務委員，但他對政治卻說過這樣一句話：「政治這個東西，拿菜刀把它剁到細碎，再攪蜂蜜，丟給豬吃，豬都不吃」。美麗島事件前後那幾年，他曾經參與朝野協商，所以對當前的政黨政治，更是心有戚戚，更是無奈悲觀，在《實錄》中，他寫了這幾段話：

——我很擔心無止境的政黨惡鬥會把台灣活活整死。

——這樣子南轅北轍的兩個政黨不相互敵視也難。這樣子見解一百八十度相反的兩個政黨在爭奪執政權的競逐上，不你死我活也難。

——既然未來休戚與共，幾十年累積的恩怨情仇，總必須有寬恕放下的一天，把惡鬥鬧劇一直演下去，哪一天台灣枯死了，你我大家一起陪葬。

——最令人難過的是，政黨惡鬥是以侮辱眾多正派知識分子的拙劣手法在進行。

——現在能夠確定的是：台灣朝野假如不能相互有效溝通，化解內部分裂，上天要幫台灣

——在競選時用語如此尖銳、態度如此決絕，如何讓人民對選後的政黨良性互動寄以期待？

也難。

——打開內政部官網，仔細瞧瞧三百多個政黨的黨名，說好聽一點，是琳瑯滿目、百花齊發，說真話是亂七八糟，胡搞瞎搞。所以政黨林立，政黨政治卻上不了軌道。

走過黨禁歲月的人，方知政黨政治得來不易，珍之惜之呵之護之唯恐不及；但老天也難救的當前台灣政黨關係，卻讓走過黨禁年代的吳豐山心有所憂，更心所謂危，而不得不發雷霆之怒。

同樣的，走過戒嚴歲月的人，方知新聞自由的可貴。但在吳豐山這個老報人的眼裡，「日以繼夜吱吱喳喳令人厭煩」的當前台灣媒體，卻像政治人物一樣喪失了專業精神。他痛心在朝野惡鬥時「我原以為新聞界會有正義之聲，不但沒有，而且各自選邊，加入混戰」，「今天該批判的是部分媒體忘掉公器屬性，部分政治人物與下三濫媒體狼狽為奸」，對政治人物掛勾新媒體，他也嚴厲警告「政治人物如果把養網軍當成養小鬼，其心可誅」。「人的成見、偏見、淺見，使一份報紙變得品質粗糙」，「看看台灣今日媒體亂象，我欲無言」，吳豐山的悲觀理由很簡單：「專業精神在台灣一直不值一文錢」。

《實錄》這本書基本上是一本憂患之書，憂政治，憂媒體，憂年輕世代，當然更憂兩岸未來。大選的結果，證明台灣「已形成一個不可輕侮的命運共同體」，但吳豐山這個台灣本位主義者，仍然預警「兩岸實在沒有對幹的必要，如果有朝一日兩岸交兵，必將成為相互毀滅的歷史大悲劇」，仍然表態「我不會說邦交國全部斷交之日，即為台灣獨立之時這種三八話」。更重要的是，他憂心「我對新一代青年，是否能夠正確解讀兩岸烽煙，不無疑問」；他在書中之所以多次反覆回溯兩岸關係史，憶前世，論今生，目的大概也是為了叮嚀那些未經烽火歲月的下個世代年輕人吧。

一九六〇年代，白修德（Theodore H. White）寫了一本書《美國總統的誕生》（*The Making of the President*），記錄甘迺迪與尼克森的那次大選，也改變了選舉書的書寫風格，吳豐山這本《實錄》，或許可以看成是一本隨筆式的台版《美國總統的誕生》。一九八〇年代，戴國煇寫了一本書《台灣總體相》，詳述台灣的歷史演變，吳豐山的《實錄》，微觀選舉，巨觀歷史，或許也可以看成是一本隨筆式的新版《台灣總體相》。所以這不但是一本總統大選備忘錄，同時也是一份告台灣同胞書。

但吳豐山花了一百八十多天所觀所思所寫的這本選舉備忘錄，以及一個老報人因選舉有感而發的那些千言萬語的叮嚀，能在勝選與敗選的兩個陣營，以及兩個陣營中的青年世代，激起一點漣漪嗎？答案若否，「台灣的前途還是一片迷濛」，老報人也只能望著美麗又莊嚴的觀音山，「我默禱天佑台灣」。

本文作者為資深媒體人、現任世新大學新聞系客座教授

前言

《福爾摩沙實錄》是本人從二〇一九年七月到二〇二〇年一月撰記的私人備忘錄。決定公表這份備忘錄是因為它完整記述了二〇二〇年大選，同時也記述了台灣的前世今生；更重要的是本人認為假如台灣要永續發展，這份備忘錄其實指出了牽連其中的諸多糾葛。

本人的記述，由於直白，也由於堅持公是公非，可能會讓某些人不悅，但做為一個忠愛台灣的知識分子，我無可猶豫。

至於知我罪我，我不計較。

【選刊】旭陽依然東昇，可是……

陽明山上某處有家咖啡店，隱密寧靜。從落地大玻璃窗可以遠眺關渡平原，基隆河和淡水河在社子島交會，緩緩西流。這個地方雖然只看到大台灣的一個小角落，但江山如畫，足以令人心曠神怡。每一次當我想沉思一番時，都會一個人上山，在那裡靜坐個幾小時。

大選昨夜揭曉了，正、副總統將在五月二十日宣誓就職，組織新團隊，挑起未來四年的國家重擔。新科立法委員二月一日上任，承擔未來四年的立法重任。得到較多選票的政黨繼續發揮，被選票淘汰的政黨不是奄奄一息就是走入歷史。

個人和個別政黨各有不同榮辱和命運，可是今天早上，旭陽依然東昇，照耀著台灣山川平野大地。

這個太陽不是今天才依然東昇，而是幾億萬年了，它每天都這樣子東昇，照耀台灣，照耀地球！

日月恆久遠，不過，台灣顯然又進入另一個發展階段。

——民主政治本來就是吵吵鬧鬧的政治，有時候吵鬧得令人厭煩，不過在人類還沒有發明更好的制度以前，除了提升民主品質之外，我們別無選擇。其中尤以建立政黨良性互動規矩，最為要緊。

——政治的終極目的在於創造人民福祉，這其中牽涉經濟發展、利益分配、社會福利……凡此種種，我們也只能寄望政府、監督政府。

——台灣是世界的台灣，台灣雖然還未能參加聯合國，可是世界共榮事務，台灣脫離不了干係；在諸如節能減碳的人類許多共同課題上，台灣沒有不善盡義務的餘地。

雖然尚未得到國際社會公平對待，可是台灣畢竟是地球上綜合國力排名前段班的一個重要國家。

台灣政治民主、社會自由、產業發達、文明薈萃、山川壯麗、氣候和緩；如果朝野協力，不斷建設，不斷精進，絕對可以創造出一個很長時段的台灣燦爛。

這當中，筆者認為最根本最要緊的是台灣社會必須建立專業專精，以專業掛帥取代政治掛帥。

長時間以來，台灣社會對政治有異乎常情的狂熱，對政治人物有不成體統的禮遇，以至於讓新一代青年，以盲目追求選舉職位為志業，到頭來大部分人卻一事無成。

進一步言，在台灣快速邁向超高齡社會，人口結構將產生重大變化的未來，鼓勵青壯年世代投入科技研發和生產行列，實屬台灣永續發展之必要。

因此，我們應該鼓勵青年人選定一項合乎一己志趣和才具的專業，窮半生精力，奮鬥不懈，既成就自己，也對社會做出真貢獻；然後累積很多貢獻，成就邦國。

第二、國會是一國政治之重鎮。立法委員由人民選舉產生，誰能勝選，誰就是立法委員，因此必然良莠不齊。

可是，既然身為立法委員，那就必須依據憲法、立法院議事規則、立法委員行為法，善盡職責。

令人厭惡的是，這二十幾年來立法院竟然成為藍綠惡鬥的舞台。待審法案堆積如山，不只不能成為帶動國家進步的引擎，反而成為國家進步的阻力。

今後，台灣人民應當更嚴格檢驗立法委員，力斥穿起打架裝的立法委員，力挺有為有守的立法委員。立法委員也應該互勉正視社會評價，共同為莊嚴國會形象、發揮國會功能而努力。

第三、台灣傳播事業異常發達，新聞自由也到達頂點，但其表現很值得深入檢討。

很顯然地，我們已不可能要求台灣媒體不選邊站，可是我們絕對可以利用拒買拒看的殺手鐧，迫使媒體遵守如實報導、公正評論的基本道德。

第四、妥善處理兩岸關係實為台灣涉外事務的重中之重。

七十年來兩岸關係經歷很多轉折，要言之，從老死不相往來到經貿文化不斷交流，以至於時至今日，發展成百萬台商台幹在彼岸謀生、台灣對中國大陸之經貿依賴度已高達百分之四十一的局面。

筆者提醒國人同胞，台灣有史以來一直是個世界經貿島，事實上對外貿易就是台灣生存發展之命脈。二〇一八年台灣出口三三五九〇九百萬美元、進口二八六三三三百萬美元，出超金額四九五七六百萬美元。是世界第十八大貿易國。

復查台灣二〇一八年對中國大陸及香港之貿易統計，台灣計出口一三八三四七百萬美元、進口五五一九三百萬美元，出超金額八三一五四百萬美元。

比對台灣對中國大陸及香港之貿易出超和台灣對全球貿易出超，可以看出台灣經貿對中國大陸及香港之依賴度高達四一・一九%。

台灣對中國大陸及香港貿易之依賴度是二十幾年來逐步累積出來的，正面看待是台灣因為與中國大陸及香港語文近同、地理近便所得到的好處。反面看待是台灣貪圖利潤造成今天台灣經貿被對岸鎖困的局面。

本人不正面看待也不反面看待。本人純就台灣人民的長遠利益論事，得到的結論是：長程而言，降低對任何單一市場的經貿依賴度，應成為朝野共識；短程而言，我們應該珍惜這筆巨額出超。事實上，這筆出超不也正是台商在中共改革開放過程中做出貢獻的應有回報！

在另一方面，香港人民的抗爭，其實無異警示中共：即使吞得下台灣，也消化不了台灣，甚至會噎死自己。昨天的選舉結果，其實更無異告訴北京當局：兩岸分立七十年之後，他們口中的台灣同胞已形成一個不可輕侮的命運共同體。

冷靜務實是執掌國柄的鐵則，我期盼兩岸當局都能冷靜務實處理兩岸關係。

冷靜務實的話，兩岸當權者就能體悟兩岸實在沒有對幹的必要；如果有朝一日兩岸不幸交兵，必將成為相互毀滅的歷史大悲劇。

因此，和平非戰、互利互惠、共存共榮成為最合乎兩岸人民利益的唯一大道。

因此，我國政府領導階層應當拿出最大的智慧，提出開創性方略，在用心防範中共弱化台灣的同時，也耐心與北京周旋，鍥而不捨，說服中共，相與追求雙贏。

昨夜，我注意到，蔡英文在揭曉後的國際記者會和勝選大會上兩度提及希望對岸「和平、對等、民主、對話」。不過，我必須指出，這是口號，最多也只是原則，不是方略。

我今天落座的地方只能看到關渡平原，可是只要閉起眼睛，我便能看到西班牙人、荷蘭人、滿清帝國、日本帝國在這個台灣島上留下的遺跡。看得更清楚的是二戰後做為東西陣營冷戰橋頭堡的蔣中正時代。然後一幕一幕在腦海中出現的是早期加工出口區的萬千腳踏車族，出現的是蔣經國巡視十大建設的腳步，出現的是追求開放民主的抗爭，出現的是逐步形成的高速公路網，然後出現飛馳的高鐵，塞滿貨櫃要開往世界各地的貨輪，以及同胞逐步展現的自信。

張開一下眼睛，再閉起來的時候，可以看到亙古以來拍打島嶼四周海岸的浪花，看到二百六十八座超過三千公尺的高山縱貫全島南北，看到阿里山雲海，看到日月潭的碧波，看到風光旖旎的花東縱谷，看到綠油油的嘉南平原……

台灣做為一個閃亮的政治實體，如今形象十分鮮明，絕對不容輕侮；最終摶成一個百分百主權獨立的國家，或者走向其他歸趨，前面尚存在內部的和外部的諸多變數！

落日餘暉把觀音山照耀得既美麗又莊嚴。我默禱天佑台灣，祈求上天特別庇佑二千三百六十萬善男信女。

我在黃昏的時候下山，回到書房，寫下這最後一篇備忘錄。自我完成一個忠愛台灣的知識分子的天職。

14. 吳豐山遊戲彩墨 自嗨風雅集之一

出版時間 民國一一一年一月

出版機構 良晨電子資訊公司代製、非賣品

頁數 二六九頁

目錄——

1. 歪七扭八
2. 彩墨混血
3. 環島一周
4. 我愛花木
5. 天馬行空
6. 大千世界
7. 窮極無聊
8. 同胞兄弟

前言 笑談晚年 也說書畫

一

二〇一四年，本人結束公職生涯，進入半退休歲月。

那一年，我六九初度，體力、思路、意志都還處於很好狀態，因此一開始對已成老人的事實很不能接受，可是事實就是事實，不能接受也得接受。於是，買了幾本教人如何歡度老年的書本，仔細拜讀，發覺都說兩個要點：其一，力保健康；其二，生活要有內容。

本人謹遵教誨，一方面認真吃飯，認真睡覺，並維持運動習慣，另方面大量閱讀、寫作，先後發表了：

《人間逆旅——吳豐山回憶錄》（二〇一五、遠流出版社）

《山川無聲——吳豐山靜思集》（二〇一六、非賣品）

《壯遊書海》（二〇一七、玉山出版社）

《歲月有情——吳豐山告老歌》（二〇一八、非賣品）

《飛越宇宙人間》（二〇二〇、玉山出版社）

《福爾摩沙實錄——2020大選以及台灣的前世今生》（二〇二〇、天下雜誌出版部）

《親佛小記》（二〇二〇、玉山出版社、非賣品）

《紅塵實錄》（二〇二一、玉山出版社）

其中《人間逆旅》、《壯遊書海》、《飛越宇宙人間》、《紅塵實錄》四書，由好幾個善心基金會大量購買分贈全國各公私立圖書館。至於《親佛小記》則由十幾位大德與我共同出錢印為善書。

二

七年間寫了八本書，這樣子的成績連我自己都覺得殊屬可貴。

好像有人說：老後歲月是人生最美好的時光。

仔細思量，這種說詞不無道理。以本人而言，父母早已前去西方，所以已無奉養之責；子女早已獨立，所以已免教養之勞；至於社會上的紛紛擾擾，絕大部分都已與我無關。

本人進入半退休歲月後並未宅家，仍然每天到辦公室。週休二日是我的娛樂時間。在辦公室，我必午睡一小時，每天晚上我必睡足八小時，那麼什麼時間讀書、寫書？

坦白告訴大家：在辦公室的時間，除了小量公務和會客之外，我都在看書。在寫《壯遊書海》、《飛越宇宙人間》、《親佛小記》的時候，事先都必須閱讀一兩百本參考書籍。

半退休意謂各種無意義的新虛銜可以婉拒，也意謂那些不必要、不喜歡的應酬可以解除，於是十天至少有八、九天可以回家吃晚飯。假如每個晚上寫作二小時，以本人長期磨練出來的一些許綜合、分析、理解、取捨、闡述、快筆能力，一年下來三十萬字是起碼的產出。

這個道理就像高鐵一樣；由於直線、高速、持續，所以從台北去高雄只要九十分鐘。在還沒有高鐵和高速公路以前，沿縱貫公路走一趟台北高雄，自己開車至少九個小時。

有人把老年分成初老、中老、後老三階段。三個階段的長短因人而異。拜登二〇二〇年當選美國總統的時候比我還多兩歲。二〇一九年馬來西亞的馬哈迪再度出任首相的時候高齡九秩晉二。二〇一八年我出版《告老歌》的時候公開宣稱封筆，被忘年之交、高齡一百零一歲的張祖詒老伯唸了好幾天。他說：「我年過一百還寫作不斷，你封個什麼筆？」張老伯的訓誨我必須服從，所以才又提筆寫了其後那四本書。換句話說，我仍處初老階段。

初老不老！除了閱讀、寫作之外，本人仍行有餘力，所以也常寫毛筆字，並且學習畫畫。

三

寫毛筆字是從國民小學開始的功課，不過當年沒有名師指導。

很久很久以前的某一天，本人請好友書法大師杜忠誥收我為徒。杜先生看我寫了幾筆後說：你的寫法已定型，反正你並沒有想要成為書法家，所以愛怎麼寫就怎麼寫吧！

於是我便謹遵杜先生的教誨：愛怎麼寫就怎麼寫！

至於畫畫，我拜陳高拔先生為師，學了一點透視、構圖和色彩原理，然後也就愛怎麼畫就慶曆四年春滕子京謫守巴陵郡越明年政通人和百廢具興乃重修岳陽樓增其舊制刻唐賢今人詩賦於其上屬予作文以記之。予觀夫巴陵勝狀在洞庭一湖。銜遠山吞長江浩浩湯湯橫無際涯朝暉夕陰氣象萬千。此則岳陽樓之大觀也。前人之述備矣。然則北通巫峽南極瀟湘遷客騷人多會於此。覽物之情得無異乎。

若夫霪雨霏霏連月不開陰風怒號濁浪排空日星隱耀山岳潛形。商旅不行檣傾楫摧。薄暮冥冥虎嘯猿啼。登斯樓也則有去國懷鄉憂讒畏譏滿目蕭然感極而悲者矣。

至若春和景明波瀾不驚。上下天光一碧萬頃。沙鷗翔集錦鱗游泳。岸芷汀蘭郁郁青青。而或長煙一空皓月千里浮光躍金靜影沉璧漁歌互答此樂何極。登斯樓也則有心曠神怡寵辱皆忘把酒臨風其喜洋洋者矣。

嗟夫。予嘗求古仁人之心。或異二者之為何哉。不以物喜不以己悲。居廟堂之高則憂其民。處江湖之遠則憂其君。是進亦憂退亦憂。然則何時而樂耶。其必曰先天下之憂而憂。後天下之樂而樂歟。噫。微斯人。吾誰與歸。

岳陽樓在中國湖南岳陽縣。當年滕子京修樓范仲淹作記蘇子美繕書邵竦篆額并引為美談 吳豐山敬書怎麼畫了！因為我並沒有想要成為畫家。

更正確的說，並不是不想成為畫家，而是我自知在年過七十、在沾染了一身政治臭味之後，雖然仍可遊戲彩墨，但已經不可能攀爬藝術的高峰。

不過，這個「愛怎麼寫就怎麼寫」以及「愛怎麼畫就怎麼畫」卻給我帶來很大的快樂。

四

二〇一九年秋天，我祖鄉台南將庄的父兄告訴我，小小一個村莊竟有十九位平日以書畫攝影雕刻為樂的同道，大家希望一起開個聯展，責我帶頭糾集。隔年春節年假期間，近百件作品在將庄金興宮附屬建物保生大樓堂堂展出，前去參觀的庄人和鄰近地區的男女嘖嘖稱奇。

小將庄一村如此，大台灣必也處處都有愛好藝術的國民；我為台灣文化的提升感到興奮。

五

我在遊戲彩墨的同時，也以研讀美術史為樂。我未把自己視為藝術中人，我只是想瞭解人類在繪畫藝術上的流變。

研讀西洋美術史讓我知道，早在幾十萬年前的石器時代，當人類以狩獵維生的歲月，野牛、野馬、馴鹿就已成為先民描繪的對象。在法國南部、西班牙北部發現的不可勝數的

「洞穴壁畫」，已經呈現極為正確的造型和極為曼妙的動態。

在人類文明發源地之一兩河流域的美索不達米亞，蘇美人的雕刻和建築與美術結合。另一個人類文明發源地埃及，美術也與雕像、金字塔共生。希臘和羅馬曾經長時間居於歐洲文明領頭地位，在包括繪畫在內的諸多藝術表現上，都曾經輝煌燦爛。等到基督教崛起，教堂的建築培植了大量藝術家。

十五世紀初期，文藝復興運動興起，一方面要讓希臘、羅馬的古典藝術再度發揚，另一方面，塵世的、個體性的課題成為藝術家關心的新素材。先在佛羅倫斯，繼在羅馬、威尼斯，文藝復興運動風起雲湧。達文西（Leonardo da Vinci, 1452-1519）、米開蘭基羅（Michelangelo, 1475-1564）、拉飛爾（Raphael, 1483-1520）的諸多作品一直到今天都還為世人讚頌。

人類生生不息，文化創造也生生不息。繼文藝復興之後，四百年來，巴洛克藝術、洛可可藝術、新古典主義、浪漫主義、寫實主義、自然主義、印象主義、立體主義、未來主義、新造型主義、達達主義、超現實主義、抽象主義先後出現，各擅勝場，梵谷、高更、馬蒂斯、畢卡索等等數不清的畫家精彩演出。而世界藝術的中心，也由巴黎、紐約先後接替。我發現文明的發展脫離不了政治勢力的影響；我在閱讀西洋美術史的同時，也發現人類對於奇幻，心存永無止境的想像。其中尤多對美體、美景、美事的歌頌。不過令我最動容的是畫家對於孤寂、困擾、哀傷、戰爭、災難的永恆反抗，繪畫藝術因而也成為人類脆弱心靈的救贖。

六

我研讀西洋美術史，當然不會遺漏研讀台灣美術史。

一般談論台灣文化史，都以一六二四年荷蘭人佔領台南、台灣浮現世界舞台為起始點。不過，寫台灣美術史的人不遺漏台灣出土的史前遺迹所展現的美術。

我的同鄉前賢陳奇祿博士是名聞國際的人類考古學家，他留下很多對台灣原住民族的研究文字和圖畫。

打敗荷蘭人的鄭成功一家在短暫統治台灣之後又被滿清王朝打敗，然後台灣進入長達兩百一十三年的承平狀態。從對岸來台做官的人和本島地主階級在那段時間以書畫為風雅。書與畫皆以毛筆、墨水和宣紙呈現，基本上是中國文人藝術的延展。

一八九五年，甲午戰敗，滿清割讓台灣，日本帝國擁有了第一個殖民地，刻意經營。經由明治維新歐化了的日本，在台灣開創現代學制取代了台灣舊有的私塾。其中台北國語學校開始有美術教育。

據邱琳婷所著《台灣美術史》記述，一個名叫石川欽一郎的日本人扮演了重要的角色。他兩度來台，加起來在台十七年。他在台北國語學校任美術老師，除教育學生外還籌組畫會，推波助瀾。一大批對美術懷抱熱情的台灣青年從國語學校畢業後留學日本。陳澄波、陳植棋、郭柏川、李梅樹、李石樵、廖繼春、李澤藩、林之助、彭瑞麟等等這些已經留名台灣美術史的大畫家就是那一個時代的人物。他們筆下的南國風土讓日本人耳目一新。殖民末期，日本身陷侵略戰爭泥淖，某些台灣美術家好像不免為政治服務。然後二戰結束，二二八事變後，這些日據時期的美術家一度落寞。

一九五〇年從國共內戰中敗退台灣的國民政府，帶來了一批畫家。在前期，國民黨和共產黨互爭中國文化代表權，黃君璧、傅心畬、張大千等人成為傳統畫家的代表。其後名家輩出。一直到上個世紀七十年代，中華民國失去聯合國席次，新的畫壇面貌才又出現。什麼面貌？

那就是台灣畫壇出現濃濃的鄉土意識。然後以中國國畫為唯一正統的思想逐步被修正，再加上經濟發展有成，民主政治浮現，社會力重構，所謂正統以外的美術家重新被推崇，然後重新逐漸生根、開花、結果。到今天，傳統與新潮、東洋與西洋、抽象與具象，各家名流，兼容並蓄，自由奔放，可謂漪歟盛哉！甚至於有不少台灣畫家遊走國際，得意飛揚！

七

比研讀美術史更有趣味的是，我為了找尋書法素材，竟然不由自主地不斷深入對岸數千年文學史所建構的美麗萬頃大花園。

有時候從《詩經》三百一十一篇開始，「豐年多黍多稌，亦有高廩，萬億及秭。為酒為體，忝畀祖妣……」。有時候從唐初進入，遍賞寒山、拾得、王梵志。有時候取道漢賦，欣賞楊雄、賈誼、司馬相如。盛唐的文學花園更是令人目不暇給，李白、杜甫、孟浩然的詩作姹紫嫣紅、五彩繽紛。南北宋的歐陽修、蘇軾、陸遊，還有我們吳家先祖吳文英，他們的才華都足以令人嘆為觀止。

故人西辭
黃鶴樓烟花
三月下揚州
孤帆遠影
碧空盡唯
見長江天
際流

李白詩
吳豐山字

沒有誰規定書法必須聯結詩詞歌賦，可是好像也沒有誰能夠真正另創新猷。偶而有友人言明牆面尺寸要我寫字相贈，我搜盡枯腸，最後還是恭恭敬敬地去古花園裡找尋素材。比如，友人某君經營民宿，要我的字。想來想去，最後還是全開水彩紙著色後：「蘭陵美酒鬱金香，玉碗盛來琥珀光。但使主人能醉客，不知何處是他鄉。」這是李白的佳作。

幾個朋友住家掛著我寫的李白〈將進酒〉，我清清楚楚曉得，他們真正喜歡的是太白老先生那個「主人何為言少錢，徑須沽取對君酌。五花馬、千金裘，呼兒將出換美酒，與爾同銷萬古愁。」

好友政治家某哥八十大壽，我做了一幅彩墨相賀。在一片五彩中我寫「普天下勝友如雲，五十年笑傲江湖，半世紀功在國家，一輩子德業圓滿」。他把它掛在辦公室，凡有友人造訪，他就乾笑兩聲，說「吳豐山的字和畫都不怎麼樣，不過造句實在不錯。」其實「勝友如雲」、「笑傲江湖」都是古人智慧。

直白地說，我一直不解中共何以弱智，不斷違逆天道霸凌台灣，可是我認定古中國文學是人類文明的一大精華。

八

讀美術史讓我知道美術的發展過程，讓我知道一張畫紙或畫布上存在無限可能，也讓我更加用心畫畫。讀古中國詩詞歌賦，無疑能使字跡增色生輝。印在這本小冊子上的作品便是本人近幾年來的部分產出。

本人的作業習慣是匯集了三、五張作品之後便拿去裱框。裱框店完工之後就送到我辦公室。

本人的字畫，不曾賣錢。有一些作品我把它當作禮物送給師長或至親好友，有一些被到我辦公室的好友摸走了。

前段所說「部分產出」是因為本人早先未做存檔工作。所以未存檔的作品是什麼內容以及該作品後來跑到哪裡去？連我自己都想不起來了。

現在印在這本小冊子上的作品也絕大部分都已非我所有。這本小冊子今天能夠印製出來多賴後來存檔之助。

九

有一天，我看到報上刊登一則新聞，說二戰時期的英國首相邱吉爾有一幅畫作拍賣了三億新台幣。於是我不免自嗨，想到也許很久之後，我的字、畫也可能值錢。因此，我跟取走我的字畫或獲贈我的字畫的人，分別做了一個君子協定，言明：我的作品在您那裡，就是歸您永遠所有，但是如果將來有朝一日竟然值錢，而且您也割愛，那麼出售所得之半數，必須贈送我的長孫吳友博，讓他分配給他的胞弟、堂弟妹、表弟妹，以共同分享阿公的遺澤。

然後我告訴吳友博，假如區區之數，便就拿去改善生活品質；假如上千萬元，必須一半拿去做公益或慈善。

您笑了嗎？

不要亂笑！天底下的事情沒有準頭。梵谷在世時只賣掉一幅畫，買家還是同情他的胞兄，但如今梵谷一幅高三十公分、寬五十公分的小作品動輒幾千萬美元。

梵谷的畫作不是每個人都欣賞，可是我寫每一幅字或畫每一幅畫時，可都是和梵谷一樣用心呀！

旅美台灣人畫家陳文石就曾經告訴我：您這幅不錯，那一幅也不錯！

好友某君好意拿他的畫作掛在我的會客室以增光彩，我常常笑問來我辦公室的朋友，左邊這幅和右邊那幅，您比較喜歡哪一幅？十個有六、七個都說喜歡右邊這幅；他們不一定知道右邊是我的作品。

十

印在這本小冊子上的某些書法作品，當發現小錯失時，我並未捨棄，因為我看王羲之留下的作品上也用同一方法處理。

在繪畫作品上，相關「大千世界」系列，有「吳豐山先作、陳釙贈後修」之註記，那是因為寫意派大家陳釙贈兄應我要求幫我修飾；我如此註記以示童叟無欺。為什麼不自己修飾而要求別人協助？這是因為「功力」本有高下，要是能自己修飾，我就不必請托陳大師了。

十一

印製這本小冊子只有三個目的：一是獻給五十餘年來勤儉持家、相夫教子的夫人秀菊女士；二是讓親友一次看個夠；三是給一己浮生足跡留下印記；至於未像其他書畫家的作品集印製得那麼精美，那是因為我認為既是遊戲，儉僕為宜。

通常，書畫冊上會有每一幅作品的尺寸、紙張以及彩墨標示，因為嫌麻煩，我也把它省略了。不過我大約告訴諸大德：書法作品如果一頁印二幅，大概長寬不會超過一公尺；如果一頁印一幅，尺寸就會較大。繪畫作品如果一頁印二幅，大概就是八開水彩紙，用色筆；如果一頁印一幅，小則四開，大則對開乃至全開水彩紙，大多用壓克力彩。

十二

眼尖的讀友一定會注意到這本自嗨集標明「之一」，這便是表示「打算」會有不斷精進的「之二」、「之三」，所以如果您讓我知道真心喜歡我的作品，而我的生命力也繼續留在初老狀態，有朝一日必有您的一份。

我說生命力，是因為沒有堅韌生命力的話，一切免談。可是這當中牽連主觀意願和客觀條件，老年人的主觀意願顯然受制於客觀條件。

坦白說，不是老人不可能瞭解老人心境。更坦白地說，老人假如不能保有最健康的心理，必不能適應老後的人生。

這話怎麼說？

時間的腳步一刻也不會停留，世界上人事的變化又極為快速。比如說剛三、五年前特斯拉電動車的馬斯克是誰？沒人曉得，現在他卻是全球首富。比如說，媒體上忽然冒出一個大官，去年他是誰，沒人曉得。美中關係鉅變，台灣成了夾心餅乾。物價不斷上漲卻說不是通膨。哪一位立委被罷免了然後誰又浮出檯面……這些事情騰載報章，可是您喜歡也好，討厭也好，大概都已跟您無關，即使有關，您也已經無能為力！

您周圍的人事也不斷變化。您的小孫子前天剛讀小一，不知不覺間已升小四；上個月還在一起吃飯的同學，今天他的家人一個電話打過來，竟說已經羽化升天；如日中天的某個政客忽然闖禍下台；某個不三不四的貨色居然沐猴而冠……

您還是會每天看報，看電視的時間也只有增加沒有減少，可是大部分的所謂「新聞」，都好像是另一個世界的事務；喜歡的時候沒有太多感覺，不喜歡的時候連罵兩聲也懶得出口！

一個名叫馬克．威廉斯的美國醫學權威寫了一本《老的藝術》（*The Art and Science of Aging Well*），說「熱情不墜，生命便能持續閃耀」，在我看來，只是善意為老人打氣罷了。

我虛心接受這種善意打氣，但也自知只能「打算」，不敢言「必然」。

好了，就請諸位大德開始一頁一頁鑑賞吧！

【附記】

本人於民國一〇三年卸任公職後，以畫畫和寫毛筆字為樂，時日一久自然累積了不少作品。

民國一一〇年，好友陳介元、吳碧河、許文興與我共同出資印製了六百本非賣品贈送師友。

以書畫為樂，確係「風雅」之事，但未成一家卻印製專集，那麼標明「自嗨」，才算合宜。

15. 紅塵實錄

出版時間 民國一一〇年九月
出版機構 玉山社
頁數 二四六頁

目錄——

卷二　人情

卷三　義理

55. 新聞自由有五條界線
56. 弱肉強食
57. 天不可逆
58. 前總統
59. 典範
60. 官才、官品、官威
61. 聖眷
62. 報恩
63. 有為有守
64. 滾動的石頭
65. 學問、做事、做人
66. 海闊天空
67. 暴殄天物
68. 過猶不及
69. 一路走來
70. 索忍尼辛訪台
71. 直選總統
72. 天馬行空
73. 老天有眼
74. 時空環境不同
75. 專業專精
76. 國士無雙
77. 赤子之心
78. 重臣
79. 平視、俯視
80. 痞子總統 德不配位
81. 諸惡莫作 眾善奉行

卷四　善治

82. 「高層」
83. 普渡眾生
84. 遺忘了的智慧
85. 國家願景
86. 洗腦
87. 第二次農地改革
88. 不宜忽視考監政務

前言 驀然回首 智珠在握

一

民國五十七年，本人進入社會工作。從那時候開始，每年使用一本小日記本，記明今日曾做何事，曾開何會，未來某日某時應做何事，應去哪裡等等。如此這般，迄今已用過五十四本日記本。

後來，本人又養成書寫備忘錄的習慣。備忘文字書寫在每疊一百張、每張兩百字的稿紙上。如有應該存檔的信函、演講稿或重要文件，便做為附件夾在後面。如此這般，迄今已留存了近三百萬字的備忘錄。

二

民國一〇九年七月，本人決定把這些小日記本和備忘錄全部銷毀，以免除今後保管難題。可是，這些小日記本和備忘錄畢竟保存了本人半生工作、生活、際遇以及思想的紀錄。因此我決定在銷毀以前翻閱一次，如果其中有值得公表的部分，把它重新整理一番，印成一書，或許對社會各方有參考價值也說不定。

這個翻閱、整理工作，花了將近一年時間；這便是這本《紅塵實錄》的由來。

三

托天之福，本人幸而生存在承平歲月。

不過，在過去幾十年時光中，台灣可謂天翻地覆。

本人初入社會的民國五十七年恰是台灣開始實施九年國民義務教育的第一年，政府需要大量聘任國中老師，許多不是研習教育的青年成了國中老師，月薪新台幣八百元。當時一美元兌換四十元新台幣。

那時候，台灣經濟發展剛剛起步，國民平均所得一七二美元。後來一路攀升，到民國一〇九年國民平均所得已越過二萬美元，並成為全球第十七大經濟體。

經濟建設突飛猛進，政治發展也步步驚魂。台灣從民國三十九年開始戒嚴，國民黨一黨專政。從六十年代開始，民主改革聲浪逐步風起雲湧，經過七十年代、八十年代三十幾年的打拚，萬年國會解散了，黨禁、報禁解除了。到了民國八十五年，全民直選總統，台灣的奮鬥終於被國際社會普遍認定為一個「成功的故事」。

四

本人進入社會工作的前二十七年服務《自立晚報》；《自立晚報》是一份所謂「異議報紙」。

本人於民國六十二年以無黨籍身分在台南縣首次當選增額國民大會代表；無黨籍那時代叫

「黨外」，也是站在當權者的反對面。

後來本人曾任公共電視第一、二屆董事長，曾任民進黨政府的政務委員，曾任國民黨政府提名的監察委員，但一直未加入任何政黨。

換句話說，我是一路以一個無政黨歸屬的國民立場服務國家社會，並在備忘錄上留下時代變遷的紀錄。

更直白地說，我對任何政黨都沒有成見。我認定沒有一些政治理想不可能組成政黨，但每一政黨到頭來都必然人多品雜，所以我尊敬值得尊敬的人士，不尊敬不值得尊敬的人士；我支持可以支持的政策，不支持不可以支持的政策。我斥責諸多敗政敗行，但也不吝給予善政善行掌聲。

如此這般，本人行走社會五十幾年，到今天七十幾歲了，依然吾道一以貫之，而且心曠神怡，秋日從容，智珠在握。

五

本書的寫作要領是從備忘錄上選取一個題目便就落筆，待全部完稿再依性質歸類為四卷，因此各方讀友如果前後依序閱讀，一定會苦於時光跳躍。不過，我要敬告讀友，其中所涉時日，不管用民國紀元或公元紀元，大多不關緊要，瞭解筆者要說什麼才是重點。我特別想請參加不同政黨的各方讀友在閱讀本書時暫時忘掉您的黨籍，去檢視一個未參加政黨的國民對於國家社會的見解和進退思量。

六

本人於民國一〇三年結束公職生涯，翌年以《人間逆旅》為名發表回憶錄。

不少政治人物平日高唱民主卻不能接受政黨輪替這是無知。不少政治人物平日高唱同胞友愛卻不能包容異己這是欺騙。不少政治人物把粗陋的意識形態當作信念這是淺薄。

不管哪個時代不管哪個政黨執政貪污醜聞從未間斷。如果因為掌握公權力便就上下其手藉勢藉端貪得無厭無異天底下最大的缺德。

二〇一三年發表紅塵實錄一書上揭兩小段是書中精要之一
吳豐山

回憶錄已使用了部分備忘錄上的記載，更多素材此次才採用。而且本人結束公職生涯後並未歸隱，仍然繼續工作，並注視國內外政經發展，也就是說過去七年的事情也會在《紅塵實錄》上出現。「過去七年」台灣變化也不小；第三次政黨輪替、美中台關係巨變、人民對各不同政黨的愛惡大幅擺盪、國民黨變成一窮二白、民進黨日趨驕慢……都是「過去七年」發生的事。這也是本人決定撰寫《紅塵實錄》另一個原因。

七

幾事交代：

—《紅塵實錄》這個書名是幾經推敲之後才決定。

—《吳豐山備忘錄》、《紅塵白話》、《紅塵手記》等等都曾經被考慮過。最後決定用「紅塵」二字是因為人間一直紅塵滾滾，用「實錄」二字是因為台灣今天最缺乏真實坦誠的記述。

—雖然強調真實坦誠記述，畢竟還是有不少本人參與的政治事體不宜揭露；也有不少重要事體，比如參與兩岸諮商，比如參與民主進化等等，先前已經公表，本書不必重複；敬請各方善解。

——本書有些記述真名真姓以為徵信。有些隱姓埋名，主要考量與人為善。

——《紅塵實錄》是本人藉由清理備忘錄，公表宇宙觀、人生觀、價值觀、政治觀的最後一部著作。雖然體力、思路、意志都還處於不錯狀態，畢竟已然遲暮；而且對我忠愛的台灣家國，該跑的路我已跑盡，該守的道我已守住。

——書中有幾張插圖，那是本人的遊戲之作。勇於獻醜只是由於不希望全書一片字海，給讀友帶來沉重的閱讀負擔。

——幾家不具名的基金會應我請求，購買本書贈送全國各公私立圖書館，本人在此敬表無比謝忱。

——雖然從此封筆，可是為了台灣後代子孫，本人仍願每日一柱馨香，祈求天佑台灣。

【選刊之二】社會歌聲

曾任中華民國總統十二年之久的李登輝已於二〇二〇年以九十八高齡過世。

總統任期越久，是非必愈多。李登輝評價兩極，我不意外。我對這位元首也有不少批評。不過有一件少有人知道的事情，我願意在此時公表。

民國七十三年李登輝出任副總統。上任不久之後的某一天，他的辦公室主任蘇志誠到《自立晚報》找我，說李副總統認為台灣社會應該努力擺脫悲情。他想出一個辦法：鼓勵音樂界編寫幾支快樂歌曲，讓社會傳唱。蘇志誠還交給我十萬元，說是李副總統的私房錢，讓我做為公開徵求快樂歌曲之用。不過，蘇交代不必說與人知。

我很能體會李副總統的用心，他希望社會有大家傳唱的新時代快樂歌曲，不要老是一大堆失戀、醉酒、悲苦、落魄的老調。

我找台視合作，也坦白告訴他們這是李先生的心願。台視欣然同意共襄盛舉。後來徵得十幾件創作，可是沒有引起社會共鳴。

李登輝過世之後，我想起這件事，然後不禁要思考當年何以不能引起社會共鳴？

我找不出答案。

勉強理解的話，應該是：假如社會真的快樂了，不待鼓勵，自然會有時代新歌曲產生；假如社會還不快樂，那麼快樂歌曲是鼓勵不出來的。

【選刊之二】「高層」

民國九十五、六年是台灣政壇翻天覆地的兩年；因為冒出扁家貪腐案，因為紅衫軍湧上街頭，因為國民黨和民進黨二〇〇八總統初選進入時程。

民國九十五、六年也是本人全年行程滿檔的兩年；因為在行政院政務委員任上，因為公私事務交雜。

備忘錄全卷近三百萬字，僅民國九十五、六兩年就佔了全卷的五分之一。也就是說，本人逐日記載了當年發生的大小事情。如果不是重新翻閱，很多事情都已忘記了。

扁家貪腐案被揭露後，在民進黨內部，形成反扁與擁扁兩個陣營。在民進黨與在野黨之間，更掀起了萬丈波濤。

國民黨提出罷扁案，九十五年六月二十七日立法院投票，民進黨人未進場投票。贊成一一九票、棄權十一票，罷免案未成立。親民黨主席宋楚瑜隨即主張倒閣，說待改選立委後再罷免。

紅衫軍運動由民進黨前主席施明德等人發起，訴求民眾每人捐款一百元贊助倒扁，只幾天就募得億元。泛綠陣營吵成一團。九十五年九月七日，備忘錄上記載：陳水扁在帛琉說希望與李登輝見面，李卻說「我與他是不同款的人，無閑。」施明德罵辜寬敏「台奸」，辜回罵「瘋狗」。高俊明稱施明德為「倒扁第一勇士」，施說高俊明「拿人手短、吃人嘴軟。」

民國九十五年九月十四日，備忘錄上記載：《中國時報》報導，呂秀蓮兄長公開主張陳水扁應下台。「台灣社」公開聲明「拒絕篡位」。施明德呼籲蘇揆「跳下來插第一支反旗」。九十五年九月十五日數十萬紅衫軍走上街頭，社會擔心的失控幸未發生。不過其後一週，陳水扁下鄉，都碰到倒扁群眾羞辱。立法院的反對黨人聲言，新會期開議後二次罷免，彈劾、倒閣也都將一一推動。

此期間，由國民黨籍立法院長王金平組閣之聲甚囂塵上。二〇〇〇年挺扁的李遠哲公開要求陳水扁「知所進退」。

九十五年九月二十四日，備忘錄上記載：晨七時半陪同蘇揆巡視澎湖，專機八時半抵達。機上我建議蘇揆：因挺扁倒扁之爭，已使社會動盪，人心不安，甚且動搖國家根基，身為閣揆應挺身與各方領袖共商安邦定國之計。蘇揆認同，但後來府方異見。其後每隔一段時間，備忘錄上就記載，蘇揆跟我說，他想辭職下台。

緊接著倒扁之後是民進黨所謂呂、游、蘇、謝四大天王競逐二〇〇八年總統候選人提名。此期間刀光劍影。九十六年五月六日，賽局揭曉，謝長廷勝出。九十六年五月七日上午十時許，宋楚瑜來電，要我向蘇揆轉達加油之意，說「能幹的人不一定出頭，跟我一樣。」九十六年五月十四日蘇內閣總辭。五月二十一日，蘇揆與重作馮婦的張俊雄交接，我也跟著下台一鞠躬。

內閣改組後，政壇繼續紛擾。繼陳水扁的國務機要費案，馬英九的特別費案引起大風波。在民進黨總統候選人初選中勝出的謝長廷找誰搭檔成為政壇關注焦點。最後千轉百折，謝蘇配底定。為了勝選，藍綠兩黨都拿聯合國做文章。十月二十四日是聯合國日，綠營的「入聯公投」由陳水扁拿第一棒，從總統府出發開始環島路跑。藍營的「返聯公投」由馬英九領軍，從中正紀念堂開始環島鐵馬行。

第四屆監察委員的提名和審查一波三折，針對國民黨立委拒審，大法官還做出違憲的釋文，但迄陳水扁於九十七年五月十九日任滿下台，監察院空窗三年。一開始，本人也在首次提名名單上，不過後來名單多變。內層友人告訴我，上頭因為把李遠哲要他「知所進退」的帳算在我頭上，所以後來應該被剔除了。（註）

我未參加任何政黨，所以在服務社會的數十年間，各政黨都有幾位本人敬重的人士。民國九十六年五月以後，國民黨馬蕭配逐日成形，本人因與蕭萬長長年互動密切，所以備忘錄上也詳細記錄了馬蕭配的過程。

至於純屬本人承乏政務委員的所謂「公私交雜」，一言難以盡述。

所謂公，指本人必須依權責處理被分派或交辦或請託的所有公務。

舉例：負責跨部會審查「文化創意產業發展條例」，連續召開了十幾次會議才審完。負責跨部會審查「運動彩券」的利益分配，幾經折衝才定案。負責觀光發展計畫，對如何擬定陸客來台數目，要提報副院長主持的財經會報才定奪。某縣某立委要求出面與國防部協調軍方營房撥用。綠島人權紀念碑損壞要負責督導修復。國安會請求召集相關部會擬定擴大海外華文教學方案。公視要求協調政府依立法院決議撥付負擔捐贈。觀光局必須提出國際會展落實方案。故宮博物院舉行指導委員會議必須出席。兩廳院舉行董事會議必須出席。世大運電視轉播經費不足要負責協調增撥。故宮博物院南部分院進度落後必須加強管控。

通訊傳播委員會成立，奉派去主持佈達及揭幕……

備忘錄上此類記述密密麻麻。

所謂私，指周圍鄉親友人認為我一定可以協助很多事務。比如說，承包農委會工程的南部友人拿不到該會依約應付的建材上漲補助款，要我去向農委會說項。比如說，蔣經國基金會的會議紀錄，教育部不准備查，託我去向教育部關切。比如說，無黨籍聯盟主席出缺，要我考慮接任。比如說，友人父親過世，要我在公祭儀式上做生年介紹。比如說，友人高齡母親生病找不到病房，要我協助……。此外，九十六年下半年，大兄與慈母先後過世。

本節文字是要揭露以下幾事：

一、高層政治充滿了計算和鬥爭，而且隨時反目成仇。每一個政治人物，似乎習慣自我中心，自以為是。不曉得是不是由於本人不是政黨中人，從無黨的角度看待事情，常常與其他政治人物生出不同是非和論斷。我認同政黨競爭，因為競逐權位是實現政治理念的必要手段；可是我認為政黨合作也屬必要，因為各政黨本應效忠同一個國家。我不知道，台灣的優質政黨政治何時才會出現，不過我堅信本人的想法正確無誤。

二、不少政治人物平日高唱民主，卻不能接受政黨輪替，這是無知。不少政治人物平日高唱同胞友愛，卻不能包容異己，這是欺騙。不少政治人物把粗陋的意識形態當作政治信念，這是淺薄。政治人物大抵都受過完整的制式教育，卻一點兒也不像一個知識分子；這是一種令人難過的悲哀。

三、「做官」在不少同胞心目中，儼然「人上人」。可是很多「做官」的人，其實並不值得尊敬。他們之中有一些人根本沒有愛心，不曉得與老百姓易地而處。他們之中有一些人崇尚威風，不曉得與人為善。說白了，他們不是「做官」，而是在做「狗屎干」，是「人下人」。

四、近二十幾年來，台灣政壇越來越不講究「久經歷練」，不少人只因因緣際會或陰錯陽差，便驟得高位，論才學、論經驗，都不足道，於是推諉塞責、醜態百出。我認為這是很要不得的兒戲政治。

五、不管哪個時代，不管哪個政黨執政，官吏貪污醜聞從未間斷。政府是人類自己發明出來的體制，說白了就是允許一小群人掌握公權力去管理和服務另一大群人。而且掌握公權力的一小群人由另一大群人供養。

這也就是說，掌握公權力的人擁有了生活活泉，每個月薪酬準時入袋，而且還享有一大堆自己訂定的「福利」。另外一大群人一飯一粥、一絲一縷都必須自己辛苦張羅，繳完了稅賦，剩下的才算可支配所得。

在這種情況下，如果因為掌握公權力便就上下其手、藉勢藉端、貪得無厭，無異天底下最大的敗德。偏偏貪瀆行徑被發現的少，未被發現的多，所以心存僥倖的官吏所在多有。

本人認為刑法上的罪與罰尚不足以遏止貪瀆，必須整個社會發展出一種群體規範——貪瀆者在社會上再也走投無路，才可望弊絕風清。

註：本人被提名為監委係因李遠哲好意主動向陳總統推薦。後來出任政務委員也是李遠哲好意主動向蘇院長推薦。發表聲明促請陳總統「知所進退」的時候，李遠哲人在法國巴黎，事先曾與我通過兩次電話，也是事實。

【選刊之三】等待果陀？

相較於人類漫長文明史，台灣文明史只有短短四百年。可是這短短四百年，台灣卻發展成為今天地表上一個文明薈萃、科技發達、政治民主、經濟繁榮、社會開放的人間寶地。

可是，毋庸諱言，台灣的發展史不異神鬼奇航，而且越到後來，航程越見風浪滔天。

台灣在文化、歷史和血緣上與對岸中國確實諸多聯結。荷蘭人治台時即開始從對岸招來外勞種植甘蔗。鄭成功建政台南時立志反清復明。清朝領有台灣的二百多年間，台灣海峽形同國內水道。日本帝國殖民台灣期間，視中國為祖國的台灣人所在多有。蔣中正在國共內戰後敗退台灣，以反共復國為國策，而且還帶來了一部統一憲法，這部憲法後來雖然多次增修，但「為因應國家統一前……」的字眼，迄今二〇二一年仍然明載增修條文。

在二〇二一年的今天，一小部分台灣同胞相信「天下大勢分久必合，合久必分」，認定兩岸統一是歷史的終局。一大部分台灣同胞相信在台灣已經發展出與對岸不同的政治、經濟、社會體制後，追求台灣國家正常化才是正辦。本人在這裡寫「一小部分」和「一大部分」是歷年來民調所顯現，並非本人想像或杜撰。

可是在現實政治上，已經三次政黨輪替的台灣，一直在統獨以及親中和反中之間左右擺盪。國民黨人基於憲法，義正詞嚴。民進黨人基於民調，意慨昂揚。政黨惡鬥與統獨爭執事實上已嚴重割裂了台灣社會。

本人的備忘錄詳細記載了兩蔣之後台灣主要領導人在處理兩岸關係上的流變。

接替蔣經國的李登輝總統，在總統府組織「國家統一委員會」，制定「國家統一綱領」，還成立行政院大陸工作委員會和財團法人海峽交流基金會，進行實質交流。一九九六年總統直選之後，國統會運作停頓。李總統後來提出「兩國論」。卸任後公開解說國統會其實是「國家不統一委員會」。

二〇〇〇年，連戰在參選總統前夕，專書闡釋「邦聯」主張，李登輝不喜歡，後來連專著也未上市。

二度敗選的連戰於二〇〇五年以國民黨主席身分訪問中國，與胡錦濤達成多項交流協議。

二〇〇〇年陳水扁總統剛上台時宣稱「四不一沒有」，接著公表「統合論」，又接著主張「一邊一國」，在後期又改口「台獨不可能就是不可能」。二〇一九年保外就醫的陳前總統又組「一邊一國連線」，由於未能贏得選票，選後宣布解散並聲言退出政壇。

二〇〇八年當選總統的馬英九，提出「親美、和日、友中」的涉外方略，同時聲言「不統、不獨、不武」。二〇一六年卸任前還到新加坡舉辦「馬習會」。卸任後解說「不統」為「不排斥統一」。

二〇一六年當選的蔡英文總統聲明依憲法及「兩岸人民關係條例」處理兩岸關係，中共卻說她未明白承認「九二共識」，於是兩岸交流逐步截斷。當習近平提出「兩制台灣」倡議後，蔡英文大力反擊。可是當年大力反對馬英九簽訂「兩岸經貿架構協定」（ＥＣＦＡ）的民進黨人，現在卻希望此一協定延續不變。二〇二〇年當選連任後，蔡英文向北京提出「和平、對等、民主、對話」的號召。同時加強與美、日連結。

本人信仰台灣本位主義，同時久已習慣從人民的角度看待政治和歷史。換句話說，本人堅信台灣是現在實質佔有並有效管治的二千三百多萬台灣人的台灣。

本人認為台灣沒有理由不親美，但也深知美國背叛盟邦史蹟斑斑，所以認定台灣應對美國的承諾隨時警覺。

本人認為兩岸之間大小懸殊，中共又一貫需索台灣主權，所以認定我方應防患中共併吞。但「和平非戰、兩岸分立、共存共榮」應為台灣對應兩岸大局的上上之策。尤其是三十年來兩岸經貿關係已然糾結；如何維護台灣人民在對岸的龐大經貿利益，應為政府天職。

（註①）

兩岸事實上已分離一百二十幾年。

前頭五十一年，日本殖民台灣，兩岸兩國。二戰後有短暫五年，國民黨中國接收台灣。民國三十九年蔣介石敗退台灣，其後二十五年兩岸是敵對狀態。接著蔣經國當家十七年，敵對之外加上競爭。蔣經國之後，敵對、競爭之外又加上交流。到二〇二一年的今天，兩岸敵對、競爭、交流三種關係同時存在，錯綜複雜。

中華民國與中華人民共和國對峙的七十年間，本來一窮二白的中共，經由所謂改革開放，大國崛起，她在國際關係上縱橫捭闔，台灣吃盡苦頭。中華民國在二〇二一年的時候雖然還有十五個邦交國，但在大部分國際場合，中華民國寸步難行，連台灣一詞也不一定見容於中共當局。我們委曲求全，包括「中華台北」、「台澎金馬關稅領域」、「中國・台灣」，都是我們曾經不得已接受的稱號。到了晚近，除非承認北京的一中原則，否則連原來委曲求全的稱號都變成不可行。

雖然今天兩岸關係錯綜複雜，雖然中共蠻橫霸道，可是台灣已發展出不同的政治、經濟、社會體制，對岸如果硬要「武統」，國際社會不容；如果「和統」，事實上中共消化不了台灣。至於所謂「一國兩制」，台灣在立院有席位的政黨都不買單。香港的「一國兩制」宣告死亡後，連北京也已體認到多說無益。

二〇二一年夏季，本人看到的圖像如下：

——美國基於維繫超霸地位，不可能不罩護位處第一島鏈的台灣，美國國會尤其對保有既存「勢力範圍」念茲在茲，但拜登政府顯然不挑戰北京的一中底線。

——中國基於封建政治思維，不可能輕言放棄所謂台灣主權，但她自己內部問題一籮筐；擾台容易，吞台很難。

——美國在國際社會雖然樹敵很多，但畢竟武功高強，又是民主政體。中共在國際社會雖然力圖擴張，但在美國糾合下，一大股反中氛圍不斷升高；這當中包括關注台灣的生存。

——台灣雖小，但綜合國力不容小覷，只要台灣不斷自我提升民主品質、不斷繁榮經貿，並且厚植防禦實力，同時不讓社會割裂走向決裂，台灣仍可繼續屹立不搖。

——然後，等到有一天，對岸出現一流政治家，充分體認霸凌台灣不合天道；台灣也出現頂天立地的一流政治家，其德望足以凝聚全民意志，其兩岸見解一以貫之，又能以其卓絕智慧和外交能耐，掌握台灣的國家之舟，那時候台灣才可望堂堂航向大洋。

所以，就耐心等待果陀吧！（註②）

註①：截至二〇二一年四月底，台灣共核准四萬四千五百三十八件赴對岸投資案件，核准金額為一千九百三十二點三億美元。此一數字未加上台商從第三地轉投資之件數及金額。

二〇二〇年台灣整體貿易順差為五百九十三點九億美元，如扣除對中國與香港出口順差，變成逆差二百七十二點六億美元。

另一統計數字顯示，中共多年來已成台灣最大出口國，其佔比在二〇二〇年超過百分之四十三。

註②：《等待果陀》是法國文學家薩繆爾・貝克特創作的一齣戲劇。法文：En attendant Godot，英文：Waiting For Godot /GOD-oh。發表於一九五二年。「等待果陀」一語後來在國際社會成為「無可奈何地等待」的同義詞。

【補註】

感恩社會福利基金會、富邦文教基金會合購本書二千冊贈送全國各公私立圖書館。本人也買了五百冊贈送各方親友。

本書出版後，我的司機許先生，依我交辦，花了半天時間，把三百萬字備忘錄全部用碎紙機銷毀殆盡。

16. 吳豐山遊戲彩墨 自嗨風雅集之二

出版時間 民國一一二年一月
出版機構 良晨電子資訊公司代製、非賣品
頁數 一五二頁

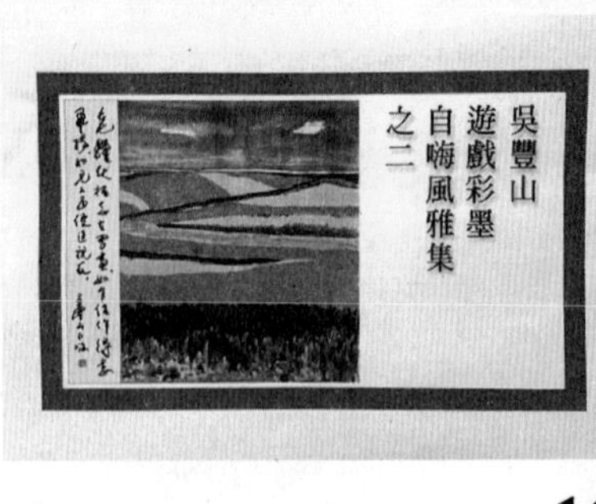

目錄——

前言 勇於獻醜 以博一粲

一

二〇二二年一月本人發表《遊戲彩墨 自嗨風雅集之一》。把該小集寄贈各方後，得到很多可喜的反響。

當初註明「之一」，當然就預告了「之二」的刊印。時過一年，拙作積累到可以再集印一冊的境地，於是就堂堂面世了。

二

從事藝文創作的人，都知道必須鍥而不捨、日日精進，甚至於努力尋求突破。

本人也深知業精於勤的道理，所以便以多寫多畫為樂，可是精進與突破談何容易。

寫每一幅字的第一件工作是找尋素材。第一本《自嗨集》大多抄寫中國古代大家的詩詞，後來我找到陳春城先生撰著、河畔出版社印行《台灣古典詩析賞》一書，便從其中找尋台灣本土文人的大作。事實是大清王朝統治台灣二百一十三年間，私塾和書院教學生，從三字經起步，然後四書五經，最後教的也是中國古典詩詞歌賦，因此台灣也就出現了不少詩人雅士。

本人從青壯年時期就讀詩看畫，現在回想，當年只是走馬看花。可是老後完全不一樣，我現在最想瞭解：是什麼樣的人生經歷才會生出那樣子的頂尖作品？

比如說，我對蘇軾的諸多詩詞敬佩得五體投地，不了解何以一個人的才情竟然能夠到達那般境地。

蘇軾是一千年前的宋朝人氏。他父親蘇洵常年遊學在外，是母親程氏親自教習，結果年紀輕輕就考上科舉，開始做官。但蘇軾不免年少氣盛，豪邁不能自掩，每以文字詣談得罪他人，以致於屢遭貶抑。最糟糕的是他與宰相王安石政見不合，雖然皇帝愛才，奈何宰相有權，最落魄時還被貶到儋州，也就是當時最邊遠的海南島。

寫文學史的人說，東坡居士雖歷盡憂患，其人格感情卻因而得到磨練而日趨明淨成熟，並說其膾炙人口的作品多數作於黃州五年謫居生涯中。

「歷經憂患所以人格感情日趨明淨成熟」，這種觀察我完全認同，此所以他赤壁懷古，能夠「人生如夢，一尊還酹江月」；此所以中秋節歡飲，能夠「起舞弄清影，何似在人間」……

東坡居士的特殊人生經歷造就出異常絢爛的文學作品，其他大文學家也異曲同工。

比如陶淵明，其思想得儒、釋、道三家精義，又因性格天真清高，說不做官就斷然掛冠，此所以能夠「採菊東籬下，悠然見南山」，此所以能夠「嘯傲東軒下，聊復得此生」。

比如杜牧，祖父兩度為相，世家子弟，風流倜儻，此所以能夠「十年一覺揚州夢，贏得青樓薄倖名」，此所以能夠「停車坐愛楓林晚，霜葉紅於二月花」。

比如說李清照，世家公主。丈夫趙明誠世家公子。生活優渥。丈夫死後，李清照改嫁張汝舟，但二人不睦，李清照打贏了離婚官司。在當年是不折不扣的豪放女，此所以能夠「只恐雙溪舴艋舟，載不動許多愁」，此所以能夠「莫道不銷魂，簾卷西風，人比黃花瘦」。

大概喜愛古中國詩詞的人都知道李白是坐在小舟上喝醉了酒，看水中有月，撈月而死。這位千年一見的詩仙，天才奇特卻遊戲人生，做官的時候做官喝酒，沒有做官的時候遊山玩水喝酒，此所以能夠「兩岸猿聲啼不住，輕舟已過萬重山」，此所以能夠「五花馬，千金裘，呼兒將出換美酒，與爾同銷萬古愁」。

台灣的連橫，台南世家子弟，日據時期官府把他祖宗六代世居的住宅徵收了，這就造成了國仇家恨，所以他才會在路過已被拆毀的祖宅時，寫出「海上燕雲涕淚多……夢雨斜陽不忍過」。

綜合觀之，經歷形塑了個性，個性決定了命運；如果不具文學才華，只能默然；如果文學造詣突出，就會生出許多流傳千古的詩詞。

三

更令我驚訝不已的是痛斥戰亂在詩詞中佔了很大的比例。我至今不能理解，同為人類何以不能相互尊重生命的寶貴。

戰火肆虐人類，其慘狀不必二〇二二年看蘇俄攻打烏克蘭斷垣殘壁、屍首遍野的電視畫面才曉得，光在文字上就令人不忍卒睹。

「醉臥沙場君莫笑，古來征戰幾人回。」這是王翰〈涼州詞〉的後兩句。

「將軍百戰死，壯士十年歸。」是〈木蘭詩〉中的兩句。

「戰城南，死郭北，野死不葬烏可食。」這是一首漢樂府的開頭。

「獵野圍城邑，所向悉破亡。斬截無子遺，尸骸相撐拒。」這是《後漢書》所載蔡琰詩中四句。

「夜深經戰場，寒月照白骨。潼關百萬師，往者散何卒。」這是杜甫〈北征〉長詩裡頭的四句。

「君不見，青海頭，古來白骨無人收。新鬼煩冤舊鬼哭，天陰雨濕聲啾啾！」這是杜甫的〈兵車行〉。

本人對自己有幸始終存活在承平歲月，十分感恩。我強烈反戰，天底下只有一種戰爭，我認同而且甘願參與，那就是自己的國家要被併吞了，當然只好生死以之。

本小集抄寫了美國波士頓一塊紀念碑上的詩文，那是馬丁．尼克勒的大作。他一方面痛斥希特勒，一方面指責智識分子姑息。

抄寫這篇詩文，是表達本人對所有以各種藉口發動戰爭的狂人的不齒。

四

好像有人說，突破畫藝難，突破書藝易；依本人經驗，兩者都難。

我有一些名家書帖，窮極無聊時會臨仿一番，可是迄今每次都畫虎不成反類犬。

也正因此，本人由衷敬佩好友杜忠誥大師。每一次欣賞他的作品集時，都為他的書藝竟能到達那麼高的境界而驚嘆不已。

杜忠誥從小浸淫儒道釋，所以他的書法與哲學連結，既有感性的抒發，又有理性的闡述。他窮畢生之力專注一藝，篆隸楷行皆用心力，不斷深耕，不斷凝煉、不斷幻變，到晚年得心應手，融心性、氣度、學養、修為於一紙，而臻於化境。

本小冊書法部分有一張硃砂作品，抄韓愈〈祭鱷魚文〉摘要，其後十件歪七扭八的作品，是本人想要突破的嘗試，但幻變不出什麼名堂來。我如實印出，只是要讓大家知道我也有求變之心。我也要讓大家知道變不出名堂這件事，我不以為恥。我必須承認慧根淺薄，而且年老後即使日以繼夜，也已經沒有以勤補拙的足夠時日。

不過，遊戲彩墨即使難登大雅之堂，至少可以自得其樂。本小集以混沌宇宙和美麗地球為

題的諸多畫作，取意象加寫實筆法，行家如何品評，我願虛心受教。至於幾十幅以「歲月台灣」為題的作品，那是本人對台灣家國的一番審視，是一個台灣知識分子對這個島嶼歷史的感情宣洩。

五

本人是在二〇一四年卸任公職之後，為了充實老後生活才開始追求書畫創作樂趣，也因此自知與書家或畫家這種頭銜已不可能連結，所以絕不開展，絕不賣作品。之所以把它印成一冊，純粹基於獨樂樂不如眾樂樂的道理，博周邊尊敬的師長和至親好友一粲罷了。

因此，假如您翻閱過一次之後，給我一個鼓勵的電話，我會十分感謝。

因此，假如您進一步告訴我，說您特別喜歡哪一件作品，我不止感謝，不止樂不可支，還會像猴子一般翹起紅屁股，揚起長尾巴，怡怡然昂首闊步。

六

最後必須說明，本小集由我的子女和幾位愛侄與我共同出錢印製。他們本來贊助印製拙著《筆耕福田》一書，但贊助款用不完，在徵得他們同意之後便就一錢二用。

至於把第一本《自嗨集》的前言編在附錄，為的是讓大家瞭解本人以書畫為樂的起心動念和探索過程，並做為一、二兩集的連結。

第二類 共同著作

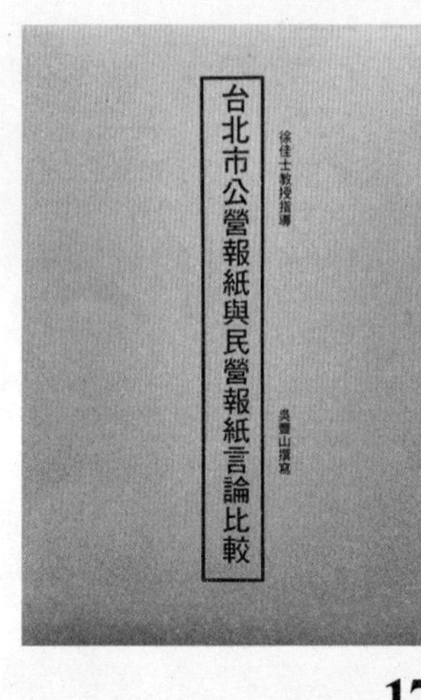

徐佳士教授指導
台北市公營報紙與民營報紙言論比較
吳豐山撰寫

17.台北市公營報紙與民營報紙言論比較

出版時間 民國六十年

出版機構 國立政治大學新聞研究所

說明

「台北市公營報紙與民營報紙言論比較」係本人碩士論文。節要如下：

所有權的不同

在中外報業先賢所爭取的新聞自由中，大抵可分別為辦報的自由、採訪與報導的自由及批評的自由。他們要求私人可以自由的開辦報紙，自由的採訪和報導，並且根據這些報導，來撰寫評論，以影響實際政治。

辦報的自由是新聞自由的一個關鍵；假使不能辦報，自然也就沒有採訪、報導及批評的自由可言。

在先賢爭取辦報自由的過程中，中外不乏硬性禁止的規定，而在禁止私人辦報的過程中，也屢有特許某一個私人可以辦報，或由政府自己來辦報的事實。

及至晚近，「公共報紙」的理論興起，於是在整個世界報業中，「公共報紙」以及公營報紙和民營報紙，便分別服務閱讀大眾，各以不同的立場，遂行其特有的功能。

「公共報紙」、公營報紙和民營報紙，其區別的關鍵，乃在於所有權的不同。「公共報紙」之所有權為國民全體；公營報紙之所有權在政府或政黨；民營報紙之所有權在於獨立的國民。

這篇論文便是建立於這一個事實的基礎上。然後從這個基礎上，設立四個假定。認為報紙的所有權不同，其言論也將會有所不同。

但是台北市尚無「公共報紙」，這篇論文研究的範圍自然只限於公營報紙和民營報紙。

四個假定

一、公營報紙營利性不像民營報紙那麼強，它的地方色彩（Localism）比較淡薄，比較不重視與讀者直接有關的事項。因此，它的言論所討論的，可能不像民營報紙那樣，特別關心讀者身邊的問題。但是民營報紙正好相反，它必須爭取營業利益，所以它的言論也可能較注意與讀者直接有關的事項，地方色彩較濃。

二、公營報紙與政府或執政黨站在相同陣線上，所以它的言論，宣揚性的多，批評性的少。民營報紙在這意義上，地位比較超然，所以宣揚性的言輪較少，批評性的言論較多。

三、公營報社在宣揚一項政府或執政黨的善政時，其宣揚的程度可能較強，當批評一件不妥善的施政時，其批評的程度可能較弱。相反地，民營報紙在宣揚善政時可能較保留，但在批評不妥善的施政時，其批評的程度可能較公營報紙強烈。

四、公營報紙在宣揚時，其宣揚的時間可能較快，批評時，時間可能較慢。民營報紙恰好相反；它批評得比較快，但宣揚得比較慢。

取材

這篇論文以台北市的公營報紙和民營報紙為比較的對象。

由政府辦的報紙，在台北市只有《台灣新生報》一家，所有權是台灣省政府。《中央日報》是中國國民黨中央黨部辦的報紙。《中華日報》是中國國民黨台灣省黨部辦的報紙。

以上三家報紙被選為本論文中做為比較對象的「公營報紙」。

《自立晚報》自稱「無黨無派獨立經營」。《中國時報》和《聯合報》的主持人雖為中國國民黨的黨員，但以其財政獨立，自應被視為民營報紙。《自立晚報》、《中國時報》和《聯合報》共為本論文中做為比較對象的「民營報紙」。

「言論」一詞，所指甚廣。通常，在報紙上除了純粹的新聞報導與廣告之外，舉凡社論、小評、漫畫、專欄，皆被視為報紙言論之一部分。在就各報言論作比較研究時，若能將以上各項皆列入比較範圍，當最完善，惟因個人能力有限，故本論文所指之言論，僅限於各報每日刊出之社論。

研究方法

本論文第一個假定，以統計學的方法研究。分別其社論所談論問題之內容為報紙所在地的「台北市問題」，然後是「台灣省問題」，然後是「全國性問題」，最後是「國際性問題」，並分別計算其談論各類問題之次數。

本論文的第二個假定，也是以統計學的方法研究。分別為批評性者或宣揚性者，統計其刊出之次數。如同一篇社論中批評和宣揚兼而有之，即以其宣揚較多或批評較多為歸列之根據。

本論文第三個假定的研究，使用一個設定的標尺。標尺中央的「○」是中立、沒有意見，不置可否。往左是反對和批評，向右是贊成或宣揚。往左往右皆有三個不同的刻度。每一個刻度是一組類似的字眼。我們把「不很妥當」、「有商榷之餘地」等字眼，當作比較溫和的反對或批評，放在第一刻度。然後是「不能苟同」和「表示反對」，這一組字眼放在第二刻度。第三刻度是強烈的反對或批評；當「萬萬不可」或「舉雙手反對」這一類字眼出現時，我們便認為到了這個界限。

在這個標尺的右邊，是贊成或宣揚。第一刻度上的一組字眼比較溫和，如「應予讚揚」、「值得讚揚」。第二刻度較強一點，包括「十分正確」或「應獲鼓掌」這一組字眼應屬於這一刻度。但當社論中出現「具有歷史意義」或其他類似的字眼時，我們便認為到達贊成或宣揚的極限。

至於第四個假定的研究很簡單，二月一日比二月二日早一天。假使某一問題出現，甲報在乙報刊出有關該項問題社論的兩天之後，才刊出談論該問題的社論，我們就算他慢了兩天。

結論

報紙因為所有權的不同，其言論的表現會有不同，這是本論文研究的基礎。

報紙因為所有權之不同，其表現將會有何不同?本論文因此有了四個假定。

經由本論文本論部分第一章、第二章、第三章及第四章逐一研究的結果證明，四個假定，有的可以成立，有的不能成立。可以成立的分別是：

一、台北市的公營報紙，由於營利性較弱，地方色彩較為淡薄，它比較不重視與讀者有直接關係的當地問題；但民營報紙由於營利性較強，地方色彩較為濃厚，它比較重視與讀者有直接關係的當地問題。

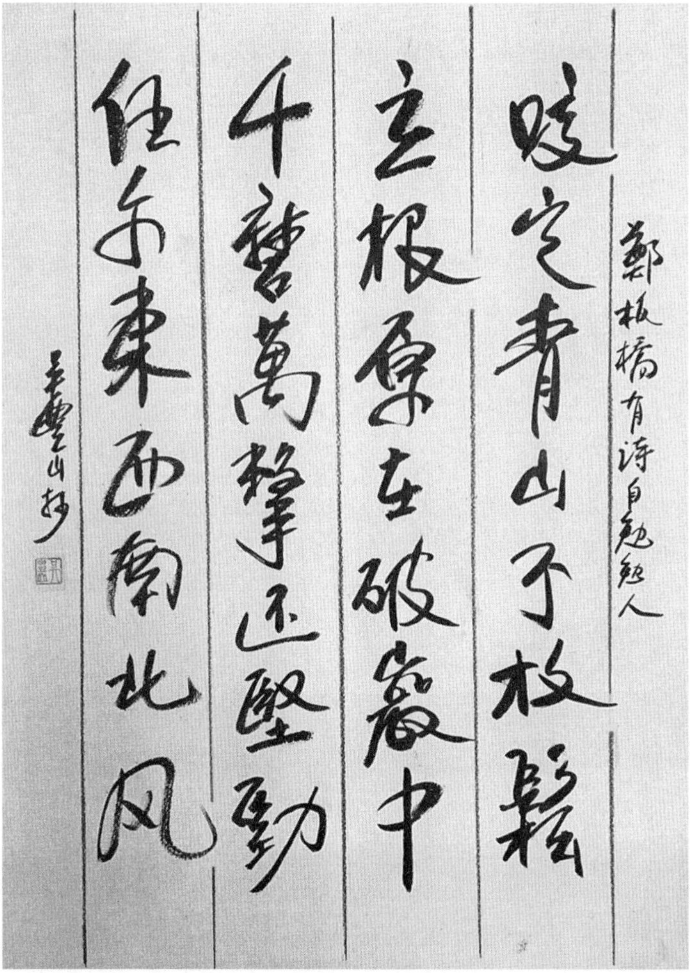

二、台北市的公營報紙與政府或執政黨站在相同陣線上，所以它的言論，宣揚性的較多，抨擊性的較少；民營報紙抱持「自由報業就是敵對報業」的傳統，對政府或執政黨的抨擊性言論較多，宣揚性言論較少。

三、台北市的公營報紙在宣揚一項政府或執政黨的善政時，其宣揚的程度較強，當抨擊一件不妥當的施政時，其抨擊的程度較弱；而民營報紙在宣揚善政時，其宣揚的程度較弱，抨擊不妥善的施政時，其抨擊的程度較強。

至於「台北市的公營報紙在宣揚善政時，其宣揚的時間較快。抨擊不妥善的施政時，時間較慢；而民營報紙恰好相反，它抨擊得比較快，但宣揚得比較慢。」這個假定則不能成立。

這項研究至此已告結束，但當從頭再逐項仔細翻查，自知不足之處甚多。姑不論台北市公營報紙和民營報紙在言論上的表現可否做為其他各地公、民營報紙言論表現之代表，僅就公、民營報紙之取材而言，六報之選擇已不周全。且以民國五十九年各報所刊出之社論做為研究對象，也嫌過於偏窄。假使範圍不只限於民國五十九年，假使範圍不只限於社論一項，則所獲結論，應會比較完整可靠。尤其是本論部分第三章和第四章對意見強度和反應速度的比較，僅限於列五個問題或事件，益顯出這項研究之簡陋。

惟因個人時間和能力有限，不能作較大規模之研究。不足之處，尚祈師長同學指正。

【補註】

民國六十年台灣仍然戒嚴，報紙言論受到有形和無形的限制。

本人在國立政治大學新聞研究所徐佳士教授指導下，以統計學方法撰寫此一論文。

本碩士論文未曾公開發行。

18.我能為國家做些什麼？

出版時間 民國六十七年
出版機構 晨鐘出版社
頁數 二六五頁

目錄──

一、政治

二、報業批評

三、政黨

四、社會

吳豐山訪問記 摘要

鄧維楨

1.政治立場

問：你的政治立場，簡單說，是什麼？

答：用別人最普遍的話說，「中間偏右」。

問：怎麼個「中間偏右」法？我想聽聽你的解釋。

答：政治上什麼叫左，什麼叫右，說法並不一致。在美國，政治主張比較保守的，叫右派；比較放任的，叫左派。記得六、七年前我第一次訪問美國，在哈佛大學與幾位教授長談。其中一位研究中國社會的學者，名叫傳果。他說，他曾經是極左的，現在已經是極右了；而他的左與右卻又不同，他原來非常贊成共產主義，慢慢地，變成不贊成，後來，就澈澈底底地反對了。現在，他認為共產主義一無是處。就我個人，我把政治態度無條件地支持國民黨的，叫右派；極端反對的，叫左派。我對政府的一般施政措施和用心，大致上是支持的——有條件的支持，對的支持，不對的不支持，因此我被歸類成中間偏右。

問：自有政治見解以來，你是不是對政府都抱著中間偏右的立場？

答：不，在學生時代，也和多數自以為是的學生一樣，認為國民黨的所作所為，不是錯誤的，就是糟糕的。但是，現在，我看見了許多事情，認識黨政要員，我知道國民黨的確想做好，而且許多地方也真的做得不錯，看法自然就改變了。

問：在你的工作上，你怎樣表達你對政府的支持是批評的，而不是無條件的？

答：我的政治作為和我在《自立晚報》上寫的許許多多文章可以證明這一點。我對政府的批評措詞雖然溫和，但是態度卻是堅定而嚴厲的。

問：你認為在當前政治環境中，你扮演什麼角色？

答：我的角色很明顯，是一個客觀批評者，希望經由客觀批評，平和的改革國政，使國家早日達成理想目標。

我的出身平凡；農家子弟，在國內受過完整教育，不斷地到國外旅行，瞭解國際「行情」，瞭解國內實況，瞭解「絕對權力，絕對腐化」的道理，瞭解國民黨的肚量，瞭解中國政治的特質。像我這種人必能貢獻某種心力，達成某種目標。

2.國大代表

問：你已經做了六年的國大代表，今年年底中央民意代表改選，你是不是繼續競選國大代表？還是改而參加立法委員選舉？

答：仍然繼續競選國大代表。

問：國大代表，在我國目前的情況，可以說只是榮譽職；除了六年選一次總統之外，他可以說沒有大作用。你對國事那麼關心，而且也有很多意見，為什麼不競選立法委員？

答：我本來想參加立法委員選舉的。但是在台南縣，國民黨已經決定提名李雅樵競選立法委員。李雅樵是我的老大哥，我不方便和他競選。

問：為了政治理想，我覺得你不應該放棄。你想國大代表一做就是六年，人生哪裡有那麼多的六年。

答：人不能蠻幹。尤其，李氏與我情同手足，而且他也適合做一名立法委員。

問：據說你結婚那天，台南縣、市的重要政府官員及民意代表都參加了你的婚禮。那時候，你不到二十七歲。我很想知道你為什麼有那麼良好的社會關係。一般人在你這樣的年齡，不會受人重視的。

答：我在《自立晚報》很認真工作。吳三連先生、楊肇嘉先生、蔡培火先生和其他老前輩都很支持我，因此，我認識了許多台南的名人政要。

問：我很想知道，你怎麼和老前輩相處？

答：我一向尊賢敬老。碰到大事，我會請教他們。他們大都能盡其所知、盡其所能指導我。我從他們的耳提面命中獲得許多智慧，我的人生觀也深受影響。

問：民國六十一年底的中央民意代表選舉，你高票當選了國大代表。是不是國民黨有意讓你當選，而空出一個名額給你？

答：沒有這回事，競選時台南縣黨部曾排擠我，競選後我的助選員多人被開除黨籍。我不認為那時國民黨不提足額，是為了我的緣故。

問：那時候，你年紀輕輕的，不滿二十七歲，怎能有這樣良好的社會關係，而有完善的競選組織？

答：主要是靠前輩的幫忙。他們為我在台南縣的三十一個鄉鎮布置了據點。另一個當選因素是選民喜歡我。

問：你會不會不滿足於做一個民意代表，而想做行政官員？

答：從前我的確這樣想，但是我現在不會；客觀環境不允許。從事新聞事業是一種貢獻。對社會的影響力而言，我不以為做總編輯會比一位部長差。我對新聞事業已經產生濃厚的興趣。至於「做官」，現在我已體認那是一種犧牲，只能在國家徵召的情況下幹一下。

3.自立晚報

問：能不能簡單地告訴我，你怎樣從《自立晚報》的記者做到總編輯？

答：政治大學畢業，服完兵役後，我寫了一封信給發行人吳三連先生；信裡，我大談改進

《自立晚報》之道。雖然我在大學讀的是政治，不是新聞，但是還是馬上獲得了反應。隨後我被聘為《自立晚報》記者。那是五十七年。我一開始就非常賣力，我不計較待遇，那時我的月薪只有一千元。民國五十九年年底，報社派我實地去訪問農村。我走了一千四百多公里路，訪問了一個農村又一個農村。我訪問農村的一系列報導在民國六十年初發表，立刻獲得朝野一致的重視，政府才在農村繁榮的迷夢中驚醒過來——過去我們都陶醉在「三七五減租」的自我宣傳中，以為農人都有了自耕地，一定都豐衣足食。我的革命性報導，使我獲得不平凡的聲譽，也獲得了美國國務院的邀請。這年秋天，我前往美國做為期四十五天的旅行訪問。官方的訪問結束後，我到歐洲，從東南亞回來，前後一共用了七十九天的時間。關於這次旅行，我寫了一本書《環遊世界七十九天》，是晨鐘出版社出版的。回國後不久，我被升任採訪主任。我擔任採訪主任三年半後，以不勝負荷為由請辭，改任專任撰述近兩年，撰寫「吳豐山專欄」。然後，報社要我負責改革編輯部。

問：你跟吳三連先生有什麼特別關係嗎？

答：應該說沒有特別關係。他是我的長官、鄉前輩、宗族長老。

問：就我個人的印象，現在報社的總編輯和採訪主任，對記者的要求都很低，頂多要求他們要得到獨家新聞。很少指導記者怎麼採訪，怎麼寫作。我不曉得你做採訪主任和總編輯，有沒有什麼特別的地方？

答：採訪主任是一種示範工作，也是一種服務工作。採訪主任主要在於維護全組的紀律，並且做協調分配。至於總編輯，主要職責在於貫徹報館的編輯政策。我擔任這兩個工作，把重點放在激勵同仁發揮智慧。《自立晚報》的編輯部同仁，向來素質很高，我一個人的智慧畢竟有限，因此鼓勵大家儘量發揮，我儘量把我的工作重點放在為他們謀福利和協調連繫之上。

問：《自立晚報》被一般認為是小報，為什麼不力求改進？

答：我不同意《自立晚報》是小報的說法；就發行量而言，我同意《自立晚報》不能跟中時、聯合相比。但是就影響上說，《自立晚報》絕對是大報。《自立晚報》是為民眾講話最多的報紙，政府重視，知識分子重視，因此，它是大報。

問：《自立晚報》被認為是政治報，請問來源是怎樣？

答：《自立晚報》的報頭下有「無黨無派，獨立經營」八個大字，這八個字就把《自立晚報》的性質說得很明白了。

問：我曾經在《自立晚報》上看到別報沒發的重要新聞，但是標題都很小。比如說，《選舉萬歲》一書被禁止發行，你們就是短行見報。這是為什麼呢？

答：其實你曉得為什麼。

問：我有時看《自立晚報》第一天發出一條很有分量的新聞，過幾天你們卻又登一條新聞或讀者投書，把它「否定」掉，這又是為什麼？

答：報社在處理新聞的工作過程中，會有來自各方面的壓力。這些壓力，總編輯並不是每一樣都可以抵擋過去。不過我已盡力而為，我敢自誇地說，我是台北極少數有大擔當的編輯之一。

問：你對台灣報紙的評價如何？

答：報紙存在的主要目的在於運用新聞自由以促進國家進步，就這個角度來說，台灣的報紙顯然做得不夠。今天，由於國家處境特殊，所以新聞自由受了一兩分限制，可笑的是，報紙本身對新聞自由的限制卻更多，因此普遍呈現出沉滯的局面。今天，假使我們要國家進步，報紙需要先「加油」。

4.一般見解

問：你對中美關係的展望，有什麼看法？

答：我不認為中美關係一個晚上就會有了重大改變。美國政府現在已經提出對等的三個條件，主要的，要求中共保證不在台灣海峽使用武力。中共實際上不可能做這樣的承諾。不過，美匪總會找到交叉點，「正常化」已經是必然不變的方向。

問：就長期的發展看，中共和美國建立邦交是不可避免的。到了那個時候，台灣會有怎樣的危機？

答：那時候，國民的情緒一定不穩定，國民要求政治改革的壓力會比目前更為強大。政府一定要更民主開放才能團結民心。

問：在這樣的情況下，我國政府在外交、經濟方面應做怎樣的努力？

答：我們的經濟絕不能被孤立。我們應該在世界各國全面成立非官方的機構。我們的外交政策，不能死守「漢賊不兩立」沒有彈性的原則，我們應該用非常的手段。在國際政治的夾縫中一定也可以生存得很好。

問：請你解釋「非常的手段」，我不曉得你指的是什麼？

答：我們可以考慮和敵人的敵人打交道。我們不能用中國傳統的人際關係來處理現代的國際關係，前者帶有濃厚的情感，後者完全是利害關係，是機械的。我們必須完全面對現實。

問：較長遠一點，你如何展望台灣的前途？

答：影響國家變遷的因素甚多，而且這些因素本身也隨時在變。因此，展望台灣的前途並不容易。

不過，我們也可以從歷史經驗和先進國家發展的軌跡中獲得一些指引。我對本世紀結束以前，也就是未來二十二年的台灣，展望如下：

假使國民黨能對國內外境況的變化應付得當，那麼，政治責任將逐漸轉落到未曾與中共直接交過手的新生一代雙肩上。國會中的「終身議員」將由新的成員取代，這種取代勢必帶動對國家目標的重估。中共的實質威脅將逐漸消滅，此地情緒對中共將會由熱烈的對抗轉換成冷靜的批判。在經濟建設方面，不斷成長是必然的。在本世紀的最後十五年，台灣無論從哪一方面看，都是一個已開發國家。由於經濟繁榮，國民的自信大增，民族趾高氣揚的情況將出現，「經濟貴族」將在社會中形成一個「階級」。在社會方面，雜亂情況將繼續加強，但新秩序、新文化也將逐漸成形。整個國家的畫面是色彩強烈而燦爛輝煌的。

可是，假使國民黨處理不得當，那麼將轉趨式微，在歷史激流的衝擊下，當前政治權力結構的主流和非主流勢將一消一長。消長之中，假使大家能心平氣和，則甚善，否則將難免產生令人討厭的痛苦，從而相當程度的阻礙國家的進步。

問：你對台灣的社會風氣曾有很多批評，請問你認為當前社會的主要毛病何在？

答：主要是沒能迅速建立新的社會標準，造成了秩序的紊亂。每一個時代有每一個時代的社會標準，因此我們不怕舊標準被推翻，但舊標準被推翻必須馬上有新標準來取代，台灣今天因為新標準付之闕如，所以呈現混亂不堪的局面。

問：那麼，誰有責任去建立新的標準？

答：曾文正公說，風俗之厚薄「繫乎一二人心之嚮往」；居高位者，社會學家有責任。做為批評者，像我，也有責任。

問：謝謝你接受訪問。

答：謝謝你來訪問。

【補註】

民國六十七年，遠景出版公司選編《遠景政論叢刊》，邀請陶百川、卜少夫、周天瑞、顏文門及本人，出書五本，合為一套。

當年適值本人競選連任國大代表，需要選舉文宣，便就欣然同意。

然則，本書除了由鄧維楨先生具名的「吳豐山訪問記」外，其餘係遠景出版公司負責人沈登恩先生親自從本人已發表的評論文章中挑選一小部分編排而成，此外並無新作。

幾經推敲，除了把鄧維楨先生的專訪轉載外，也把本書列入第二類著作，以為本人著作經歷存真。

19.索忍尼辛及其訪華始末

出版時間 民國七十一年十一月
出版機構 自立晚報社
頁數 二三九頁

目錄——

〈附錄三－一〉給自由中國（中文）

〈附錄三－二〉給自由中國（英文）

〈附錄三－三〉給自由中國（俄文）

輿論反應選粹

各報社論節錄選輯

專家、學者談索忍尼辛

序 索忍尼辛及其訪華始末

吳三連

俄羅斯大文豪，反共思想巨擘，曾獲一九七〇年諾貝爾文學獎的索忍尼辛，於一九七四年開始其流亡生涯後，即不斷對他畢生曾經有過慘痛經歷的共產荼毒，大加撻伐。他的真知灼見足以振聾啟聵而發人深省。

吳三連文藝獎基金會因景仰他的文學成就，也敬佩他的反共思想與毅力，所以於七十年六月向他發出最誠摯的訪華邀請。經過長期接洽後，索氏終於在七十一年十月十六日蒞華訪問十一天。他的來訪，受到國際間一致的重視，並激起國人歡迎的熱潮，允為一件大事，尤以十月二十三日在台北中山堂以「給自由中國」為題的一場公開演講，更對我反共大業，給予無限鼓舞與期勉，其影響力必將鉅大而久遠。乃一歷史性之重要文獻。

自立晚報社鑑於索氏訪華，意義深遠，特搜集索氏訪華的演講詞及其圖片連同基金會秘書長吳豐山以負責接待的身分所寫的索氏訪華始末，外加對索氏文學成就與政治思想的介紹有關文字，輯印為《索忍尼辛及其訪華始末》一書，以廣流傳。

本人於索氏訪華期間與索氏多所接觸，深感其志業不凡。他撰寫講稿竟是以全天候的精神工作不停，不僅肯認真思考問題，且又字字推敲，他這種絕不隨便的態度，令我尤感敬佩。離華話別時，他告訴我，此行十分愉快，他回美國寓所後，還要以每天十四小時的時間繼續去寫作。我曾勸他應稍稍節勞，而他則回答我說「我有生之年為被奴役、受折磨的苦難同胞服務，並犧牲到底。」索氏的這種深具使命感的奉獻精神實令人感動。希望此書付梓，有助國人對他的瞭解，並激勵大家對反共大業努力以赴。

索忍尼辛訪華始末

吳豐山

蘇俄文豪、反共巨擘——索忍尼辛此次應吳三連文藝獎基金會邀請，前來我國訪問十一天，就新聞而言，可謂十分轟動，從影響性觀之，亦必鉅大而久遠。筆者因任基金會秘書長，負責部分邀請與接待工作，對索氏訪華始末，也許知道得較多，所以特撰此文，以供各方參考。

緣吳三連文藝獎基金會於七十年六月間召開董監事常會時，接納了秘書處建議，修訂章程，在「贈獎」與「出版文藝年報」之外，增列了「邀訪」一項。章程修訂既畢，我即與秘書處同仁詳為研商，誰才是第一位被邀請的最適當人選？

六月下旬，吳三連先生和基金會的董事長侯雨利、副董事長吳尊賢都核可了我們的建議，由我具名的邀請函隨即寄出。

索忍尼辛係為亡命美國，他的住址遍尋不著，最後經由美國在台協會的協助，我們找到了一家可以轉信的出版社，邀請函便是寄到那裡。由於地址不詳，也由於吳三連先生的二子吳得民教授住在坎薩斯州，就近聯絡方便，因此一開始吳先生便要我同時把副本寄與得民兄，以利協助進行。

收到索氏的第一個反應，已經是三個月以後的事，基金會的同仁都很高興。不過，索氏一開始就給我們出了一個大難題；這便是，索氏要我們提出對他來訪絕對守密的保證，以做為開始討論邀訪細節的先決條件。而且他所謂的守密保證，在時間上是從討論細節開始一直到抵華後他自願公開露面為止。（原函詳見十月二十八日《自立晚報》二版）

也許我當時不自量力，作了超出能力範圍之外的承諾。不過現在想來，恐怕任何人處於跟我相同的立場時都會先答應了索氏的要求再說吧。

坦白以道，我至今仍不完全明白，何以索氏對他的行蹤之必須絕對保密如此在乎。不過，從十月開始，應索氏要求，我與索氏的通信，開始改為專人傳遞。吳三連先生的幾個公子和愛媳來往台灣美國時，全部成為基金會的「信差」。這還不算，索氏還要把寫信人和收信人的名字從信箋上全部刪去了才能算數。

如此這般，到了今年四月，由於此間英文《中國日報》引用了一個自日本返國旅客的談話，報導索氏於赴阿富汗過境台北時表示將於十月來訪，我第一次領受了索氏的脾氣。他在一對專人帶來的信中，先是責怪英文《中國日報》不刊登他要求更正的全文，然後箭頭對向我，責問道，「可能洩密的就是你！」（同樣見十月二十八日《自立晚報》二版）我彷彿就可看到這個俄羅斯大鬍子瞪大了眼睛，舉起了雙手，要往我腦袋瓜子重重的錘下！

至此，我們乃又約定，索忍尼辛不再叫索忍尼辛，索忍尼辛接受了得民兄給他的代名——「史密斯教授」。

五月、六月、七月，「信差」繼續往來於太平洋兩岸，「史密斯教授」對他來訪的每一細節，一再提出意見，這些意見包括：他前往中南部旅行的方式、他對譯員的嚴格要求、他要以畫面上只有他一人的方式上電視……。

令我頗有幾分難過的是，他每一封信中似乎都認為我是一個必須一再叮嚀才能絕對保密的人。更令人難過的是，他又好像認為我有通天本領，連他的來華簽證都不必透過我國政府，你吳豐山就可以自己蓋章簽字！

八月、九月，然後夏去秋來，然後，終於——

十月六日

吳得民教授深夜從美國坎薩斯州來電問我，「史密斯教授」假使於十月十六日來華，基金會在各項作業上有無問題？要我詳加研究後，二十四小時內回電。（事後我弄清楚史密斯教授是在抵達日本後才向吳得民教授作的詢問。）

十月七日

上午，我收到「史密斯教授」從東京給我寫的信，信上說，他計畫在十月十七日或十八日來華，要我對從前所作守密保證再加肯定，然後儘快與他通話。

我在與基金會人員就所涉細節逐一深入研議後，認為「史密斯教授」不管十六或十七或十八任何一天來華，本會皆可做好所有準備工作，遂即將此事向吳三連先生及其他上司提出報告。

夜間，我把十六日來訪可無問題的決論電覆吳得民教授。

十月八日

一早，我急於與新聞局宋局長聯繫，因宋局長列席立院院會，九時，終在立法院議場後頭的政府首長休息室與宋會面，就索氏十六日來訪及所涉保密、安全、通關等作業再加研議，請宋局長負責向有關單位聯絡，宋局長並即指定副局長戴瑞明為協助此專案之總聯繫人。

這一天我同時與文工會主任周應龍作了說明，並與外交部錢復次長就有關細節有所議定。

十月九日

掛了兩天的東京電話，都未能找到「史密斯教授」，上午十時，終於有了反應。「史密斯教授」打來的電話中，告訴我，來華日期確定為十月十六日。他也已經知道吳得民教授的三弟吳凱民將於十二日抵達東京與他會合。並對保密、通關、譯員三事再加查對，電話中語氣愉快而有力。我告訴他一切放心，儘管高高興興地前來，我會在機場等候他。

十月十二日

基金會在動員全體人員加緊作業後，一份行程表已做出，膳宿安排也已就緒。吳三連先生非常希望「史密斯教授」能有一個十分愉快的台灣之行，因此也對行程細節及所涉各事有所指示。

十月十三日

中午，會同事先已議妥者，新聞局宋局長和文工會周主任聯名召集各新聞單位新聞業務負責人在希爾頓飯店吃自助餐，由我就索忍尼辛將於十六日來訪的全盤交涉過程及索氏對保密要求之堅持作了詳細報告。

當初意以，索氏在華聲名甚噪，他的相片在過去幾年中不斷出現新聞紙及螢光幕上，可謂無人不識，索氏來華後，在所謂「公開露面」時，事實上並不可能化裝潛行，而且我們的新聞界亦十分賣力，保密的意思惟有：一、不宣揚；二、不見報。因此由我就所知和盤托出，用示坦誠，並且在「公開露面後提供一切採訪協助」及「我服務的《自立晚報》絕不在這項採訪上搶先」的保證下，懇求大家合作。

會前宋局長先作了請託，我報告後周主任又懇切要求，與會新聞同業在經過一番討論後，共同認為事涉索氏安全及國家利益，最後全體無異議接受，才告散會。

下午四時半，我再次在戴副局長辦公室內，與政府有關單位代表會商保安和通關細節，政府人士亦認此事不可有差錯，因此力求妥善辦理。與會政府人員之工作熱誠與能力，令我留下深刻印象。

下午六時，在同一地點，我又向美聯、合眾、路透、法新四大國際通訊社駐華代表作了簡報，經共允不發電稿，即使總社電詢，亦共同決定以索氏安全理由，要求緩發。四通訊社駐華代表所表現的體貼態度，也令我十分敬佩。

十月十五日

晨八時半至警政署見外事室李主任，李主任以索氏安全，不容絲毫差錯，乃再就保防細節逐一磋商，並將執行人員介紹與我認識。

離開警政署後，轉往台大醫院，向正住院檢查身體的吳三連先生報告大致籌備就緒。

離開台大醫院後，與基金會蔣秘書同往陽明山中國飯店檢視為索氏準備的套房。

然後再回基金會就所涉各事，與沈副秘書長及所有人員作最後一次的逐項檢查。

十月十六日

上午十一時半至總統府就安排索氏來訪事，向馬秘書長作簡報，十二時至中央黨部向蔣秘書長作簡報，二氏對基金會邀請索忍尼辛來華，表示嘉許。

照原先議定，接待人員分三批前往桃園機場。第一批是政府協助人手，於下午五時前到達。第二批是基金會人員，於下午六時半到達。吳三連先生則由隨從秘書陳先生陪同，於夜晚八時抵達二樓外僑組辦公室會合。

六時半筆者抵達時，情報來源告訴我，已有各報記者數人進入機場，並守住各據點。本人認為此事事先已經取得默契，採訪當係留供日後刊用，所以遂以索氏之要求為考量之惟一基礎，而決定僅由安全人員向新聞同業要求，「不要用鎂光燈」、「站在遠處拍攝」即可。

八時三十分，依事前所議，由我陪同吳三連先生進入至機艙門口，沈副秘書長進入至連接機門與航廈之第一道門口，三十五分，吳凱民第一個走出機門，然後就是狀至愉快的、紅光滿面的索忍尼辛。他和吳三連先生及我親切的握手，然後走過一個短短的走道，鑽進公務專用電梯，至一樓搭乘停靠邊門的車輛逸去，簽證以後補辦，行李留待基金會人員處理，這是事前議定的程序，一切按照原訂計畫進行無誤。

只有當走過走道時，鎂光燈閃個不停，記者爭先恐後，這件事是在排定程序之外。我看到索忍尼辛笑容沒有了，我曉得他對我的守密保證已打了零分。

這晚，我到深夜一時才上床，新聞局國內處長朱宗軻為敦請各報遵守協議，弄得焦頭爛額。

十月十七日

索忍尼辛的個人資料，我已盡力搜集，包括他不抽煙、少許飲酒、不吃蝦蟹、牡蠣等事，都已知道。可是他下午五點以後不喝咖啡，七時以後不吃東西的生活習慣卻不曉得，吳三連先生為使賓至如歸而於昨夜在石牌公館準備的中國茶和清粥小菜因而也就派不上用場。

陽明山中國飯店遠離塵囂，索氏一夜好睡，精神飽滿。原先排定上午九時至飯店隔壁的吳家小別墅早餐，十時會見將幫忙做演講翻譯的王兆徽教授，然後與我詳細商討訪華十二日的行程。八時半我與凱民兄商定，坦白將《中國時報》已報導索氏來華的新聞告訴索氏，索氏當時沒有表情。凱民兄與我陪同他走過大亨路，在轉角處，他看到了幾個攝影記者，便很不高興的向我說，「佛郎克，你的守密保證呢？」我啞口無言。

英語不是我的語言，也不是索氏的語言，而且不管「洩密」是怎麼造成的，我此時最好的態度是承認錯失。「磨」了三個小時，費了九牛二虎之力，至午，索氏才終於瞭解，「佛郎克」沒有過錯。並且同意改變計畫，要我乾脆下午向新聞界宣布他已來華，但請我強烈轉達他不受干擾的意願。

十月十八日

我們的記者非常能幹，中國飯店四樓只有一間套房，住在那裡的是基金會的客人索忍尼辛。三樓住的是基金會人員跟安全人員。只一天工夫，二樓已經住滿了各報記者。

索忍尼辛把他將於二十三日發表的演講當作第一要務，所以埋首寫他的俄文講稿，不願受到任何干擾。

可是偏偏有一女記者趁安全人員合力處理另一突發事故之時，越過五樓屋頂，擅入索氏房內，索氏把吳凱民找去，表示他對守密失望於先，復對保防失望於後，他將提前於二十四日離華，吳凱民做了很多解釋，才能讓索氏瞭解闖入事件絕無任何惡意。

十七家新聞單位的新聞業務負責人聯名抨擊《中國時報》不守協議，《中國時報》竟將箭頭對向我，先於昨日指我「狂妄」，今日又罵我「夸夫」，譏我「侏儒」。其實是非曲直很明白。今天索氏才是新聞主角，我是接待人員之一，想不到《中國時報》竟然如此「節外生枝」。

十月十九日

一大早，索氏把他打好字的演講稿交給我，要我妥善安排翻譯作業，然後到別墅去打越洋電話給住在佛夢特州的索太太。我太太和我的同事們則在電話中告訴我，他們接到一大堆氣憤《中國時報》的電話。

十一時五十分，我們開始昨日排定的第一天行程的第一步——出發旅行。

讀者希望知道索氏全部動態的壓力重重壓在新聞媒介身上，新聞媒介所承受的轉壓在採訪記者的身上，十幾部採訪車排成的車隊，當然也形成一股壓力，壓在索氏和安全人員的身上。不過，當在泰山收費站和林口交流道兩度嘗試「解脫」宣告失敗後，索氏似乎無可奈何地接受了這種必須「大規模」旅行的現實。

索氏不吃午餐，但工作人員需要午餐。下午一時在全國大飯店休息片刻是事先安排的，台中市長林柏榕要送市鑰則為「臨時起意」，索氏經由飯店董事長吳和田的說明，瞭解林市長的一片好意後，便也接受。市鑰在飯店大廳接受，則是我們幫新聞同業作的設想。

車隊在市議會和中興新村繞了一圈後，迅即進入山區，開往日月潭。這一段路，風光明媚，索氏顯然十分欣賞並且漸漸心曠神怡。他說在美國從未旅行，定居佛州後，六年來到上月才首次外出，從來沒有到過比現在更低緯度。

日月潭的湖光山色，洗清了他數日的疲勞，涵碧樓的晚餐也令他大快朵頤，我們就在晚餐中，排定了隔一天的行程。

十月二十日

我們原來刻意把出發的時間延緩，以利索氏欣賞清晨的日月潭，但索氏習慣性的晚起，使他自已錯過了那一份清新的「潭氣」。九時半出發後的第一站──文武廟，索氏花了很多時間。中國廟宇對索氏來說，似乎是全新的東西，他問每一個問題，同時也記下每一個答案和感想。這種專注的精神和濃厚的興趣，同樣表現在他遊覽南鯤鯓廟時。即連從溪頭到竹山間，路邊一個其貌不揚的小土地公廟也令他流連不去。

今天是一個長距離的旅行，溪頭的小木屋和濃蔭小徑，北門鄉白皚皚的鹽巴，將軍鄉的虱目魚，和嘉義南邊的北回歸線標誌，給索氏帶來了愉快的一天。

採訪記者的車隊已將近二十輛，也許由於昨天下午二時在台北有一個安全會議，保安人員加了好幾倍，他們在每一縣市交界處鄭重其事的交班。我向索氏開玩笑說，您老先生的台灣之旅，已經儼然帝王出巡。

十月二十一日

朝拜台南孔子廟，瞻仰赤崁樓和參觀台南紡織公司，這是昨天排定的節目。早餐時索氏又「臨時起意」，告訴吳凱民，說另外還要看看台南飯店後邊的一般市民住家。我想，別人的住家是別人的國度，若非事先安排，「萬一」被拒，豈不尷尬？因此請安全人員代覓可供參觀處。恰好，飯店前面有棟十層公教住宅，大伙兒便走路跑了過去，一會兒工夫，已有數百人圍觀這位近幾天來天天大篇幅見報的俄國大鬍子，索氏的旅行恐怕就要越來越「轟動」了。

中午抵達高雄國賓飯店喝餛飩湯時，索氏除了中船和澄清湖外，又多了一個興趣——看佛光山。回到飯店，太陽已經下山。

高雄市長許水德好意要請索氏吃飯，變通辦法是我請許市長共進晚餐，索氏對許市長的夜市和中正文化中心很感興趣。昨夜在台南車站和台南公園散步時，招引了數百人圍觀，今夜在六合路飲食攤「散步」時，阻塞了整條大馬路，文化中心前廣場的人群歡迎索氏的如雷掌聲和中心內千餘人為他起立鼓掌，想必都能使索氏瞭解到他受國人歡迎的程度。

今天尾隨索氏座車的車隊已增加至四十三輛，不過還好，明天就要打道北返，要不然，安全人員大概更要加幾倍辛苦。

索忍尼辛「必須」在今天下午三時前返抵台北，從高雄上高速公路開回圓山飯店，用絕對安全的速度，需要至少四個半小時。索氏接受我的建議，要順道參觀一下保存得比較好的歷史古城——鹿港。另外，他來華前，對導遊手冊上介紹的八卦山大佛，很有興趣。我們把時間一算，九時出發是最恰當的時間。

十月二十二日

除了在西螺休息站和泰安休息站兩度滯留外，一切按照計畫進行，抵達圓山飯店的大門口，正好三點剛過。

十月二十三日

索氏從前天晚上開始，就又記掛起他的演講來了，因此，昨天在高雄，他可謂已「歸心似箭」。住進圓山飯店後，隨即與王兆徽教授及自日來華協助的木村浩先生三人，逐字逐句查對講詞。並且要我幫他找來中山堂中正廳舞台和講台的細部資料。今天上午除了再度探討講演段落外，還與吳凱民及我討論他的上台衣著，其用心與重視可見一斑。

這一場演講索氏本人重視，基金會當然也重視。僅向《自立晚報》借調的人手即多達四十二名，其中四分之一已忙了整整七天。可是，假使與政府動員的人力比較，基金會的人力則又顯然是小巫見大巫了。

國人對他的禮敬表現在演講開始前的全體起立鼓掌，以及演講結束後長達數分鐘的掌聲中。近百名在場的中外記者將把他擲地有聲的讜論，傳播海內外。華視負責製作的實況錄影將可使未能到現場聽講的國人，觀其鏗鏘風采。透過衛星的傳播作業，全球三洋五洲的三百餘家電視台將把他的誠摯和忠告重現在以數億萬計的世人面前，讓世人深思他們的命運與乎人類歷史的發展方向。

十月二十四日

溯自索氏抵華消息披露，國內各方人士，對索氏提出了不少講演、會面、座談之類的請求，也有不少人提供免費餐飲、饋贈之類的美意，我分成好幾次，逐一向索氏轉達，他都沒興趣，只託我將各方贈品轉寄美國住家。倒是對觀賞中央電影公司以大陸反共作家白樺的著作為底本，改拍的電影「苦戀」興致勃勃。

吳三連先生到圓山飯店看索氏，並且陪他一起去外雙溪的中影試片室，中影明驥總經理親切的接待，文工會主任周應龍也在場歡迎，索氏認為「苦戀」拍得很好，因為那是一番親身苦痛之後的結晶。

其後，索氏在故宮博物院花了兩個小時的時間，仔細品鑑中國數千年藝文的精髓。索氏習慣上不吃午飯，我不吃午飯便很難工作，回到圓山飯店，索氏跟我大開玩笑說「佛郎克心裡一定希望我今天趕快就回美國。」

一個叫「包麟」、在大直語文中心教俄文的索氏同胞，整個下午與索氏在一起。索氏告訴吳凱民兄說，他對包麟一生遭遇很感興趣，視為寫作的好題材，同時也希望少數流落在國境之外的自由俄人，應拼命努力，使俄人早見天日。

索氏對「宴會」了無興趣。他昨天說明白，他訪華期間只願接受吳三連先生一次正式晚宴款待。偏偏碰上了連續兩天半的假期，因此，當索氏在他房間和包麟促膝長談時，也恰好讓吳三連先生的秘書群有充分的時間去研擬晚宴的陪客名單，並且找出這些人家裡的電話和地址。

吳三連先生認為，既然只有一次晚宴，希望這份名單能夠表現出全國各界對他的歡迎。

十月二十五日

假使您能完全瞭解索氏如何在文字上下功夫，大概您也就可以有機會成為諾貝爾文學獎得主。

為了他今天下午五時半要向新聞界發表的一份只三百個字的談話，他取消了原訂的市區觀光。我們手頭上一共有一份索氏俄文原稿，一份王兆徽教授的俄文中譯，一份木村浩先生的俄文日譯，一份包麟教授的俄文英譯，一份吳豐山的英文中譯。然後，我們又找來了一位英文專家，連同木村浩、吳凱民，一共五個人，就為了這三百個字「耗」了將近五個小時。然後，因為索氏要我配合他的段落宣讀，又「排練」了三天，還指導我，當讀到「還有，即便是緊迫不捨，常常阻擾了我對周遭事務的直接觀察的記者群，我也……」的時候，我臉上必須要有怎樣的表情，才足以表達他真切的意思。索氏大概忘了「佛郎克」同時也是一名記者。

晚宴在國賓飯店十樓總統套房舉行，與會貴賓有世盟榮譽主席谷正綱、立法院長倪文亞、總統府秘書長馬紀壯、青年黨主席李璜、民社黨主席楊毓滋、國民黨秘書長蔣彥士、政大校長歐陽勛、文建會主委陳奇祿、外交部次長錢復、新聞局長宋楚瑜、作家姚朋、王兆徽教授。

宴會中有一番反共論談。宴會原訂六時開宴，因為大家認為蔣總統要送給他的禮物——英文本《蘇俄在中國》宜在飯前贈送，所以實際上六時四十分才開宴，八時十五分許就吃完了索氏認為是他「一生中最長」的一次晚宴。

十月二十六日

原訂參觀台大校園的節目，索氏以小雨為由取消了，他又找來了包麟，閉室長談。閉室前我向他轉達了最後一批請求和美意。

下午三時，吳三連先生到圓山飯店與索忍尼辛道別和祝福，俄羅斯人是說有個習慣，遠行前要大家一起靜坐兩分鐘，我們主隨客便。

過去十一天中他乘坐的那部銀白色別克車擺在正門口，前頭也煞有介事的再擺了一部開道警車。三時十五分，我們由八樓直下地下室，搭乘吳先生的座車，六部警車前後護送下，於四時抵達機場大廈後另一建築物內的一處隱密貴賓室，再從那裡搭車從四號機坪悄悄上

【索忍尼辛訪台】

一九八二年十月十六日
吳三連文藝獎基金會
特別邀請
諾貝爾文學獎得主
蘇聯大文豪索忍尼辛
訪問我國十一天
發表演講「自由中國」上圖

十月二十一日
參觀台南孔子廟
台南紡織、赤崁樓
索忍尼辛特別想看
台南街景和人民生活 下圖

機。吳三連先生也登上了機艙，向這位貴賓再一次道別和祝福。

訪華十一日，這位俄羅斯文豪、反共巨人，留給了國人一篇感人的演講，一份警告式的聲明，留給了新聞界一場採訪追逐戰，也留下了國人對他無限的嵩仰和懷念。

十月二十七日

下午五時，我依索氏「二十四小時後才宣布我已離去」的要求，發了一個稿子到中央社各新聞單位的信箱內，到此，索氏來訪終算有頭有尾地告一段落。

【補註】

民國七十年，本人擔任《自立晚報》社長，兼任吳三連文藝獎基金會秘書長。基金會決定邀請蘇俄大文豪索忍尼辛來台訪問，本人主責其事。

索氏於七十一年十月十六日來台訪問十一天，此事國際重視，國人歡迎。索氏在台期間，媒體追逐。十月二十三日索氏在中山堂公開演講。

索氏返回美國居留處後，自立晚報社決定以《索忍尼辛及其訪華始末》為名，匯集相關文字出版專書，由本人領銜。

索忍尼辛本來係因為著作不為蘇聯當局所容，被驅逐出境。隨著蘇聯內部政治局勢變化，他於一九九〇年被戈巴契夫恢復了公民權，一九九四年從美國搬回蘇聯。政府還設立了「索忍尼辛文學獎」以表崇敬。二〇〇八年以八十九高齡逝世。

20. 吳三連回憶錄

出版時間 民國八十年十二月
出版機構 自立晚報社
頁數 三四六頁

目錄——

撰記人補述

一

民國六十六年初春，吳三連先生決定要把他的一生經歷留下紀錄，指示我，在他口述的時候幫他錄音和筆記，並且負責其後全部撰寫和出版工作。

依據我在筆記本上的紀錄，錄音分成兩個階段完成。第一階段從民國六十六年四月二十八日開始，止於民國六十七年七月十三日。第二階段是隔了七年之後的民國七十四年三月八日開始，止於同年九月二十七日。

錄音工作是每個禮拜的禮拜四下午，在三老石牌邸宅二樓起居室，通常進行兩個小時。有時候因為三老太忙或我臨時有事，中斷一兩個禮拜。兩階段錄音為什麼相隔七年之久，三老沒有說明，我也不曾問過。

為了進行錄音，三老會在事前做些準備工作，俾使條理井然；但是，三老一直都說得非常簡要，謙和的涵養也使他對事實真相的陳述，做了許多保留。

二

我與三老同鄉，而且幫他辦報，也與他一樣在台南縣參加選舉，這些相同點對錄音和筆記工作的暢順頗有幫助。可是，三老與我相差四十五歲，他的道德文章功業，遠非晚輩所能企及。這個巨大差距對後來回憶錄的完善整理一定造成某種程度的阻隔。

大約在民國七十五年的時候，中央研究院口述歷史小組曾經希望出版三老的一生經歷，我認為專家做事應會比較牢靠，乃請示三老。三老的決定是，仍然希望我獨力完成，出版後再送往中央研究院參考。

坦白說，我多樣性的工作負荷，在民國七十年十二月接任《自立晚報》社長後，已經滿載，所以在三老於民國七十四年九月完成口述後，我的整理工作並未有效開始。一直到民國七十八年初，協助辦完三老的喪事後，才選擇沒有宴會喝酒的夜晚，在看完報社傳到家裡的相關稿件後的下半夜，快馬加鞭，一直到民國八十年三月下旬，才終於完成全部撰寫工作。

三

依我觀察，三老在民國六十六年以前，不曾準備要寫回憶錄，因此，他沒有刻意留下什麼與回憶錄相關的文件。三老溫柔敦厚，但大而化之，他沒能說明白大部分事情的細節；三老同時虛懷若谷，因此對他所成就的許多事情一向淡然處之。

我的撰寫工作必須忠於原口述，除此之外我必須另外下工夫。這本回憶錄的分篇分章，完全依我個人的主見。時空背景主要由我填充。之所以加入了大量的附錄，特別是幾篇三老相關事業的文字，目的是希望讀這本回憶錄的人，對於三老的全貌能夠得到比較完整的瞭解，不要因為三老的謙卑而做了不正確的估量。

我之所以寫這篇補述，放在回憶錄的最後面，也同樣是希望讓這本回憶錄比較完整；因為三老完成口述工作後，並未退休；他仍然每天辛勤地工作，一直到民國七十七年十二月二十九日去世為止。

四

我是一個報人，在專業訓練下，我不會迷信英雄。我們習慣於追求真相，判別是非，分清楚什麼人、事有價值，什麼人、事沒有價值。

可是即使以這種最嚴苛的標準，並且排除上司部屬的關係，我仍然必須說，三老九十年的人生，世人無法挑剔。

一、做為一個政治人物，三老言行一貫，民族的骨氣始終硬朗。他抗日的時候，毫不妥協；做官的時候犧牲奉獻、兩袖清風；做民意代表的時候，知無不言、言無不盡；即使退出政治第一線之後，也絲毫不曾改變操持。他認為政治應該只有一個目的，就是為老百姓謀求福祉，他厭惡迫害和欺詐。一直到他離開人世的前一刻，他沒有停止過做為一個政治人物對國家社會的關愛。

二、做為一個企業界的領袖，三老執簡馭繁，舉重若輕。他參與工商，卻不曾孳孳為利。他從來不曾是資本家，他自我定位為公司裡勞資雙方的家長，一貫倡行勞資和諧。他不允許與他有關的公司違法亂紀，影響所及，整個企業集團，只知殷實，不敢貪圖非法暴利。做為企業領袖，他連結了私人企業與國家總體經濟，總是讓國家利益擺在前面，私人企業利益跟在後頭。

三、做為一個文化人，三老坦蕩蕩毫無出醜之處。他辦的報紙長期堅持客觀公正的立場，他不允許他的報紙做違背良心的事，說違背良心的話。他辦的學校，沒有董監事會向學校拿錢，相反地，學校從創立的第一天開始，不可停止建設。他的文藝獎金，不允許任何政治干擾，所有得獎的人都只因為他們的成就值得肯定。

四、至於做為一個人，三老更是達到了尋常人不可企及的境界。三老抱持服務的人生觀，服務一生，奉獻一生。三老生於基督教家庭，平日不重視宗教儀式，可是，他的言行所表

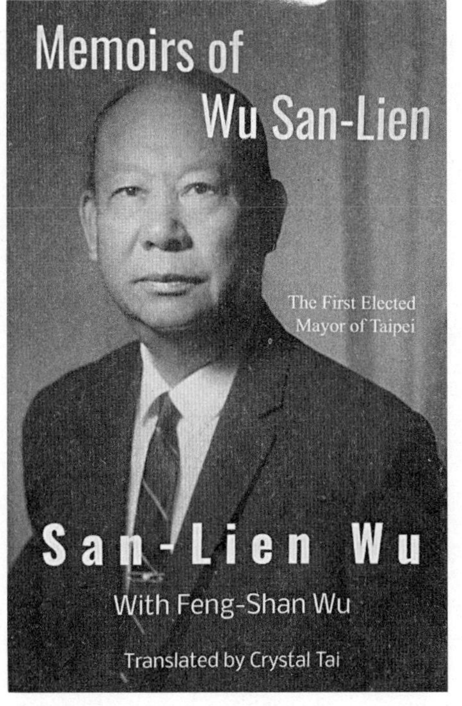

現的謙和友愛和平信義，與最虔誠的教徒沒有兩樣。三老輕物慾，認為金錢的價值在於使用在正途，世間受過他協助的人不計其數。他是家庭中的好丈夫、好父親、好祖父，是公司裡人人愛戴的大家長，是社會上大家敬重的朋友和長輩，是國家的大國民。

晚年的三老，望重朝野，一言九鼎。登門造訪的，上自國家元首、下至尋常百姓，三老同等接待，言語不多，言必由衷；一個台南縣貧寒出身的農家子弟，人生的境界到達這個地步，足可令人嘆為觀止。

五

民國七十二年，吳夫人去世；夫妻情深，一旦永別，三老哀痛逾恆，生活步調大受影響。

民國七十五年，三老在大熱天幾次出入監獄和醫院，照顧政治受難人和他們的家屬，由於勞累過度，不幸中風。中風之後的三老，仍然相信自己有朝一日可以恢復健康，於是大幅刪減了工作的負荷，開始每天的復健工作。在中正紀念堂、在新生公園或者頂北投吳氏宗祠，三老每天下午選擇一處準時出現。通常是他最疼愛的女兒，陪他一步一步地走過幾百個夕陽西下的傍晚。八十八、九歲的老人，堅毅地在落日餘暉中邁出一個個步伐的那幅景象，令人動容！

民國七十七年十月下旬，三老感冒，本來以為小事，三天後入台大醫院時發現已轉為肺炎，從此昏迷，留在加護病房，一直到十二月二十九日心臟衰竭離開人世。

六

三老病逝消息傳出，朝野同感悲悼。各大報都刊出專文，同聲懷念，同聲推崇。一月十七日在台北市立殯儀館，數千人以無限哀痛的心情，祭拜這位為國家民族奉獻一生的長者。李登輝總統親臨行禮，並頒褒揚令。黃少谷、林洋港、張寶樹、李國鼎四位大員先於十五日遺體火化前在靈柩上覆蓋國旗，對故人高潔的一生做了崇高的禮敬。

一月十八日，三老骨灰奉厝故里淳吉墓園。奉厝前，台南縣各界數千人齊集天仁工商禮堂，對這位傑出的台南鄉親表達了深沉的懷念。

七

由於撰寫這本回憶錄，在過去兩年多的許多個深夜，當夜闌人靜時，獨自一人重聽三老口述錄音，便自然不免要陪同三老從十九世紀末再走過一趟。在歷史的時光隧道中，我彷彿可以清楚地看到在日本、在殖民地台灣、在天津，在光復初期乃至四、五、六、七十年代在台北的三老的音容笑貌。一個南台灣鄉下赤貧人家的子弟，憑著一股堅忍的毅力，抱持服務的人生觀和壯濶的世界觀，自我成就為一代人豪的整個過程，令筆者常常擲筆低廻，久久不能自已！

我相信江山代有才人出，但是，我不相信滾滾濁世會再出現這般高潔的人格典型。

八

不可以漏失的，我必須在這裡對協助完成這本回憶錄出版工作的所有長輩和朋友表示感謝，他們是：

協助將錄音帶轉成初期文字的洪樹旺先生和夫人。

協助找尋背景資料的林文義先生。

協助製作「吳三連先生年表」的向陽先生。

協助校訂的吳尊賢先生、沈邦傾先生、趙富鎰先生以及三老的六位子女。

協助校對的韓菁珊小姐。

協助製作封面的李男先生。

協助提供照片的自立報系資料室、日本每日新聞社、楊蘭洲先生、周景祥先生以及三老邸宅書房。

還有，自立報系出版部魏淑貞總編輯和全體編輯同仁。

我相信，三老如果地下有知，也會同樣感懷。

【補註】

本人於民國五十七年進入自立晚報社服務，吳三連先生是發行人。吳先生於民國七十七年底逝世，本人親承謦欬達二十年之久。

民國六十六年和民國七十四年，吳先生分二段落口述一生經歷，交代本人在他身後發表《吳三連回憶錄》。

本書封面標明「吳三連口述」、「吳豐山撰記」。那麼，作者應為吳三連先生，本人應為執筆人，所以編入第二類。

二十七年後，也就是二〇一八年，吳先生旅居美國的次子得民、三子凱民、孫子永輝、維倫四人合作校訂由 Crystal Tai 具名的本書英文譯本，並在海外公開發行。

21.打拚——台灣人民的歷史

出版時間 民國九十六年二月
出版機構 玉山社
頁數 二四七頁

目錄——

公視拍製「台灣人民的歷史」之緣起

民國八十七年三月，公視基金會成立，本人獲董事會推選擔任首屆董事長，開始承擔推動公視開播以及發展的責任。

相較於先進國家，我國公視起步稍晚，八十七年七月一日開播時，台灣已有近百個頻道。公共電視雖然承載嚴肅的使命，可是公共電視基本上也是電視，它的使命仍然必須經由廣泛的收視來達成——這是本人的基本體認。

換個方法說，公視除了一些依照「公視法」必須做好的小眾節目和分眾節目外，在大眾節目這一個範疇，如何做到老少咸宜又具獨特意義，同時還能經得起各方嚴格檢驗，就成為一大課題。

「公視法」規定，公視內部日常事務，由總經理處理。總經理李永得君精明幹練，且因與我共事已久，默契很好，他把內部事務處理得井然有條。我則把大部分時間花在處理公視對外關係以及大方向的思考之上。

有一天，我問李總經理，公視假如拍製四十集「台灣開拓史」經典連續劇，做得到嗎？過了不久，李總經理回覆我說，經過多方瞭解和估算，如果要依照我開出的高標準，四十集的拍製總經費大概要二億元。

公視開播那一年，年度經費只有十二億元，依據「公視法」還必須每年遞減百分之十，一直遞減到六億元為止。比構思拍製「台灣開拓史」更早的時候，我已經把修廢遞減條款做為必須於三年內達成的目標。因此當李總經理告訴我二億元這個數目的時候，我就知道，三年內我不可能跟有權修法的立法委員說清楚為什麼只一部連續劇可以花二億元卻又要求修廢遞減條款。之後，我絕口不提「台灣開拓史」，一直到遞減條款終於修廢。

遞減條款修廢的時候，政府對公視的年捐助款只剩九億，公視自籌能力已提升到五億，可是二億元仍佔十四億總經費的七分之一，一定要花二億去拍一部連續劇的話，勢必產生嚴重排擠效用。

很自然的，最後我想到「成功不必公視」，並且得到董事會充分的支持。九十一年夏天某日，我與李永得君飛花蓮見證嚴法師，建議大愛台與公視合作，經費主要來自募捐。證嚴法師聽完我的先民血淚、知福惜福、開創未來的道理後，欣然同意合作，並且希望說做就做。於是只幾天工夫雙方便成立小組開始討論合作細節。可惜的是對最重要的主題之敲定，雙方認知差異過大，合作因而未成。儘管合作未成，迄今我對證嚴法師和大愛台的朋友仍然衷心感懷。

要拍製「台灣開拓史」紀錄片，一定要先深入探討台灣的歷史。八集紀錄片總共四千萬元的經費，公視可以負擔。以人民為歷史的主角是公視的基本精神；更何況這些工夫都將成為將來後繼者拍製歷史戲劇的堅實基礎。

「台灣人民的歷史」之部分劇照 資料來源：公共電視

困難的是史觀和史實。尤其在台灣內部明顯有兩種不同意識形態同時存在的今天，要如何認定台灣史實，如何解說台灣歷史，無疑是一大考驗。幾經討論探索，最後大家決定：史實的部分旁徵博引，史觀的歧異，儘可能異見並呈，以關照同胞和諧。

本人在公視擔任第二屆董事長的最後一年半，一共主持了二十一次冗長的製作委員會議，才完成劇本和敲定拍製團隊，曹永和、張炎憲、戴寶村、溫振華、吳密察、翁佳音、李筱峰這七位台灣歷史學者和他們助理貢獻的智慧，公視繼任董事長陳春山、繼任總經理胡元輝，以及孫青、王亞維諸君熱心推動；李道明、章蓁薰、符昌鋒、陳麗貴、鄭文堂等導演和全體參與人員的熱心擘劃和執行，都讓本人心存無限感激，也相信他們的付出，必將成為台灣電視史上的一項珍貴紀錄。

【補註】

本人自民國八十七年至民國九十三年擔任公共電視第一、二屆董事長。第二屆董事長任上，本人推動拍攝「台灣人民的歷史」八集紀錄片。拍攝工作在第三任董事長陳春山先生、總經理胡元輝先生手上才完工。

配合該紀錄片播出，公共電視委由玉山社做了以《打拚——台灣人民的歷史》為題的文本。由於這是集體創作，並非本人著作，所以併入第二類。

22. 據實側寫蕭萬長

出版時間 民國一〇一年六月
出版機構 遠流出版公司
頁數 三六七頁

目錄——

台美斷交，台灣面臨生死關頭。國貿局副局長蕭萬長萬里跋涉，遠赴白雪紛飛的美國華府，爭得「永久最惠國」待遇，成為台灣的保命丹。

蕭萬長的表現備受各方肯定，也從此成為政壇新星。

之一 美國市場必須不斷拓展，所以必須不斷談判；中國市場已經崛起，所以轉口貿易必須除罪化；仿冒為國際社會所不容，所以必須反仿冒；國貿局長蕭萬長使出三頭六臂，奮戰七年，創出佳績。

之二　全民健保是經建會副主委蕭萬長一手規劃的。國際上對台灣全民健保稱頌有加，可惜後來付諸實施的方案，卻未能依照原規劃避開財務黑洞，蕭萬長最感遺憾。

之三　後勁居民反五輕，王永慶的六輕要出走，台灣石化工業面臨熄火命運。經濟部長蕭萬長使出渾身解數，終於讓五輕動工，讓六輕建在雲林麥寮。

之四　台灣是經貿大國，必須與國際社會保持緊密聯繫，加入APEC（亞太經濟合作會議）和重返GATT（關稅及貿易總協定）成為絕對必要。

蕭萬長於經濟部長和經建會主委任上，在這項使命上著力殊多，表現耀眼。

之五　讓台灣成為「亞太營運中心」是一個巨大的創想，蕭萬長在經建會主委任上提出了詳細規劃，而且至今相信，它是台灣最佳的出路。

之六　蕭萬長做了一年行政院大陸委員會主任委員，他宣布兩岸關係以經貿為主軸，恰如其分地扮演了那個時間點的歷史角色。

之七　轉換跑道幹起立法委員的蕭萬長號召各黨派立委八十三人組成「立法院財經立法促進社」，促成六十件財經法案通過三讀。此外他還任李連競選總部總幹事，任國發會和修憲的要角，並且都順利達成使命。

卷肆　拜相組閣

之一　李登輝在經歷八年總統歲月後，認定台灣的經濟榮景是台灣安全的最大保障，認定台灣主體意識在兩岸分治五十年後乃事所必然，所以當歷史走到民國八十六年，便見蕭萬長登上閣揆大位。

之二　蕭萬長組閣準備時間長達三個月，他按部就班，做足了各項準備工作。八十六年九月一日以「民意至上、行動第一」為號召，開始他做為行政院長的艱苦承擔。

之三　亞洲金融風暴重創南韓及東南亞各國，台灣一因經濟財政體質較好，二因政府應戰得宜，終能逃過一劫。蕭院長上台第一仗，打了個大勝仗。

之四　八十五年修憲，明載精省，落實精省工程變成行政院長的職責。蕭萬長和宋楚瑜交誼素睦；私誼和公務讓蕭萬長兩頭神傷，但硬著頭皮還是要盡力完成使命。

之五　八十八年九月二十一日，台灣中部發生大地震，兩千多個同胞罹難，房屋倒塌數以萬計，產業損失不貲。行政院在做完災難緊急救助後，立即展開大規模的災區重建。

之六　交通建設攸關國家經濟發展和人民生活品質。今天，台灣的高速公路網四通八達，台灣高鐵的運營使南北三百四十公里一小時半可抵達；這其中，蕭萬長投注了巨大心力。

之七　「首相外交」在國際社會上備受重視。蕭萬長在行政院長任上七度出訪，遠渡重洋，不辭辛勞，對我國涉外關係的開拓和穩固，產生良好效用。

之八　做為全國最高行政首長，蕭萬長盡其所能，全面關照；他創立了很多新制，展佈了很多新猷。

卷伍　在野歲月

之一　台灣第一次政黨輪替，首次執政的民進黨，治國人才培訓不足，陳水扁總統希望蕭萬長幫忙，鑑以「政黨雖然輪替，經建不會輪替」，蕭萬長只好不計毀譽，側身協助。不過，代表參加

APEC年會一事，因兩黨關係惡化，竟生波折。

之二 建立「兩岸共同市場」是蕭萬長的創見，也是他的信念。除了成立基金會推動外，在野八年，他多次深入中國大陸考察彼岸經濟發展，並與中共新一代接班人會談，還每年參加博鰲論壇，倡導他的信念。

卷陸 重返榮耀

之一 時序走到民國九十六年，台灣政局紛亂達到頂點，民心思變。馬英九以經建第一重要為由，堅邀蕭萬長搭檔參選，幾經考量，蕭萬長允諾輔贊四年。

之二 蕭萬長自民國九十二年起，每年參加博鰲論壇。當初曾想到這個管道也許有朝一日對兩岸和平有用處，果不其然，到了九十七年，博鰲論壇變成蕭胡會的現成舞台。

之三 舞龍舞獅，鑼鼓喧天，高興就職不久，國際金融海嘯迎面而來。副總統依憲備位，但碰到財經難題，蕭副總統就必須費心了。

之四 副總統是一國元輔，所以工作不少，使命必達。四年任期中，蕭萬長所言所行足可向歷史和人民交代。也為半世紀無私奉獻國家的生涯畫下圓滿句點。

附錄一 大家都談蕭萬長　王健壯、施振榮
薛琦、陳添枝、管中閔、黃敏惠、
楊朝祥、張忠謀、許勝雄

附錄二 蕭萬長與我　吳豐山

附錄三 公餘生活集錦

附錄四 蕭萬長大事年表

附錄五 五十年經貿統計綜整表

參考書目

序 走過半世紀漫漫長路

蕭萬長

我一直沒有想要寫回憶錄；一方面因為我沒有寫日記的習慣，很多事情都已記憶模糊，另一方面因為半個世紀以來，我幾乎都是在想著國家的明天、想著國家的未來，想著如何用具體做法去解決眼前遭遇的問題，實在沒有餘力提筆著書。此外，近五十年的公務生涯雖然讓我有幸接觸國際事務、拓展全球視野，但基本上我是個很傳統的台灣南部鄉下人，只知道多做少說，埋頭苦幹。

當一百年五月底，我宣布一俟任滿即還我初服、歸隱林泉的時候，想到的是家庭天倫，友聚敘舊，以及是否能再貢獻一點餘力，繼續致力服務社稷、造福人民。我還是沒有想到為自己寫一本回憶錄。

可是當豐山兄向我提到要幫我據實記述半生工作時，我被說服了；他說台灣的下一代不一定要知道蕭萬長，但一定要知道台灣如何走過這段漫漫長路，而我正是台灣歷史重要轉變過程的見證人和參與者。

我個人也喜歡讀歷史傳記，往往從中瞭解很多歷史關鍵的轉折，獲得很多教訓與寶貴智慧，讓我在面對當前問題和思考未來問題時，有更寬廣深厚的思考架構。假如這本書能夠提供年輕一代，對台灣過去半個多世紀的發展有更多一點瞭解，對台灣未來發展有多一點啟發，那麼我有義務說出我的工作經歷。豐山兄是我多年老友，是一位備受尊敬的資深報人，他向來論事公允，對台灣飽滿愛心，由他來記述我所參與的這段台灣發展史，最合適不過了。

在協助豐山兄撰寫本書的過程中，我穿越時光隧道，回顧自己走過的路。從上個世紀六〇年代末到二十一世紀第一個十年，我參與台灣幾個重要的轉折：從國際孤立到國際化，從戒嚴體制到民主參與，從兩岸對峙到兩岸交往；每一個轉變都對台灣歷史發展有著重要影響。

一九七〇年代開始，我與中小企業家們一起努力，開展經貿外交。對外開拓了台灣生存空間，對內也讓台灣經濟社會整個脫胎換骨。當年共同參與打造這段經濟「奇蹟」的企業界與政府部門的夥伴，如今雖然陸續離開了工作崗位，但他們當年的熱情與拼勁至今仍深深感動我。

一九八〇年代，台灣同時面臨經濟國際化、自由化以及政治民主化兩個考驗。很慶幸地，我們又通過了這個考驗。國際化與自由化沒有摧毀台灣經濟，反而成了台灣產業升級的助力。政治民主化不只是衝擊政治體制，也震撼整個社會經濟。那個年代政府的經濟決策過程，甚至企業內部決策模式都要改變。從農牧產品進口、石化業建廠、到工資議定與工會權力爭取，面對每一個問題，我們都必須找出符合民主社會的新決策模式。如今，我們可以驕傲的說，台灣民眾憑著智慧與高度國民素養，終能從紛亂中找到新的秩序與共識。

一九九〇年代全球化與中國經濟崛起，對台灣帶來新一波衝擊。這個衝擊持續至今，挑戰還未結束。不過，我們也從中摸索出一條相對穩健的道路，讓台灣持續發展繁榮。面對未來，資訊科技對人類社會帶來的衝擊是我們要正視的。網路改變了整個人類社會的互動模式，蘋果公司、亞馬遜、Google、Facebook 創造的新商業模式已深深地融入我們的生活，也正在轉變整個經濟社會，甚至政治。台灣在 ICT 產業有雄厚的實力可以因應這個新趨勢，但是我們還有太多工作要做，有太多基礎建設與政策要規劃，才能在這波資訊革命中勝出。

未來的挑戰迎面而來，年輕一代理當勇於承擔，我僅能以經歷過的一些故事，提供新世代面對未來的參考。新加坡資政李光耀先生，在回憶錄中提到他的寫作動機：「我想新加坡人應當瞭解，新加坡曾經是、現在還是那麼脆弱。當時我們面對種種危險，差點兒就一蹶不振。最重要的是，我希望他們瞭解廉潔和有效率的政府、社會秩序、個人安全、經濟和社會發展等等，都得來不易。」我想，台灣也是一樣脆弱，未來每一步、每個抉擇都要審慎而負責。

豐山兄在本書中對我的工作記述或有溢美之辭，但他說我像一條台灣水牛一樣地為台灣拖磨五十年，這一點，我倒可當之無愧。不過，更重要的是我回顧一生公職生涯，心中充滿無限感恩；是因為許多同儕夥伴一起並肩作戰，許多長官前輩無私的教導提攜，才讓我有機會為台灣做出一些奉獻，這是我人生最美好珍貴的回憶。

序 細說從頭

吳豐山

一

起心動念想寫蕭萬長的人生故事，是很久以前的事了；一直沒有落實，是因為總覺得蕭先生的人生使命未了，他的公職生涯還未走到完結篇。

民國一百年五月三十日，蕭先生發表引退聲明，明確向社會宣布，一俟四年副總統任滿，他就要將奉獻國家半世紀的生涯畫下句點，這時候我才認定開始提筆的時間點已然到來。

為什麼想要寫蕭萬長的人生故事？這就說來話長了。

台灣四百年開拓史，現在回過頭去看，甚為清楚。荷蘭人在台南三十九年，除了收購鹿皮銷往日本換取白銀，其實主要是把台南做為遠東貿易的據點。鄭氏王朝前後二十一年，屯田為主。滿清王朝領有台灣兩百一十三年，只做象徵性的統治，幾世代的百姓農漁為生。日本殖民台灣五十一年，在產業政策上採「工業日本，農業台灣」，只到後期才有一點輕工業發展。二次大戰後國民黨政權來台，韓戰爆發，兩岸分立局勢大定後，台灣才開始從頭做起經濟發展，朝野經過五十年埋頭苦幹，終於創造出今天的局面。這其中由於歷史因緣，蕭萬長以第一個本土經建專才，在歷史舞台上做出重大貢獻，自有他應有的歷史位置，合當讓同胞及後代子孫瞭解；如果，新一代青年讀完了蕭萬長的人生故事，也能找到奉獻台灣的要領，那就更好。

二

民國八十九年五月，蕭先生卸任行政院長，無官一身輕。稍後不久，他和夫人應我邀約，一起到澳洲旅遊。某夜，我邀請當地僑領百餘人在我家後院開歡迎餐會，讓大家與蕭氏伉儷見面。我在餐會上說了一些話，主要是說：「中華民國的高官，我尊敬的較少，不尊敬的較多；我尊敬的標準是不貪污、不驕狂、會做事，而且真的做出大成績。」僑界人士，藍綠都有，甚且藍的很藍，綠的很綠，可是當我說完後，大家剎時對蕭先生報以熱烈掌聲，久久不停。當夜大家爭相與蕭氏伉儷合影。我的左鄰右舍住的都是澳洲人，我擔心打擾，所以也請他們參加，他們對這位台灣的前閣揆也尊敬有加，宴會人群一直到午夜才散去。

大約與我有交往的朋友都知道，我未參加政黨，對不同政黨和個別政治人物並無成見，但也不假辭色。我半生參與新聞事業，即使身處戒嚴威權時代，我同樣言所當言。那一天，旅澳僑界一定是認為我對蕭先生的評論公道，所以才會不吝給他熱烈喝采。

把「不貪污、不驕狂、會做事，而且真的做出大成績」拿來做為檢驗一個政治人物是否得到人民尊敬的標準，其實是很卑微的要求，政治人物能夠確實做到的，卻少之又少。

我年輕時喜歡研讀政治史，尤喜政治人物傳記。年輕的時候對於歷史風雲人物，常心生無限景仰，甚至於認為大丈夫當如是。可是到了中年卻猛然發覺，從人民的角度著眼，大部分叱吒風雲的大角色，其實只是敗類。他們予智自雄，翻手為雲覆手為雨之間，常見生靈塗炭。許多被認為功業彪炳的一代英雄，當他們活在人世間的時候，田園寥落干戈後，骨肉流離道路中，甚至於他們死後很久，世間還不得安寧。

舉德國希特勒為例，他活在人世的幾十年間，數千萬人死於他的擴張戰禍，六百萬猶太人尤其死得莫名其妙，參加反希特勒聯軍的各國青年，大好前程在槍林彈雨中毀於一旦。他自殺身亡戰爭結束之後，又過了幾十年，參戰國家才好不容易恢復元氣。換句話講，這個魔頭的出現，地球上到處妻離子散，血流成河，斷垣殘壁，人類文明倒退走。

像希特勒這種大魔頭，並非絕無僅有。中國歷史上不斷出現大大小小的奸雄，都造成歷史的災難。

及至晚近，民主政治興起，政黨競爭和選舉比賽成為政治權位爭奪的途徑，由於僧多粥少，也由於人性弱點，一些心術不正的政客的醜陋嘴臉和行徑，成了另一種形式的災難。這類政客自私自利，巧取豪奪，杯葛傾軋，你爭我奪，不休不止。

因此之故，筆者深刻體認，站在人民立場，強調魄力不如強調承擔，歌頌權力不如歌頌奉獻。需知少數真正能夠言行一致，心中永遠人民至上，孜孜矻矻一步一腳印，在國家建設上做出成績的人，才是人類社會真正的珍寶。一個國家現代化的速度跟品質，其實端賴這個國家有多少這種仁民愛物、有為有守的政治家做出無私奉獻。

蕭萬長服務國家達半個世紀之久，試問過去五十年間，誰看他爆過粗口？誰看過他與人鬥爭？誰看過他爭功諉過？誰看過他巧言令色搬弄是非？誰看過他以政治教條或意識形態唬弄人民？答案是「沒有」。在躍上歷史舞台之前，蕭萬長當過十年外交官，也許因此，他一向衣冠嚴整，進退有節，儼然謙謙君子。古訓中的「言忠信、行篤敬」他做到了。在筆者與蕭先生長時間的接觸中，范仲淹《岳陽樓記》說「不以物喜，不以己悲」，說「先天下之憂而憂，後天下之樂而樂」，正是蕭萬長這般政治家的寫照。

說白了，我是希望同胞和後代子孫，能夠深刻體察哪一種政治人物才是台灣真正價值之所在，而生「有為者亦若是」的效應，所以才會想要撰寫這部文字，並且選在蕭先生已然卸下公職，退出權力場域，歸隱林泉之後，刊行於世，以全行政、監察之憲法分際。

三

從蕭先生於民國七十一年開始擔任國貿局長的時候，我與蕭先生就有交往，但密切接觸是在民國八十六年蕭先生奉命組閣之後。當時我已卸任《自立晚報》社長。蕭先生接任行政院長是九月一日，上台之前準備工作足有三個月之久。上台之前，蕭先生任立法委員、在立法院外設有一辦公室。組閣的準備工作就在那個辦公室進行。我負責撰寫第一份施政報告初稿，也參與施政方針和閣員名單的商議。蕭先生上台後把那間辦公室留給我，我以行政院不支薪顧問名義在那裡工作到八十七年三月，去擔任公共電視第一任董事長為止。可是緊密互動，至今依舊。

打從參與協助蕭院長開始，我提筆寫備忘錄，至今不斷。當初寫備忘錄，只是單純備忘，沒有想到有一天會寫這本書。陰錯陽差的是，因為有這份數十萬字的備忘錄，今天寫這本書才見事半功倍。

因為當初只是要供備忘，自然把自己認為該記的事都記下，這就不免也記了不少政事機要和人事糾葛；這些政事機要和人事糾葛，過去不曾說，現在不能說，將來也不會說。可是即使摒除這些不說的事體，由於蕭先生常在關鍵時刻不恥下問，備忘錄中的記載仍甚可觀。諸筆記載，人時地俱全，足可協助同胞去瞭解蕭先生做為一個政治家的內心世界、苦心孤詣和艱苦卓絕。

外界看行政院，大概就是全國最高行政機構，事實上它也是全國風暴中心。外界看行政院長，大概就是憲法上的全國最高行政首長，事實是他也是槍林彈雨的第一標靶。身為行政院長，不管他喜歡或不喜歡，他就是必須每天承受媒體的批判或詆毀，必須接受民代的質詢或羞辱，必須接受來自黨內各種莫名其妙勢力的揶揄和糾纏；甚至於內閣之中，也有人自恃另有來頭而見驕橫跋扈，奇聲異調。要每一天神清氣爽地推動政務，他必須忍人之所不能忍。一般人看到行政院長走路有風、隨扈如雲，那只是表象。「微笑老蕭」一路微笑，只因為「領袖是希望的化身」，不得不然；其實民眾看不到的時候，多的是眉頭深鎖甚或椎心之痛，而且還必須堅此百忍，做出成績。

蕭先生一生經過三個不同的時代，七歲以前是日本殖民台灣的差別待遇時代，好在懵懵懂懂；八歲到五十歲是戒嚴高壓時代，他必須謹小慎微、埋頭苦幹，否則不能存活，遑論位列公卿；五十一歲以後是民主開放時代。台灣的初階民主，言論自由冠冕堂皇，卻常見被濫用，民代素質參差不齊，卻一個比一個大聲。這個時期蕭先生歷任要職，而且還返鄉參選立委，經過民意洗練後才拜相組閣，最後成為一國元輔，這其中一半是託上天特別眷顧，一半是靠自己苦心修為，才能不斷創造事功，最後還能留下令名，全身而退。

因為要寫這本書，我把備忘錄中與蕭先生有關部分仔細重讀一遍，宛如走回時光隧道，重見當年種種情景。我決定擷取上千筆記載中的幾十分之一，編為附錄，相信一定有助於呈現蕭先生真實的面貌。

四

側寫蕭萬長，當然不能輕輕幾筆草率為之，我必須銜接歷史的淵源，才能找到正確的座標；因此雖然對台灣歷史並不陌生，但因為聚焦在島國建設和經貿發展，我必須另下功夫，去深究從民國五十一年開始的連續幾個經濟建設計畫。我必須弄清楚政府機構的沿革變化，我還必須研究尹仲容、嚴家淦、汪彝定、邵學錕、陶聲洋、李國鼎、孫運璿一大串經建專才如何一棒接一棒。蕭萬長不是突然迸出來的，台灣的經建團隊，如何承先啟後，我必須充分掌握，才能在這本專書中，呈現出歷史真實的演變。

二次世界大戰在一九四五年、亦即民國三十四年結束。麥克阿瑟將軍打太平洋戰爭，最後進攻日本採越島戰略，跳過了台灣，台灣逃過大劫，可是美國軍機對據台日本官兵和設施的轟炸，台灣人民跟著遭殃。史料還記載，台灣青年有二十萬七千一百八十三人被徵召參戰，三萬三百零六人陣亡，其中還有一百七十三人成了戰犯、二十六人最後被盟軍法庭判處死刑。這就清楚顯示，二戰戰禍，台灣人也死傷不少。更糟糕的是，島上滿目瘡痍。戰後日本人回航母國，丟下了爛攤子，僅由南到北毀壞的輸電系統一項，青年工程師孫運璿率領的檢修團隊，花了好幾個月，才把它接通。行政院主計處的資料上找不到民國三十四年的國民平均所得，民國四十年是區區一百四十六塊美元，那麼據此推估，戰爭結束後那三、五年，人民生活之困窘，不問可知。

雪上加霜的是，民國三十四年台灣人口六百萬，民國三十九年由於國共內戰，國民黨戰敗，蔣中正把中央政府搬來台灣，跟隨而來的軍民達兩百萬之多。日本據台後期，公共建設已有一些成績，畢竟禁不起驟增兩百萬人所產生的負荷。

我一向要求自己講話要公道；我要說，夾雜在兩百萬來台軍民之中的那批經濟建設大才，是歷史在陰錯陽差中賜給台灣的珍寶。

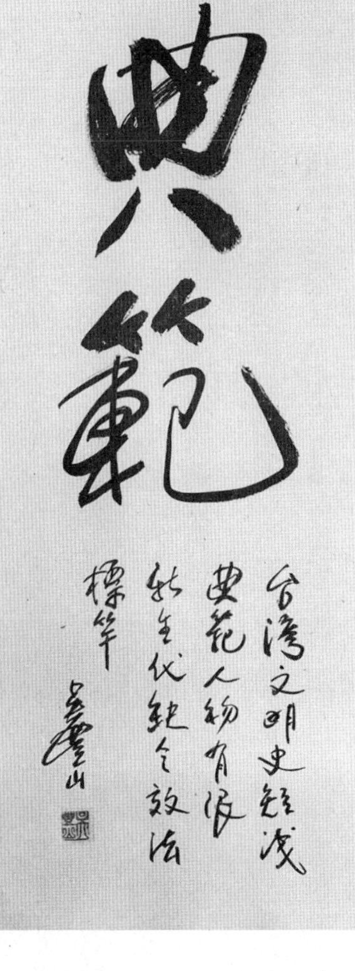

應該是蔣中正總統透澈「離此一步，即無死所」吧，他把從中國大陸來台的這批經建專才保護在一個不必理會政治是非的環境裡，去幫他處理富國事宜。也許蔣中正還認為唯有富國才能強兵，強兵才能反攻大陸，可是我從各種史料上發覺這批經建專才只管富國，不理會強兵。民國四十七年金門八二三砲戰後，美國強勢介入兩岸關係，蔣中正總統和他的黨政軍特團隊大家從此心照不宣，建設台灣成為國家治理的唯一目標。

這批經建專才各個學有專精，使命感強烈，更難能可貴的是，經驗傳承成為他們共同遵行的專業倫理，汪彝定對蕭萬長在國際貿易理論和實務上的指導、試煉和提攜，便是這種倫理的體現。

五

蕭先生在台美斷交後的貿易談判上，一戰成名，躍上歷史舞台。緊跟著，民國七十一年蔣經國欽點他出任國貿局局長。國貿局雖然在中央政府體制上是經濟部的下屬單位，可是因為貿易是台灣生存命脈，國貿局的地位，自然特別突出，做為國貿局的掌門人，蕭先生也就成為政府要員。

民國六十八年的高雄美麗島事件是台灣政治的一個分水嶺。那個時間點之後，台灣社運風起雲湧，衝擊舊體制的力道逐步加大，導致民國七十六年的解嚴。七十七年強人政治隨著蔣經國總統的過世畫下終止符後，台灣社會的翻騰益見洶湧，一連串的政治劇變，令人目不暇給，政黨政治初具雛形，縣市長和立委的爭奪戰日趨激烈，藍綠版圖此消彼長。隨著國民大會走入歷史，總統改由直接民選產生，省長和院轄市長直選也成為政治大戰。修憲的戲碼連台，省被精掉了，國民黨分裂導致政黨輪替提前出現，國民黨在丟失中央執政權後歷經八年又重返執政，二〇一二年總統改選時，兩岸關係的處理方略成為台灣最大的政治爭論。

這一段長達三十年的時間，蕭先生歷任國貿局長、經建會副主委、國民黨中央組工會主任、經濟部長、經建會主委、陸委會主委、立法委員、李連競選總部總幹事、國家發展會議副召集人、行政院長、陳水扁總統經濟顧問小組召集人、中華經濟研究院董事長、副總統。

蕭先生做為台灣政壇的一個大角色，他雖然不事政治鬥爭，但仍然不免被波及。這其中腥風血雨、壞戲連台。由於這本書要寫的不是政治鬥爭，所以對於這些是非成敗轉頭空的「大事」，筆者決定不特著墨，僅在絕對必要處稍加說明，以呈現當時客觀環境的真實樣貌。

六

蕭先生對本書寫作幫忙很多，他交代秘書協助找尋我要求的所有資料，他自己花了九個週末回答我提出的所有問題，蕭夫人也花了不少工夫找尋出本書要配合使用的圖片。此外，本書書名頁「據實側寫蕭萬長」那七個漂亮的毛筆字，出自蕭先生讀初中一年級的外孫女王如之的手筆。

一九九八年六月
行政院長蕭萬長
於開播前夕到公視巡視
右為首任總經理廖蒼松 上圖
一九九九年春節
與蕭院長等在
全國花園高球場打球 中圖
二〇一二年五月
在副總統蕭萬長
卸任感恩茶會致詞 下圖

筆者必須特別說清楚的一件事是：筆者不是政黨中人，書中有些價值評斷不一定與蕭先生的人情考量相同，有些事實敘述不一定與蕭先生做為當事人的見解一致，此外書中還有一些對蕭先生的批評、質疑或惋惜；換句話說，這本書雖然是在蕭先生等人的協助下完成，可是作者仍然是個不折不扣的獨立個體；好在，當我把這些分歧明白告訴蕭先生的時候，他的反應至為明朗，他說：儘管快行己意，不稍損社會上對你一向公正客觀的期待。

寫到這裡，讀友也許不免要問：光序文就寫了五、六千字，主要理念思維不是都說了嗎？

不然，不然，我才只揭開序幕。有請各方先進，與我同行，一路向前。

【補註】

嘉義人氏蕭萬長於民國五十一年考入外交部展開公職生涯。民國六十一年自請調職國貿局，從此與台灣經貿發展形影不離。民國一〇一年五月卸任副總統。前後服務國家五十年。

本書係作者自請記錄蕭氏半生經歷。寫作目的是突顯報國典範，以期新生代自勉有為者亦若是。

本書附錄「蕭萬長與我」係摘自作者與蕭先生來往的備忘錄，目的是據實呈現蕭氏為官的思維與修持。

本書封面雖標明「吳豐山著」，但因考量部分重大決策過程由蕭先生細述，而且全部照片由蕭夫人提供，本人認定本書應視同共同著作，編入第二類。

23. 自立容顏

出版時間 民國一〇〇年九月

出版機構 自立三口組工作室

頁數 三四九頁

目錄——

本書以十四位共同執筆者姓名為目錄

依序：吳豐山、李永得、向陽、呂東熹、鄒景雯、魚夫、徐璐

謝三泰、王幼玲、胡元輝、陳銘城、蘇正平、李瓊月、陳彥斌

序

彭琳淞君於二〇二〇年十一月初來看我，說他找了十五位自立報系的老同事，一起寫一本《自立》的故事；說也要我寫一篇，並要我同意拙文兼充序文。

本人一因認為《自立》的故事是一個時代的故事，二因認同彭君的構想，三因肯定彭君的能力，所以欣然同意。

本人在一九六八年七月服完預備軍官役前夕，寫了一封自薦信，表白服務《自立晚報》的意願，不久就接到面談通知，面談後被錄用，於該年八月一日進入當時在台北市保安街的自立晚報社擔任記者。第三年以長篇〈今天的台灣農村〉（台灣農村田野調查）露出頭角。第四年升任採訪主任。兩年後自請專責撰寫「吳豐山專欄」，這個專欄很快引起朝野注目。一九七七年升任總編輯。一九八一年升任社長。這個社長一做十三年，期間一度兼任董事長，最後被董事會選任發行人。一九九四年自立報系易主，本人在幫新舊老闆處理完各項交接事宜後，結束前後長達二十七年的報人生涯。

台灣在一九八八年解除長達三十九年的戒嚴，解嚴之前幾年是波瀾壯闊的民主運動時期。解嚴之後，各種社會運動風起雲湧。解嚴伊始，《自立早報》、《自立周報》創刊，報社工作人員大幅膨脹，一大群懷抱自由報業理想的青年爭相進入在濟南路的自立報系大樓。因為空間不敷使用，我們還租了左右兩棟大樓的部分樓層。《自立晚報》、《自立早報》那時是自由報業的標竿，《自立周報》是海外台灣人的精神食糧；那是自立報系最高峰的歲月。

人世間滄海桑田，自立報系竟然易主。解嚴後新辦報紙一份一份誕生，又一份一份夭折。連中時報系也出售，《中時晚報》後來也停刊。二〇二〇年，連《聯合晚報》也停刊了。

彭君發心主編《自立》的故事，目的是要記錄那一個時代的風雲，進而啟發新生代同胞相與忠愛台灣。

如果從一九六八年本人進入《自立》算起，距今已五十三年，如果從一九九四年《自立》易主算起，也過了二十七年；我盡力之所能，回憶舊往，做以下陳述：

——讀人類文明史可以發現，人類的進步是一群有心人士孜孜矻矻奮鬥不懈的紀錄。

台灣是地球上的一個角落，台灣人是住居這個角落的一個族群。前一個階段，族群之中有統治者與被統治者。統治者高壓是人類社會結構初始狀態，被統治者沉默不語也是初始狀態的一環。

研究人類文明史的學人指出，一旦社會經濟結構變遷到某一狀態，被統治者覺醒，乃事之所必然。

台灣在上個世紀七十年代，被統治者開始覺醒，於是對做為統治者的國民黨長期戒嚴、萬年國會、法治不彰、選舉作弊、分配不公，開始出現反抗。

都說自由報業是民主政治的支柱，可是連民主都未體現，何來自由報業？

這個時候就必須有一群以自由報業為崇高理念的青年，勇於振臂而起，甚至於冒著生命危險，橫衝直闖，一點一滴地從高壓統治者手中奪取原應擁有的新聞自由。

我今天要感念一大群《自立》老同事，當年昂首闊步，見義勇為。

——那個時代也像每一個時代一樣，有造反的人，也必有所謂「保皇黨」。一大堆所謂「御用文人」扮演當權者的護衛先鋒。他們極盡詆毀誣蔑之能事，所以推動改革的人必須兩面作戰，一方抵抗來自統治者的高壓和威脅，一方面洗刷御用文人丟到你身上的污泥。現在回過頭去看，能夠不減其志，全身而退的人，真的應該感謝上天的庇佑。

——台灣歷經三十九年戒嚴統治，社會其實已然百孔千瘡，在有一點經濟建設成果的表象下，諸多應興應革事務，無一不要緊。自立報系的同仁在相對有限的薪酬下，急他人之急，如果不是為了忠愛家國之一念，實在難以為繼。

由於青壯年時間的生涯每日與媒體為伍，我現在仍然每天看四份報紙，每晚會看看各新聞台談些什麼。

可是這個每日密集閱聽的習慣卻常常給我帶來很大的不快樂。

我至今所堅信的媒體價值仍是不偏、不私、不盲。可是我看很多時下媒體人，當年甘作甲黨鷹犬，今天卻樂當乙黨走狗。他們常常肆無忌憚地指鹿為馬，顛倒是非。有些電視台主播明明音容姣好，卻因為被收買，而變得面目可憎。也有一些名嘴明明沒有跑過半天政治新聞，今天卻搖身一變成為「資深政治評論家」；他們對的也說，不對的也說；知道的也講，不知道的也講，令我為台灣正論市場的崩毀痛心不已！

當此之時，唯一能讓我感到寬慰的是「我們《自立》同仁當年該守的道守住了。」

接著，我想揭露一些當年同仁不一定知道的事體。

吳三連先生接辦《自立晚報》時，國民黨當局要求國民黨人許金德參加，許先生是吳先生服務省議會時的同事，又是營利事業伙伴，所以同意。不過許先生尊重吳先生，所以在《自立晚報》的經營上尊吳先生為主體。另一方面，吳先生不是資本家，他係代表台南企業集團。

吳先生接手《自立晚報》有兩個原因：一是他年輕時曾任記者，知道報紙的重要；二是他決定不再競選連任省議員，希望能有一發聲管道。

我進入《自立晚報》的時候，整個報社除了吳先生外，其餘上司都是國民黨人；就自由報業而言，是一種畸型。

《自立晚報》從吳先生接手到一九八七年，年年虧錢。一九八一年董事會要我出任社長時，公司資本二千七百萬，負債一千四百萬。我因此要求增資一倍，董事會通過了。但此時吳先生叮嚀我：「每年虧個三兩百萬可以，再多不行。」

當時台北有三家晚報，即《大華》、《民族》、《自立》。每一家發行量大概都是三萬份上下。

如所周知，廣告收入是報紙生存命脈，台灣的廣告商認為晚報發行量有限，所以在編列廣告預算時把三家晚報當作一家日報做為分配基準。

我任社長做成的第一個決策是掙脫這種束縛，其要領當然就是快速大幅增加《自立》發行量。

我很快地查知三事：一是，零售報紙的所謂「票亭」應該大量增加；二是，增量「票亭」只要派人與還未承銷《自立》的「票亭」說一聲即可；三是，一旦「票亭」增加，重新規劃送報路線並少量增加派報員便可在銷售時段內上市。

只花幾個月工夫，《自立晚報》銷量增加一倍。可是拿新發行量向廣告公司要求另眼看待《自立晚報》，難上加難。同時我發現有一些廣告客戶明白告訴廣告公司「不登《自立》」，因為「《自立》反政府」，他們不想「自找麻煩」。

本人於是開始與廣告公司密集酬應，可是成效有限，增加的收入仍不敷支出，所以一直到一九八七年七月，《自立》仍每年虧損。

一九八七年八月起，報業公會決議每份報紙的售價由五元調升為八元，發行量已達十三萬份的《自立晚報》從那個月起每月淨賺五百萬元。

在晚報時期，《自立》曾努力向政府交涉，讓《自立晚報》改為早報，政府始終不准。

到了一九八七年底政府宣布即將解嚴時，《自立》董事會做成創辦《自立早報》的決議。

我要求增資二億，以補足硬體，董事會通過了。我的如意算盤是拿晚報的盈餘撥助早報創辦初期的虧損。

可是聯合、中時二報系基於競爭考量，都同時決定創辦晚報。同時報紙的張數不再設限。聯合、中時二大報系決定以其積存的厚實本錢做流血競爭。

本人後來自我檢討，當年做了一個錯誤決斷，那就是我應該讓《自立早報》先以大台北做為發行範圍，而非立即全國發行。

收支失控的結果，導致二次增資，此時吳三連、許金德二位先生先後過世，國民黨籍的高清愿接任董事長。高先生認為辦報紙既然虧錢又讓政府討厭，不辦可也。

當此之時，高清愿又正努力爭任國民黨中常委，於是請辭。本人受董事會之命短暫過渡後，台南幫找我胞兄和田買了一小部分《自立》股權出任董事長。

但股份公司走向，股權說話。出售《自立》一事，購買人的五千萬元定金支票就是經由國民黨「自立黨部」林姓負責人的手交到高清愿手裡，胞兄當年對他竟然只做個「假董事長」對我頗有微詞。其後發展就是大家都知道的故事。

也許我應該多說幾句話來安慰《自立》老同事。

一九九六年某日，我在理髮店碰到《自由時報》老闆林榮三先生，我說：「恭喜林先生，您把《自由時報》辦成功了。」林先生回答：「我已丟下去超過八十億元，可是現在還在賠錢！」

《台灣日報》關門時，台塑集團公開說他們虧了三十五億元。

黎智英先生要來台灣辦《蘋果日報》的時候，曾找李永得去當社長。李君問我意見，我說恐怕不好辦。後來《蘋果》只做票亭，不做訂戶，一度很成功。又後來由於線上新聞發達，後來竟然也停刊了。

離開《自立晚報》後，每天上午我去吳尊賢基金會，下午不是與朋友喝茶就是打球，日子過得很悠閒。更奧妙的是，天上掉下一筆歡喜錢，依法扣稅後，還很可觀，我把它視為上天對我二十七年艱苦打拚的額外恩寵。我那時已年近五十，卻從來不知道人生原來也可以不必像在《自立》那樣縮衣節食、無暝無日。

可是好日子不長久。一九九八年公共電視董事推選我任第一屆董事長，然後在那裡又做了六年媒體人。我忠於職守，不卑不亢，公私分明。我離開後，公視糾紛不斷；不過這些糾紛不應記入本稿。

離開公視之後，民進黨政府提名本人為監察委員，可是國民黨人佔多數的立法院堅不審查。二〇〇六年蘇貞昌組閣，邀我任政務委員，一年半後隨內閣改組下台。二〇〇八年，國民黨政府提名本人為監察委員，監委任期於二〇一四年結束後，我仍每天上午至吳姓宗親會會客，下午到吳尊賢基金會看看，也就是說抱持半退休心態，此期間看書、寫書、畫畫、打球，間或一、二當朝大員前來問些事情，我就實話實說。除了掛心台灣前路外，生活過得很自由自在。

暮年回首，往事歷歷。差可告慰自己的是，不管在公視、行政院或監察院工作期間，我不辱《自立》門楣。二〇一二年卓越新聞獎基金會還頒贈「新聞志業終身成就獎」給我，讓我備感榮寵。

二〇二一年五月初，彭琳淞君把十幾位《自立》老同仁的大作拿來讓我先讀為快。八月中旬拿來最後二篇，所以我在本書出版前看過全稿。

其實過去二十幾年間，諸多《自立》同仁與我聯繫不斷，他們在離開《自立》之後，分往學術界、政治界、企業界發展，也有人到其他媒體服務；大家的成就，我都很清楚。不過，十五人的記述，又引起我很多回憶。

謝三泰說，李永得、徐璐赴對岸採訪，我連對一起前往機場拍照的他也神秘兮兮。事實上，對李、徐前往對岸，我連對董事長和發行人都違反慣例，未先報告，以利他們在政府追究時只需據實說事先不知，不必說謊，至於相關責任，我自當一肩承擔。

當年主跑政治新聞的鄒景雯記述一九九〇年的國是會議，與我的記憶有些出入。當年與會的陳永興最近發表回憶錄說我「忽然上台宣布達成總統直選共識」，也與事實不符。

事實是一直坐在主席檯上。我依據多數發言裁決達成總統直選共識，但立即又有多人發言反對。我於是讓反對者逐一發言，最後裁決多數共識依舊，少數持異議者記名列入紀錄，然後結束會議。

胡元輝擔任總編輯時，《自立》為搶評論時間，常有一日二社論。寫即時社論有二條件，一是要立即掌握新聞事實，二是要有快筆，所以責任落在每日上班到深夜的我身上。但我堅持我這個社長寫的文字仍然必須有人過濾，所以把稿件交給總編輯時，我會在稿紙上加「如認不妥，棄之可也」這幾個字。記憶中胡元輝和蘇正平都曾依指示棄過我的稿子。

魚夫的政治漫畫有很多人叫好，不過也曾給我帶來一些困擾。記得最清楚的是，立法院長倪文亞在電話中氣急敗壞跟我抗議，我不清楚他說什麼？他的夫人把電話接過去，說「你們為什麼要把他的下巴畫得那麼難看？」

其實，來自外界的反彈不難應付，因為畢竟有理說得清。倒是來自報社董事的責難，常令我備感折磨。

我擔任總編輯期間，核閱每一則新聞。擔任社長以後，我只管編採原則，管不到細節。此期間，多次發生編採同仁筆鋒刺向報社董事之情事，此時「社長縱容記者胡作非為」的罪名落在我頭上，常令我百口莫辯。其實我何曾「縱容」。同仁記述的事情並無錯誤，錯在意氣風發少不更事。有好幾次，上面要求我開除相關同仁，都被我挺過去了，投資人的包容，令我至今感念。但今天再去述說這些故事，並無意義，也無必要。

向陽回憶負責主編副刊的時段，因為林俊義的文章被警總認為「為匪宣傳」，所以遭遇了一段時間監控。其實為了該事我也被警備總司令親自約談，約談時聲色俱厲。約談後總司令自己送我上車，輕聲告訴我「剛才有錄音，請勿介意。」林文其實反諷，警總硬是認定他指桑罵槐。幾年前我忽然想起林俊義，還特地跑了一趟關渡，去跟他敘舊。

很多位同仁在記述與我有關的事情時，常用「嚴肅」、「不苟言笑」這類形容詞。現在回想起來，我當年確實如此。不過，事出有因。我二十四歲進入《自立晚報》，當年所有上司都是老派紳士，他們認定「君子不重則不威」。我二十八歲當選國大代表，跟我一起開會的代表都已老邁，我要是嘻皮笑臉，人家一定看不起我；日久也就造就了那個面貌。

本書執筆人全選自編採部門，如果也有發行、廣告部門同仁寫我當年如何督責業績，我的面貌會更苦澀。

陳彥斌的回憶文字中多處提及拒絕「紅包」的情事。

這就說來話長。《自立》同仁一向薪資微薄。我進《自立》時，月薪一千元，那時四十新台幣換一美元，那麼一千新台幣就是二十五美元。我的小學同學畢業後不再升學，拿的薪水都比我多。當年以高中學歷考入海關當稽查員，月薪三千六百元。可是我認為「記者不可收紅包」應是天條。我剛任總編輯的某一天，某財團請《自立》編採同仁吃飯，還送了每人五千元「紅包」，回社後我把每人「紅包」收齊，全數送還，讓同仁清楚知道「規矩如此」。

我任社長後，說服董事會讓我採行「特別津貼制」，亦即對編採高手每月另給津貼，但相較於聯合、中時及老三台，仍有很大的距離。

我任總編輯時月薪一萬，吳三老的司機月薪五萬。有一天我跟三老開玩笑，說「我也會開車」，三老笑著回我：「我知道你會開車，但我也知道阿水（三老的司機）不會當總編輯。」

一九八七年我採購電腦打字排版系統，二家日本廠商開價都是六千萬台幣，我知道這當中除了預留議價空間外，還有所謂回扣，所以幾番折衝後竟能以一千三百萬元買到。這種一絲不苟的態度，全體董事都不吝給我按讚。

天下事說來微妙，今天我們大家之所以抬頭挺胸，跟我們大家當年乾乾淨淨其實是連結在一起的。諸多同仁今天仍然健步如飛，說不定也與當年沒錢吃得腦滿肥腸有一些連結吧！

在這篇長序的最末一段，我要述說相關人生的一個體察。

一個人的一生是一個綿延數十年的持續過程，這個過程其實環環相扣。

比如說，一個人假如養成勤奮誠樸的習慣，必然受用無窮。

幾十年的閱歷告訴我：一個值得信賴的人，到任何地方都會受人信賴；一個勤奮工作的人，到哪裡都依然會勤奮工作，因此便會累積出比別人更可觀的事功。

彭琳淞君在設計本項寫作工程的時候言明，本書執筆各員不記述《自立》生涯以外的事體。可是我今天必須說，一九九四年自立報系易主，同仁做鳥獸散，在當時是一種不折不扣的遺憾；可是二十幾年之後的今天回過頭去看，卻看出那是另一種樣態的生命出口。

總而言之，我一方面以身為「自立人」為榮，另方面也為諸多老同仁後來逆風高飛而鼓掌叫好，並且深感與有榮焉！

【附記】

自立報系同仁彭琳淞先生於民國一〇九年發起撰寫自立報系故事專案，邀請目錄所列共十四名《自立》同仁各撰寫一篇回憶文字，並規劃將本人文字兼充序文。

十四篇回憶文字沒有大小標題，這是彭君的堅持。

由於係集體創作，所以編入第二類。

第三類

協力之作

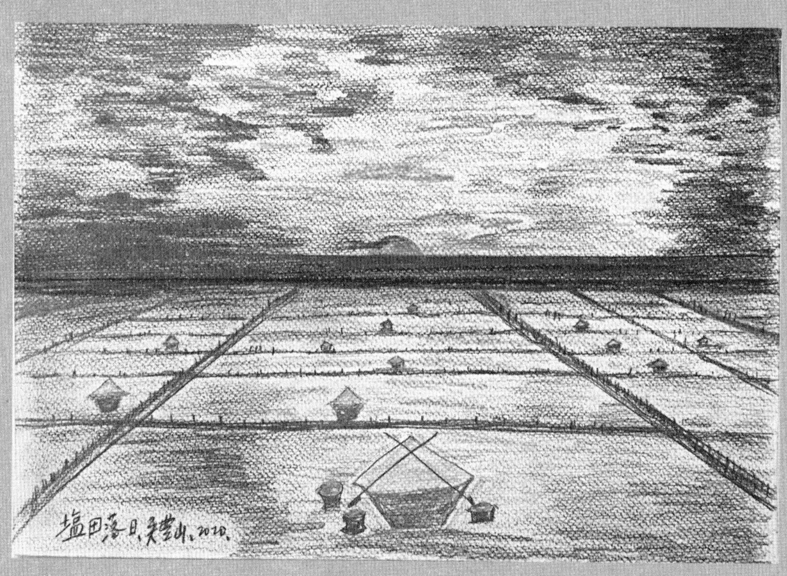

24. 李永得、徐璐合著 歷史性·大陸行 序文

說明——

民國七十六年九月，

本人在《自立晚報》社長任上派遣李永得、徐璐前往中國大陸採訪。

當時，我國尚處戒嚴時期，

兩岸尚未開放交流。

本件突破性事體引起國內外很大關注。

李、徐二人返台後撰寫採訪過程，輯為《歷史性．大陸行》一書。

本人以〈人道與公理〉為題記述派遣採訪之決策過程，做為本專書之序文。

人道與公理——記《自立晚報》採訪大陸的決策過程

一

根據個人備忘錄，七十六年二月間，我首度向《自立晚報》主力幹部提出採訪中國大陸的見解。

當時我指出，在人類居住的這個地球上，中國大陸與台灣最近，卻因政治隔絕，變得咫尺天涯，這不合台灣的長遠利益。雖然有不少人已採訪過大陸，可是一個外國人或一個居住在外國的中國人，他們看待事物的出發點不會跟我們完全一樣，因此參考性有其極限。

雖然提出了見解，但並未落實；因為人很渺小，大的環境沒有變，小我的發揮必受牽制。到了八月，執政黨開放大陸探親之說，已甚囂塵上。九月初，根據各方面消息綜合研判，執政黨開放探親的大方針已完全敲定，只待擬訂細節。

二

顯然，一種新的情境已來臨。

做為一個報人，此時我自然會想到報人的使命；

做為一個經營者，我自然會想到事業的競爭；

做為一個善良國民，我也自然會考慮相關法令……

然後，我作下了派遣的決定。

我與總編輯陳國祥說明我的思考結論，他頗為興奮。本報的當家攝影記者楊永智和經濟問題記者王克敬被決定為採訪大陸的人選。他們兩人立即知道了派令，並被要求在最短期間內辦好出國手續，從香港進入我國大陸。

隔了兩天，我被告知，楊王二人要二週後才能辦好手續。雖然出國手續不是我能包辦的，但卻顯然與我的期望不合。

三個原因，使李永得和徐璐成為前往中國大陸採訪的第一批中華民國記者；一個是他們的能力；一個是他們馬上可以出國前往東京；第三個是我們《自立晚報》行事一向快速，權責也劃分得很清楚。

我同時決定，九月十一日李徐二人出國後，才向發行人吳三連先生和董事長許金德先生報告。這樣決定的原因是，他們一直充分信任我，而且我做為部屬晚輩、做為社長，理當由我負起將來可能發生的責任。

三

我與陳國祥、李永得、徐璐四人曾在九月十日深夜詳細討論宣布大陸採訪的時宜問題．當時決定，等人到了北平才把派遣之事公開。

九月十一日清晨，我決定改變前一天的決定。主要的理由是；我重新推敲的結果，認為一開始就坦坦蕩蕩地把一切都暴露在陽光下，最符合報社和李徐二人的利益。

然後是，上午十時，我拿到了國民大會開給我的中正機場通行證。十時三十分，我與李徐二人離開報社上高速公路。十二時二十分李徐通過出國關卡，我打電話給陳國祥，告訴他「到目前為止，一切順利。」下午一時，機門關上，我打電話給陳國祥說「已順利上機，請照預定換版發稿。」

在等候飛機前，我們三人曾到餐廳吃午飯，李徐二人狀至泰然，頻說「我們正在寫歷史」。回台北的路上，我一直想著這句話。

四

九月十一日是禮拜五，十二日是禮拜六。我平時沒有休假，偶而停止工作都是很久以前就安排的。大約半個月前，幾個台北的朋友說好到我家鄉台南縣作兩日休閒。儘管十一日晚上，整個消息已轟傳國內外，官方也由新聞局和境管處發表了兩個聲明，我認為似乎沒有改變南下既定行程的必要。

於是我於禮拜六上午九時離開台北，禮拜天傍晚回到內湖的家。

五

九月十四日星期一，我像平日一樣，一早就抵達報社。九時許，我被通知是否於十時四十分到來來飯店與某大員見面？我準時赴約。該大員我素所敬重，也頗有情誼。他告訴我，事無大礙，但必須妥善處理。我認為各項說詞都很合理。

當天下午二時二十分，我拜會新聞局長邵玉銘；照社會規矩，我必須這樣做。同樣是照社會規矩，我向他報告我們的決策依據；邵局長那天看起來很認真，要副局長張佐為先生把我說的話筆記下來。

因此我必須把我說的話也在此重複一次，我說：

「政府已原則決定開放大陸探親，做為一個新聞事業體，我們有義務為讀者探路，以為服務。這是新聞事業的職責。同時，我們《自立晚報》也一直認為我們必須『建設台灣、心懷大陸、放眼世界』。」

「我們的決定，新聞局不以為然，這是可以理解的，換成我是新聞局長，也許我也會發表同樣的聲明。不過，究竟我們是否適宜把前往我國大陸視為出國，還要請邵局長多加推敲。如果您們最後決定依新聞記者出國辦法第十五條——召回，不召回則在被派遣人員回國前不得再派人，以及以國安法施行細則第十三條第四款『得』限制再出境的規定來處分，我願表示尊重。」

六

當天，李徐二人取得大陸的旅行證，於下午五時搭機經上海前往北平。

東京、香港、新加坡這三個地方的新聞媒體，對李徐二人的歷史性大陸行作持續性的大篇幅報導。幾家國際通訊社的電訊也拍發不停，於是台灣的新聞同業開始醞釀微妙的反應。

另一方面，國內民間爆發了幾乎是一面倒的支持熱潮。

又另一方面，開放大陸探親的幅度，在國民黨內部發生了很大的爭論。

這些事情攪在一起，經驗告訴我：原本可以比較單純的一件事，現在已經開始複雜化了。

國民黨中常會上，王惕吾和曹聖芬主張要嚴辦《自立晚報》，余紀忠反其道而行。我每天收到的一大堆支持信函中，開始包括三五張不是讀者投書的投書。顯然在大眾叫好的同時，有些人硬非叫壞不可了。

七

九月二十七日，李徐二人在我的返國訓令三度變更後，從廈門經由香港返抵台北。在僑福樓的慶功宴上，七點三十分的第一則電視新聞——吳豐山、李永得、徐璐被新聞局依刑法第二一四條偽造公文書印文罪嫌逕為告發，移該地檢處法辦。

動用刑法完全超出我原先的料想之外。對新聞局以法律為政治工具，我深不以為然。

在發表九月二十八日的聲明以前，我的整個考慮內涵是這樣的：

一、新聞局的作為必將引起國內外的嚴重注目，做為一個報人，我必須保護我服務的報館和同仁；做為一個中華民國的國民，我卻又必須同時保護我的國家。

一九八七年九月十一日
台灣首次
以記者身分採訪中國大陸
李永得、徐璐突破禁令
採訪中國大陸歸來
到桃園機場接機

二、國內的新聞同業不太可能與我們站在同一嚴正的立場上，因此我們只能靠自己。新聞自由是文明國家的共識，也是國際人權宣言第十九條明白宣示的人類信念，但非必要最好不要訴之國際。

三、我們必須好好的打官司，但假使硬被羅織，恐怕也只好「從容作禁囚」。

李徐二人及社內主力幹部都同意我這些觀點，於是我發表了九月二十八日的聲明。

八

聲援函電在其後一個禮拜中，大規模的湧入。雜誌界認為我們被移請法辦是最好的封面專題。國際關切也開始到來。事情正逐漸在擴大之中。

妙的是，居然沒有人相信我們三人會被判刑。

過了幾天，報上消息說，張瑞楠先生是主辦檢察官。十月十三日報上消息先報導，十九日下午二時半將開第一次偵察庭。我們請的律師是前最高法院院長錢國成，外加我的三個好朋友蘇貞昌、周燦雄、李聖隆。

九

我顯然不可能在這裡記載宣判的結果，就好像現在看不完整《自立晚報》採訪中國大陸的真正影響一般。

不過，有一件事情是我確實知道的——那就是，人道和公理將會站在《自立晚報》這一邊。

【補註】

李永得、徐璐及本人因本件事體被新聞局移送地檢處。其後李永得、吳豐山被提起公訴。

四位律師會商後認為：中華民國護照上確有註明「持本護照不得前往共產國家」，但當年政府視對岸為朱毛匪幫，係叛亂團體，不是國家」，並決定以此為抗辯主軸。

不過四位律師根本無機會抗辯，因為起訴後不久，政府宣布開放大陸探親，官司便也就不了了之。

25. 吳尊賢著
吳尊賢回憶錄 補述

說明——

慈善企業家吳尊賢先生是台南企業集團領導人

本人從民國五十七年追隨左右，迄民國八十八年，前後三十一年

民國八十八年遠流出版公司印行《吳尊賢回憶錄》

此一回憶錄係併合吳先生自撰《人生七十》和《人生八十》二書而成

商量回憶錄出版事宜的過程中，各方合議由本人執筆

以「評尊賢先生及其志業」為題載於卷首，本人後來認定僭越，乃改為「補述」刊於卷末

《吳尊賢回憶錄》之補述

一

曾經在尊賢先生旗下服務過的陳宏正先生，一向熱心公益，對台灣文化建設有許多堅持。陳先生與遠流出版公司的負責人王榮文先生是同道好友。陳先生知道尊賢先生在十二年前自己執筆寫了回憶錄《人生七十》，當然也知道二年前尊賢先生及親友合撰了《人生八十》。他認為王榮文先生假使能將《人生七十》和《人生八十》的精彩篇章合輯為《吳尊賢回憶錄》，公開發行，那麼既可發揚尊賢先生的人格典型，又可有益世道人心，所以陳、王二先生便於八十七年二月聯袂說服尊賢先生，同意出版這本《吳尊賢回憶錄》。

陳、王二先生在企劃刊行這本回憶錄的時候，同時認為假使由筆者以「評尊賢先生及其志業」為題，寫一篇評傳性文章，應可對回憶錄有所增益，尊賢先生也認可這個建議。筆者追隨尊賢先生前後三十年，覺得負責撰寫這篇文章是很光榮的事，欣然同意執筆。不過後來又覺得評傳文章由我來寫不免僭越，而改為補述，這就是本文的由來。

二

覺得負責撰寫這篇文章很光榮，是一回事，如何撰寫這篇文章，卻又是另一回事。在《人生七十》一書裡，尊賢先生已經鉅細靡遺地把他一生的經歷做了記述。在《人生八十》一書裡，尊賢先生的親友門生故舊，也已經從各種不同的角度，寫出了他們的看法和感受，我很難有所突破；所以在距離當初出版方案確定的兩個月後，我仍未下筆。

四月下旬某日，尊賢先生打電話到舍下找我，說他正在看二十七頻道，該頻道正在播放保生大帝吳真人傳，要我也打開看看，並且設法買到該播放帶或腳本，送給吳姓宗親，讓他們知道吳姓這位了不起的祖宗的來歷。這個電話給了我靈感，我應該從這裡切入，去寫這篇文章。

三

人類有別於其他物種的特殊現象之一是，人類會問「我從哪裡來？我要往何處去？」尊賢先生的祖先從中國大陸福建泉州乘筏渡海來台，定居在西海岸台南縣學甲鄉頭港地方，在清朝統治期間和日本據台時期的大部分歲月中，耕漁為生，傳宗接代。一直到日據末期，吳家才棄農從商。

所謂「天道酬勤」，吳家兄弟叔侄賣命苦幹、省吃儉用，光復後他們已來往於上海、台北之間，是當時台南和台北最大的布疋批發商。民國四十四年，他們創立了第一家生產事業——台南紡織公司，溯自民國二十三年台南新和興布行設立，六十餘年間創造了龐大的台南幫企業集團。

經歷了清朝、民國、中共三個朝代的泉州故鄉父老，當然知道台灣的他鄉遊子變成了大企業家，兩年前以祖祠破舊待修，派人來台募款，尊賢先生認為協贊祖鄉修祠，義不容辭，慨允負責向在台裔孫募款，並交代我負責本案。去年冬天，修祠大功告成，尊賢先生本欲親自帶團，臨行前因體力較弱，改由其長子昭男君領隊，一行數十人浩浩蕩蕩返回祖鄉，焚香祭告先祖；從人類最內層心靈來看，這是一種心靈的完成、一種敬天畏祖的最真誠表現。

其實早在二十年前，尊賢先生兄弟叔侄，即斥巨資在學甲新頭港家鄉，興建美奐美侖的「光覽祖紀念館」以崇祀先祖，每年春秋二次召集族人，焚香祭拜，並敦睦族誼。更早在四十五年前，台北市吳姓宗親會在南京東路三段興建吳氏宗祠的時候，尊賢先生即慨捐半數購地款。台北市吳姓宗親會理事長和全台吳姓宗親聯誼會理事長，是兩個純服務奉獻性

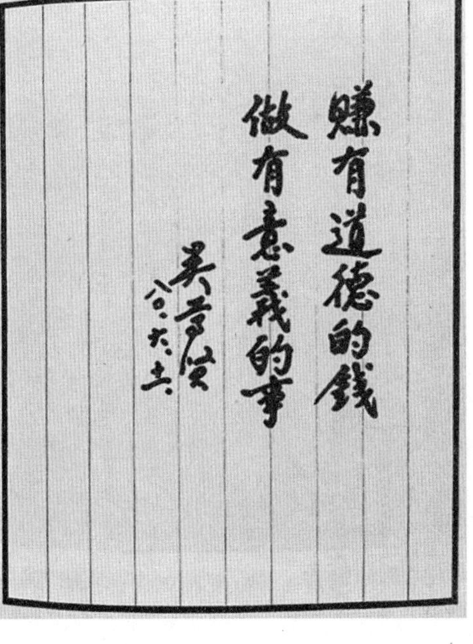

的職位，尊賢先生於民國七十八年繼三連先生之後，主持這兩個單位，俱見在他的身體裡，永遠暢流著祖先古樸謙卑的血液。

四

由於天賦資質，也由於一心向上，尊賢先生和他的兄弟及事業伙伴，一生堅信「勤儉誠信」這個教條。「勤儉誠信」這四個字，大概每一個人都可以琅琅上口，可是一個字一個字拆開來看，要不打折扣地逐字做到，而且一生堅守，便是非常不容易的事。

說「勤」，尊賢先生的勤，勤到令人難以置信的地步。他在回憶錄裡記述早年他曾經在一天之間，騎腳踏車在民國三十年代初期南台灣凹凸不平的道路上奔馳百里，只為了要在一天之間把貨賣掉。他在回憶錄裡也曾記述民國三十年代後期，他如何時常一天工作二十個小時。諸如此類的勤奮故事，在回憶錄中隨處可見；對強調休閒生活的新一代青年來說，這些故事也許不可思議。

不過，它絕非天方夜譚。僅兩年來，筆者就親身見證了尊賢先生勤奮無比的二件事。

兩年前，尊賢先生擔任名譽董事長的環泥建設公司，在台北汐止推出第一個建設案，市場反應極為冷淡，尊賢先生認為這是環泥建設公司成敗的關鍵，於是以八十高齡，捲起袖子，親自下場，鼓勵同仁，日以繼夜，絞盡腦汁，更新規劃，費時一月，把將近千戶住宅與商店之中擬先出售的部分全部賣掉。本來可能「一炮而黑」的事件，變成「一炮而紅」，這當中全憑尊賢先生一個「勤」字。

兩年前，吳尊賢基金會與某報合辦「勸世文句」徵稿，湧進了上萬件作品。在廣播電視報章雜誌上播刊「勸世文句」，是吳尊賢基金會從民國七十年創立後即不停辦理的重要業務之一，尊賢先生對此項業務一直非常重視。上萬件作品必須評選，通過初步評選的必須再逐字斟酌。尊賢先生親自帶隊，上午審到中午吃個便當，下午審到晚上再吃個便當，如是者達七、八日之久。初審後交付打字，然後再從頭來過，稱為複審，又是七、八日工夫。我們參與的人，個個人仰馬翻，尊賢先生卻精神抖擻。「勤」以貫之，您相信嗎？

說「儉」，尊賢先生在中年的時候，已家財萬貫，卻至今始終不改其儉樸生活的堅持。尊賢先生在台灣的子女都住在企業總部附近的巷弄公寓，以方便聯繫和工作。他們在淡水有處不錯的別莊；不錯的是花木和視野，房子老舊樸實不華，沙發桌椅已經用了三十幾年。尊賢先生喜歡打高爾夫球，打球的時候，上衣是舊襯衫，褲子是舊西褲，裝球鞋用塑膠袋。我認為塑膠袋實在太簡陋，有一次我送給尊賢先生一個帆布袋，他說還是塑膠袋好用。他手上的手錶金光閃閃，一個兩仟元，而且已經用了幾十年。某年某日，我跟尊賢先生在萬通銀行開會，開到夜晚大家吃便當，我便當吃剩很多，尊賢先生轉過頭來正色地告訴我：「把它包起來，帶回家再吃！」

當您在報紙上看到尊賢先生捐給這裡一千萬元、捐給那裡二千萬元的時候，您知道尊賢先生本身和他的子孫們卻只過這種樸素的生活嗎？最近尊賢先生決定傾其積蓄捐建一棟十層大廈給台灣大學；假如您認為尊賢先生對自己也像對別人那麼慷慨大方，那就大錯特錯了。

是一種什麼樣的人生信念形塑出尊賢先生的這種不平凡的財物觀？尊賢先生在回憶錄中曾提到，為了生活，一個人要用的錢實在極其有限。我卻認為在他的人生信念裡，有一種「救人救世」的強烈因子。吳尊賢基金會創立以來，筆者擔任了十七年的秘書長職務，在每個月一次的董事會裡，或者在辦公室與尊賢先生討論申請個案時，筆者最常看到的是尊賢先生為人間悲劇仰天嘆息，為社會紊亂深鎖眉頭。他在〈我的祈禱〉文中寫道：「世界上會有這麼多不祥和的事情，是因為人類的『善性』較弱、『惡性』較強所致，所以應由世人共同誠懇祈求神、仙、佛、道來一次大合作，幫助科學家發明一種『去惡歸善丸』，使世人一吃下這種藥丸，就會『去惡歸善』、『改邪歸正』。如這種希望無法達成，則另一個方法就是，『人』絕大多數都希望將來能到西方極樂世界的，神、佛本來也是希望能早日渡眾生往西方極樂世界的，所以是否可以大家一起來懇求神、仙、佛、道幫助科學家，發明一種威力很強的『西方極樂彈』，將大家剎那間一起送到西方極樂世界，去享受無憂無慮的生活。」筆者並不喜歡這種論調，不過我深深能夠瞭解他每一次說這些話的時候，內心所充滿的悲憫情懷。

一個人「勤」「儉」如此，悲憫如此，其誠其信，也就無庸贅述了。

五

尊賢先生擅於經營事業，其實很多人也擅於經營事業，而且各擅勝場。不過尊賢先生之擅於經營健康和擅於經營家庭，就頗有不同尋常之處了。

如所周知，尊賢先生由於操勞事業，四十歲的時候就罹患糖尿病。尊賢先生在公眾場合出現的時候都是笑容滿面、雍容大方，私底下卻長期與病魔搏鬥，迄今越鬥越勇。八十六年和八十七年上半年，尊賢先生有一半的時間住在台大醫院，此期間他克服了淋巴腺瘤和惡性外耳炎病變。尊賢先生住院的時候，我每隔一兩天去看他一次，你不問他，他不說住院治病的痛苦，只嘆塵世的紛亂。住院治病通常意謂大量的打針吃藥和折磨，尊賢先生笑臉以對，堅忍不拔，他常說：「生而為人一定會生病，生病就要看醫師，看醫師就要聽醫師的話。」因此他非常的合作，也因此台大醫院戴東原院長和醫療群都說要頒「模範病人」獎狀給他。

談到經營家庭，尊賢先生更是念茲在茲，他認為家庭美滿才是人生幸福的最終價值。尊賢先生身教言教並重，他們一家父慈子孝、兄友弟恭、妯娌親睦，不是從天上掉下來的。充滿在家族每一個成員之間的禮儀和尊敬，是長期涵養的結果。有一年，尊賢先生和夫人到我在澳洲雪梨的住家休假，我親眼看到，每一天尊賢先生一定和散居各處的家人通一次電話，互道平安，表達關懷。在四、五十年代通話費用較高的歲月，他們家族成員之間，家書往返不斷，我看過其中一部分，字裡行間流露的親情，實在無異人間情愫的寶貴檔案。

吳尊賢伉儷遺照 上圖
吳尊賢基金會
捐建台大尊賢館 下圖

六

此外，如果要真正瞭解尊賢先生的人生全貌，也不可錯過他的人際關係的廣大內涵。筆者要說，從他親族之間以及友人之間的書信，可窺其梗概。這些信件之中，有數說不盡的家族親情，有令人熱淚盈眶的人間溫暖，有尊賢先生不欲人知的雪中送炭，有人情義理，還有各方人士對尊賢先生誠摯的禮敬；隨手打開一封信，都是一份人間最珍貴的緣分、一種人間最真誠的表達！

——尊賢先生在台北東區住家的一位王姓大樓管理員，孤獨老人，生病住院，尊賢先生攜夫人及子女一起去醫院探視。王老先生從醫院寄來的信上說：我自十二歲離家流浪在外，也沒遇到什麼難事，這次生病住院真算難事了。吳先生一家人到醫院來看我、濟助我，吳先生的恩情，我是永遠不會忘記的。吳先生一家人離開醫院後，我思前想後，流下了眼淚……。

——一位住在美國的晚輩友人，被服務的單位降調。適在美訪問的尊賢先生力予慰勉，這位先生寫來的信上說：最近得知尊賢叔有早睡早起的習慣，不由使我憶起這次您們要離開美國返回台灣的前夕，因我降職遷調之事，居然為了慰勉我，而使您們過午夜十二時仍未能就寢。現在想起來，一陣陣的感激湧上心頭……。

——一位旗下公司的主管受尊賢先生之託，就近協助尊賢先生在當地的某位親戚，未料這位主管卻因而產生私人財物損失。尊賢先生堅持補償，這位主管不得已和盤托出。他在來信上寫道：關於和X君借貸乙節，應已了結，請莫再提起。此事職係自動合夥投資，以期分享利潤。嗣因交款經月仍未見採購，同意改為借貸。次年償還部分，餘款支票銷毀結案。俗語講明「師父帶進門，修行在個人」，職年逾半百，應就自己經辦及決定結果，完全負責損益。「買賣算分，相請無論」，本案已結，吾心滿足。附陳者，小女兩人在台就讀大學期間，曾獲貴吳尊賢基金會獎學金，對於她們今日留美，助益頗大，學成之日仍盼有栽培之緣……。

——一位郭姓醫生來信寫道：昨日由美抵家，發現莊親家轉送的《人生七十》一書，驚喜之餘，立即閱讀……二伯公不但才智雙全，而且謙誠自持……古今成功之士，染淫侈賭飲者不少，而二伯公不但生活嚴謹規律，修身齊家，並且奉獻社會……晚輩雖已耳順，拜讀之餘，不禁嘆贈書之遲來……。

——最多的信件是表達感恩之至意，七十七年八月二十五日，某先生來信說：「千言萬語也難以表達弟對您在弟陷入困境時的雪中送炭的感激之心意。……隨函附上支票乙紙請查收，……但願您能笑納以了弟心意於萬一，讓弟再一次謝謝您。」信的左上角有「支票乙紙已寄還郭先生，昭男八月二十七日」的字樣。昭男是尊賢先生的長子，一定是他奉父命，辦妥寄還支票之事後寫的註記。

尊賢先生做的許多善事，令人感戴一生，下面照抄一位吳先生來信全文：「尊賢吾兄鈞鑒：敬啟者，這次家母逝世，承蒙吾兄來電慰問，繼而惠賜罐頭、花籃、花圈、輓聯及甚多的香奠，隆情盛意，深為感激，尤其是出葬日天氣雖甚炎熱，承蒙賢伉儷遠路撥駕光臨寒舍參加告別式，家母在天之靈及弟等全體遺族甚感哀榮，深為感謝。家母能得在世九十二年，也是過去數十年來承蒙吾兄及親戚朋友的愛顧所賜。尤其是弟二十八年前患著肺病在清風莊住院療養近一年，在這期間，承蒙吾兄經濟上的莫大援助，使得經濟上免予掛慮。家母當時也因有吾兄這種慈悲援助，使得她免予煩心，才有今日能得到她的長壽極大因素之一，弟痊癒後，再承蒙吾兄的提拔來公司服務，仍是繼續承蒙吾兄甚多的栽培，使得弟的家境有今天。家母也為此一切都放心，過著免掛慮的生活，才有今日的長壽，完全是承蒙吾兄的恩典所賜。其大恩大德，俟日後有機會時決定要報答，絕對不能忘卻。其後事大部分已辦理完竣，今天再來公司上班。簡單呈本函深表謝意。並祝金安。弟ＸＸ敬上。六十五年四月二十六日寄」。

信紙上有尊賢先生如下字跡：「是您們對她的孝順使她長壽的，我於四月二十三日返北，四月二十五日去東南亞，至今五月四日才回北。」依尊賢先生的習慣，他一定是要回信或回電的時候，說了這些話。

七

如所周知，尊賢先生在四十歲的時候得了糖尿病。四十年來能保健康，固然係得自醫生的照料和自己善做「模範病人」，不過我們從尊賢先生的家人信件往返發現，充滿在家族成員間的無限關懷和無限幸福氣氛，應該是第三個因素。

——吳氏伉儷的女兒姿秀女士註明一九七五年（民國六十四年）六月四日從台南寫的一封家書上有這麼一段：早上我去對面洗頭，順便幫媽媽買了瓶日本製染髮劑，明早將去郵局寄。用法①第一劑、第二劑各倒一格出來，混在一起。②頭髮洗淨、吹乾。③抹上染劑後三十分鐘再洗去。染後顏色自然有光澤，且有利於髮質。有位小姐頭髮分叉，染後居然好了。染後顏色不易脫落，若再長出點新白髮時，以噴劑噴之補救可也。給美容院的小姐染當然很好，但大嫂更細心，大嫂染也不錯呢！看您們方便了……。

吳尊賢先生與吳豐山
在陽明山白雲山莊飲茶

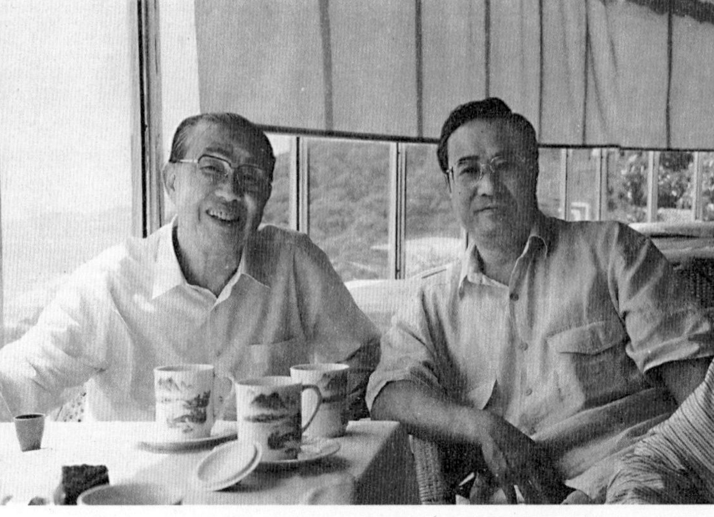

—同年六月九日的家書上，姿秀女士寫道：爸爸六月五日的信接到了。還有，以爸爸照片做封面的《工商月刊》也收到了，謝謝。爸爸那張照片顯得神采奕奕呢！爸爸再打球後情形如何？念念。看來馬偕醫院的黃主任很有一套，也很有自信的樣子，他的判斷大概沒錯吧，手麻和頭暈眼轉居然是同一個病因。如此也好，只要治療一樣。陳漢廷醫生是骨科權威，懇望爸爸耐心又有恆心地去治療。沒有什麼比健康更重要了。爸爸身體一有不適，我們就覺得很難受，心裡總會一直惦著……。

姿秀女士的夫婿是台大耳鼻喉科權威林凱南博士，所以對醫道也耳濡目染。可是，對父母親健康的同樣關懷，吳家每一成員，從老大昭男夫婦、老二貞良夫婦、老三亮宏夫婦、老四春甫夫婦到老么英辰夫婦，不分軒輊；連初識人間的孫兒女來信，寫得歪歪扭扭的字體之中，也一樣充滿了對爺爺奶奶健康的無限祝福。旅居美國的二子貞良先生，在一九八二年（民國七十一年）九月二十三日寄回的一封家書，竟然是他去找一位名叫布里斯那罕的醫師，問答父親的健康與用藥之道，中英文對照，文長七頁：①爸爸不整脈。②每天用藥八十MG的INDERAL之下，脈搏每分鐘六十三下。③……。

很可惜的是，在《吳尊賢回憶錄》中，大家看不到這些寶貴的書信往返。

八

我從小喜愛傳記文學，至今樂此不疲。我家三個書房中傳記文學佔了很大比例。不過，在人生的每一階段，閱讀傳記文學的感受和體會，都有很大的差別，有些在我年輕歲月認為成功的人物，在中年重讀的時候，卻發現他是失敗者；有些我曾經視為「有為者亦若是」的人物，後來卻毫不猶豫地判定他是人類的害蟲；當然也有一些人物，我曾經少不更事地認為他們乏善可陳，卻在後來驚覺到他們是真正的人間瑰寶。

坦白說，做為人類史料，古今中外的傳記文學，都必須再判定其中真偽與虛實。人類的發展進步固然主要依賴各路英雄豪傑和先行者、開拓者的引領，呈現在傳記文學上的故事，卻恐怕都與歷史的事實，難免有各種不同程度的偏離。

尊賢先生的回憶錄所取的撰寫方法，是讓自己最難不依事實的記帳式寫法，他的撰寫心態尤其最忌誇大。我參與《人生七十》、《人生八十》二書的全部編印過程，尊賢先生不止一再修改自己的文句，連別人寫他的文章，也字斟句酌，照改不誤，改什麼？一改錯誤的時日和數字，二改稱讚他的詞句。尊賢先生以最誠懇的心情，希望所有牽涉到他的文章，都不要「膨風」，不要「吹雞歸」（台語字典寫為「歕雞胿」）。我必須常常提醒他：「這是別人的文章」、「這是別人的認定」、「您不是本文作者」，可是十次有九次，尊賢先生堅持那些他認為「過當」的字句，必須修改。像這篇文章第三節第五行，原來是「一飛衝天」四字被刪除了；第四節第十行原來的「調兵遣將」被改成「鼓勵同仁」。理由只有一個：他堅持謙沖自牧，希望一以貫之。這篇「補述」，原先準備的撰寫資料還有尊賢先生異於一般商賈的政治觀，以及諸多私下拯救他人危困的財貨觀，都因為我深知必被尊賢先生全數刪掉而未著一墨。

筆者有幸，忝為台南幫的一員，又蒙尊賢先生厚愛，長期視如家人子弟，日久也許不免老王賣瓜，因此本短文只就尊賢先生在回憶錄中某些略而不提或輕輕一筆帶過的重要想法或作為加以記述，以「補述」為題，附在卷末，藉供讀友參考。我要再一次強調的是，尊賢先生一再謙稱他「只是一個非常平凡的人，只是來到世間把他應該做的事情做好而已」；

我寫這篇補述的目的，是希望大家不要被尊賢先生的這種謙卑誤導，各方讀友尤其是青年朋友，宜乎在回憶錄的字裡行間再三品味，從當中體會人生的艱難和豐富。

【補記】

尊賢先生於民國八十八年以八十三高齡仙逝。

26. 陳介元自撰回憶錄 做客台塑四十年 補述

說明——

摯友陳介元先生於民國九十七年發表自撰回憶錄——《做客台塑四十年》陳君在完成初稿後委由本人校訂，並責由本人撰寫讀後感。

我的讀後感以〈苦樂參半、乾坤寬展——《做客台塑四十年》之補述〉為題，刊於卷末。

苦樂參半、乾坤寬展——《做客台塑四十年》之補述

介元兄是我的同鄉，也是我的中學學長，彼此交往數十年，關係密切，情同手足。

很多年前，介元兄就告訴我，他想寫一生回憶。二〇〇七年八月下旬，介元兄果然把二十萬字的回憶錄初稿拿來給我，要我幫他校訂，並且寫一篇序文。我欣然應允。

可是，看完全稿後，左思右想，覺得一篇短序不足以說完想說的話，所以便就寫了這篇補述，附在卷末。

一

陳介元回憶錄以「做客台塑四十年」為題，內容主要寫的是介元兄以廠房機械代理商的身分，與台塑企業集團四十年往返的故事。台塑集團是台灣最大的生產事業，後來事業範圍擴及海外，幾十年間，台塑集團不斷建廠，介元兄給台塑集團各事業體經手諸多生產設備，時日既久，往事連篇，這其中不免迂迴曲折、酸甜苦辣。王永慶、王永在兩位老先生是台灣首屈一指的民族企業家，他們的子女也都虎父虎子，介元兄與他們的生意往來日久，也就亦商亦友，關係不比尋常。回憶錄固然詳細記述了介元兄個人的經商歷程，事實上形同台塑集團的發展史；擴大言之，自然也就成為台灣經貿發展史的珍貴篇章。

二

台灣在日據後期開始發展輕工業，不旋踵二次世界大戰爆發，發展頓然中止。終戰後，台灣滿目瘡痍，直到上個世紀六十年代，台灣才又開始謀求發展工業。如所周知，發展工業要大量資金，要各種人才，而工業發展國家有先進後進之別；台灣要發展工業，自然必須向先進國家取經，必須從先進國家進口設備；介元兄就是扮演那個取經角色，幫台塑集團到世界各國去尋找技術和設備的幹才。

我長期觀察世界各國建設的軌跡，深感台灣假如要更上層樓，那麼我們最必須在同胞之間鼓勵專業專精的情操。任何單獨個人，才智有限，而世間學問龐雜，一個人窮畢生之力，都不一定能夠弄清楚一門學問，何況備多力分。因之，假使一個人能夠集中時間、精力、智力於單一事業，就比較可能獲得「真學問」；假如這個人又有「善智慧」，那麼就可能做出可觀的成績，對群體做出大貢獻，並且成就自我。

介元兄在成功大學學電機，一生經營一項事業，經營到後來，已成不折不扣的專家；又因為有「善智慧」，所以在緊要關頭，還能放棄私人小利，為買賣雙方以及國家經濟大利著想，這是非常難能可貴的修為。

我探究人類發展的原理以及國家建設的軌跡，還發現一個微妙，那就是舉凡軍事、外交、環保等等，其實只是國家建設的手段而非目的，國家建設的唯一目的是人民的幸福。用這個原理來評斷古今國內外的人物，就會驚覺很多予智自雄的所謂歷史偉人，其實是人類進步的破壞者，他們只是騎在人民頭上，成就了一己虛名，但是並非造就人民幸福之正數。有了這種體認之後，我對於那些只為了擴張版圖而南征北戰的歷史人物，或者假藉人民名義，肆意血腥內戰的所謂民族英雄，不免嗤之以鼻，同時對發明家、企業家、教育家等等，心生無限敬仰。

成為一大家，當然不容易，因而只要是敬慎敬謹地做出對民生經濟有益的事體，不管大小，都是人類發展的正數，介元兄是台灣工業發展的一流尖兵，我要在這裡給予高度的肯定。

三

介元兄與我都出生在台南縣濱海村莊，那裡土地貧瘠。我們的祖先或漁或農，連求個溫飽都不一定可得。到了我們這一代，雖然都進了小學，能夠一直讀到大學畢業的少之又少。介元兄與我都算是求學路途上的幸運者。

可是，介元兄的少年時期比我苦多了。他本來家境尚好，只因父親好賭成性，便就常常為了躲債或者為了生存，一再遷徙。做為人子，子同父命，介元兄小學讀了五家，幹過不計其數的粗活，成功大學也是半工半讀才讀畢業的。

大學畢業後，介元兄在台電公司吃了兩年頭路，就毅然自立門戶，做廠房機械代理商。起初唯一的目標是希望賺錢，讓一家大小早日脫離貧窮。

我們台南鄉下農家子弟，自有一種特殊的族群特質；知道成功不會從天上掉下來，必須全力打拚，然後再託天之福，日積月累之後，才可望歡呼收割。

就全力打拚而言，介元兄充分做到了。有很長一段時間，介元兄一年三百六十五天有三分之二在三洋五洲之間奔跑；這三分之二的日子之中，有一半是在飛機上過夜。至於託天之福，當然也有；台灣在過去半世紀中，歲月太平，國家得以在沒有戰亂的情況下建設發展，工業界不斷建廠，為介元兄的事業鋪陳了最好的客觀環境。正由於主客觀條件俱足，介元兄才能伸展抱負、順利經營。

四

我要進一步說的是，努力奮鬥而成為一個成功貿易商的介元兄，迄今仍然保持我們農家子弟儉樸自持的美德。台灣一般商人朋友，賺了幾個錢之後，很喜歡在別人看得到的地方刻意炫耀，以為心理彌補；比如說手指上戴顆大鑽戒，或者手腕上戴個大金錶，或者油頭粉面；因為深知每一個賺來的銅板，裡頭都有血淚，介元兄不來此道。

介元兄儉以待己，可是並非也這樣待人。長期以來，介元兄除了照顧妻兒之外，對父母、哥哥、姊妹，連同哥哥、姊妹的子女，一直呵護無微不至，這是很大的承擔，但他無怨無悔。家族之外，我知道不少他的同窗好友在國外讀書的寒窗歲月，常在介元兄路過環球各埠時，得到他的贊助。

我是介元兄樂善好施的最好見證。多年來，由於各種不同的因緣，我常常找朋友一起做些捐贈他人的事。從以前到現在，只要我開口，介元兄從不曾說過半個不字。

有一年，有個單位送給我一筆獎金，說是感謝我做了一件協助性的事情。我認為是大家共同的福氣，所以便買了幾套很高檔的球具分送給大家，介元兄是受贈者之一。

過後不久某日，一起打球的時候，我問介元兄，新球具好不好用？介元兄說，太好了，「真是一分錢一分貨」。於是我不免問他，原來他用的球具多少錢買的？介元兄說：我去球具店，告訴他，二萬元包辦球具、球鞋和球衣。

過去幾十年間，我要介元兄捐出去的錢，假如拿去購買這種高檔球具，足可堆滿一整個車庫！

五

我半生追隨企業家吳尊賢先生。尊賢先生生前與我聊天時，好幾次提到「查坡人輸贏一個某」，意思是說「一個男人一生的事業和幸福，全看是不是找對了結婚的對象」。

介元嫂是介元兄青春時期的筆友。介元兄要介元嫂嫁給他的時候，窮得要被鬼抓去，但介元嫂看得遠，看得對，四十年來他們永浴愛河。他們有兩個公子，老大在美國攻讀機械工程再進修工商管理碩士，現在協助父親做事業；老二在美國學醫，在美國行醫。介元兄伉儷且已有兩個愛孫。

我因為與介元兄通家來往，所以對介元兄一家父慈子孝，兄友弟恭，夫妻恩愛，知之甚詳。我的大兒子學校畢業後，我想到古人說的「易子而教」；幾年來，在介元兄教導下，小犬待人行事，頗有進步，我衷心感謝，也滿心歡喜。

六

隨著年歲增長，我不免常會思想滾滾紅塵的興衰利鈍，深感其中道理錯綜複雜，甚至於包含太多無法解說的奧秘。然則，回歸人本，儼然順天應人，全力以赴、專注一事，確是恆久不變的真理。我看介元兄半生軌跡，覺得他智慧十足、專業專精、孜孜矻矻；以這種修為，他從商變成了一個富翁；假如他從政，我想一定是個人人稱頌的好官；假如他去做學問，我想一定也會成為傑出的學者；假使從軍，我想他也必定成為一流的將校。

走筆至此，忽然想起大約二十年前，介元兄因為胞兄去世，又碰到事業要緊階段，不得已託我幫他整理在台北東區的別莊，以供使用。別莊名為「半樸山舍」，介元兄要我書寫後刻石，同時還交給我一紙古人李密庵寫的〈半半歌〉，要我寫好裱好掛在客廳某個壁上。

這〈半半歌〉，我第一次看到：

看破浮生過半，半之受用無邊，半中歲月儘幽閒，半裡乾坤寬展。
半郭半鄉村舍，半山半水田園，半耕半讀半經廛，半士半姻民眷。
半雅半粗器具，半華半實庭軒，衽裳半素半輕鮮，餚饌半豐半儉。
童僕半能半拙，妻兒半樸半賢，心情半佛半神仙，姓字半藏半顯。

一半還之天地，讓將一半人間，半思後代與滄田，半想閻羅怎見？
飲酒半酣正好，花開半時偏妍，半帆張扇免翻顛，馬放半韁穩便。
半少卻饒滋味，半多反厭糾纏，百年苦樂半相參，會佔便宜只半。

這〈半半歌〉奧妙多多。介元兄要我繕寫，是因為喜歡它；介元兄喜歡它，是因為它有太多說得清楚和說不清楚的人間情愫和節操。我把它抄在這裡，是要讓大家共賞；並且衷心祝福介元兄有朝一日退休之後，也能清風明月，怡然自得。是為補述。

【補記】

陳介元先生於二〇二二年時八秩晉三，仍然健朗並持續經營事業。

半半歌

上世紀八十年代摯友陳介元君示余古人李密庵所寫
半半歌 年歲積累了然其中奧妙多多 二〇一七年吳豐山兩寫

看过浮生过半 半之受用無边
半中歲月儘幽閒 半裡乾坤寬展
半郭半鄉村舍 半山半水田園
半耕半讀半經廛 半士半姻民眷
半雅半粗器具 半華半實庭軒
衣裳半素半輕鮮 餚饌半豐半儉
童僕半能半拙 妻兒半樸半賢
心情半佛半神仙 姓字半藏半顯
一半還之天地 讓將一半人間
半思後代與滄田 半想閻羅怎見
飲酒半酣正好 花開半時偏妍
半帆張扇免翻顛 馬放半韁穩便
半少卻饒滋味 半多反厭糾纏
百年苦樂半相參 會佔便宜只半

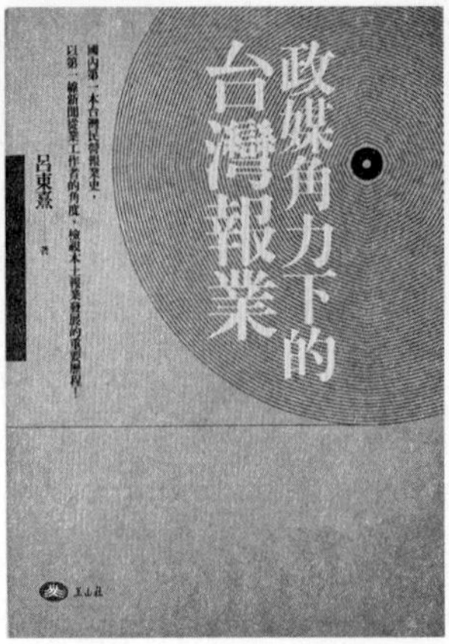

27. 呂東熹著 政媒角力下的台灣報業 序文

說明——

自立報系同仁呂東熹先生於民國九十八年以《政媒角力下的台灣報業》為題，由玉山社出版他的碩士論文。

呂君書中對本人在自立報系的工作記述甚詳，本人還受託撰寫序文。序文以「一段很重要的歷史」為題。

一段很重要的歷史——序呂著《政媒角力下的台灣報業》

呂東熹先生是我在《自立晚報》服務時候表現優秀的老同事，他後來考進銘傳大學傳播管理研究所，碩士論文寫台灣民營報業辛酸史，並且特別聚焦在《自立晚報》上。為了寫本論文，呂先生對我訪談甚久。在出版這專書的時候，呂先生又希望我寫一篇序文，我也樂予應命。

為什麼呂先生對我訪談甚久？這是因為我在《自立晚報》服務了二十七年，其中二十四年擔任採訪主任、總編輯、社長和發行人。

為什麼我樂予應命寫序？這是因為呂先生忠實記錄了我在一生中最美好的歲月所參與的志業；那裡頭有血有淚、有成功有失敗、有我們這個國家奔向前程的顛跌、夢魘和歡笑。

《自立晚報》並不是吳三連先生創辦的。在吳先生接手以前，它已經換了好幾個老闆。吳先生接手《自立晚報》，一開始純粹只是因為在報禁的時空下，不能辦新報，只好接手財務飄搖的舊報。吳先生接手後的前期，《自立晚報》只聊備一格，到了後期由於各種條件有了變化，才開始扮演突出的角色。

什麼樣的條件變化？

第一個是，由於台灣教育普及，民國三十六年二二八事變之後經過一個世代，新的知識分子又上來了。

第二個是，由於台灣經濟建設有成績，人民於溫飽之餘，開始要求參與政治。

第三個變化是，台灣本土社會開始重新評量新聞事業的價值，一些有為的本土青年加入了新聞工作行列，本土關懷成為一種必然。

本人原來無意於新聞事業，加入《自立晚報》只是參加選舉前的一個短暫過渡，後來在吳三連先生的感召下，才與《自立晚報》相依為命。

我聽說，某些「大報」老闆在民國六十年到七十六年報禁開放的十餘年間，常常對朋友說：「印報紙像印鈔票一樣。」衡之實際，絕非誇口。不過，《自立晚報》即使在那個年代，也只過苦哈哈的日子。即使在《自立晚報》的晚報市場佔有率已高達百分之八十的年月，很多企業家仍顧忌《自立晚報》對當權者不馴順，不情願把商業廣告刊登到《自立晚報》上。

這樣的一份報紙，卻在百般艱苦的情況下，長期扮演社會良知和國家靈魂吃重角色，直到油盡燈枯。不過，弔詭的是，它培養出來的眾多幹才，如今卻已紛紛成為台灣傳播界的舵手。

我有理由相信，呂先生這本論文只是《自立晚報》的故事之一，將來一定還會有許多不同角度的文字出現；因為《自立晚報》所代表的畢竟是一種典範、一種情操，也是一段很重要的歷史。

黃河一千年一清、岐山鳴鳳不再鳴、自
從蘇梅二子死、天地寂默收雷聲、百蟲
壞戶不啟蟄、萬木逢春不發萌、豈無百
鳥解言語、喧啾終日無人聽、二子精思極搜
抉、天地鬼神無遁情、及其放筆騁豪俊、
筆下萬物生光榮、古人謂此覷天巧、命短
疑為天公憎、昔時李杜爭橫行、麒麟鳳
凰世所驚、二物非能致太平、須時太平
然後生、開元天寶物盛極、自此中原疲
戰爭、英雄白骨化黃土、富貴何止浮雲
輕、唯有文章爛日星、氣凌山岳常崢嶸、
賢愚自古皆共盡、突兀空留後世名、

歐陽修因耿直敢言仕途屢起屢跌
文名卻冠天下其詩文豐富中充言簡意
明析之以至理以濟世道

黃[illegible]山拜服

28. 李敏勇編 台灣的二十四堂課 演講文

說明——

台灣筆會會長李敏勇先生於民國八十二年至八十三年邀集二十四位各業人士

針對台灣發展課題在台大校友會館各作一場演講

本人應邀於八十二年九月二十五日發表〈報業在台灣發展中的角色和責任〉

民國一〇九年，李敏勇將這些集體演講稿彙整

編印了《台灣的二十四堂課》一書公開發行

其他二十三人名單如下：黃昭堂、林義雄、李鴻禧、黃昭淵、林山田、馬漢茂、林玉体

東方白、江鵬堅、鄭欽仁、史明、許世楷、林雙不、郭維租、陳隆志、張國龍、謝長廷

陳師孟、吳潛誠、高俊明、陳萬益、廖炳惠、謝里法

報業在台灣發展中的角色和責任

「報業在台灣發展中的角色和責任」，這個題目是李會長定的。我想，這個題目有四個要點：報業、台灣發展，報業在台灣發展中的角色、報業在台灣發展中的責任，我就從這四個要點來談。

一般所說的大眾傳播，有很多管道：報紙、雜誌、廣播、電視、電影、公開發行的書等都是大眾傳播，甚至有人將廣告和口語也當作大眾傳播的工具。我們很清楚地可以看出來，報紙是大眾傳播的工具之一，但是它和其他的傳播工具不同的地方是：報紙可以一讀再讀，可以保存下來做以後的參考，它比其他的傳播工具更容易拿來做分析。因為有這些特色，所以，報業在社會人類的活動上，一直扮演著很特殊的角色。新聞學上說，現代報業大約有四百年的歷史，電視是最近這幾十年才有的，它有聲、光、色等，很多人就在想，報紙會不會因為電視的發展而沒落？以目前的情形來看，電視已經非常發達了，但是，報紙扮演傳播工具的角色仍未改變，可預見的將來也不會變的，至於五百年、一千年以後的事，我就不知道了。所以，報紙是大眾傳播的工具，同時是很特殊的一個工具，這是報紙的第一個角色。

報紙的第二個角色是，不同的報紙扮演不同的角色。新聞學者將報業分成兩種，一種是自由報業，所謂「自由報業」就是，報紙存在的目的是傳播消息、報導真相、提供批評。差不多所有民主國家的報業都被認為是自由報業，政府對出版報紙不加控制，可以自由編輯、自由採訪、自由發行、自由經營。另外一種是極權報業，老百姓不一定能隨便辦報紙，得到政府的允許才可以辦，辦了報紙之後也不能自由經營，必須依照政府的指示。這兩種報業，很顯然地是全然不同，自由報業是人民的報業、是人民的工具，極權報業是統治者的報業、是統治者的工具。

但是，最近這幾十年來，特別是在美國，有一種新的講法，那就是如中共或過去的蘇聯那種極權報業，顯然不是理想的報業，那是統治者的工具，然而，資本主義、民主國家的報業，也很容易享受新聞自由而沒有負起社會責任，他們想怎麼刊就怎麼刊，為了商業利益而做很多背離了本來辦報使命的工作。所以，新的理論認為，最好的報業不是自由報業，而是自由又負責任的報業。報業是社會的公器，享有新聞自由，就必須向老百姓負責任——真相的報導、善意的建議，最後目的是讓社會、國家更好。

以這種情形來看，台灣的報紙好像不是極權報業，但是依我觀察，也不是自由報業。現在台灣大約有兩百份的報紙，為什麼會有這麼多的報紙，原因有三個：第一個原因是民國七十七年報禁解除後，報紙的演算法是，一張登記證算一份，在一個地方印刷就算一份，例如自立報系的《自立早報》在三個地方印刷，就要有三張執照，就算三份了，《自立晚報》也是三個地方印刷，三張執照，《聯合報》、《工商時報》等等都是這種情形。第二個原因是，很多報紙我們看不到，因為它只在金門或馬祖發行，甚至新店的監獄裡面也有一份報紙。第三個原因是，有人申請了執照後，每天只印一、兩千份而已，大家也看不到。台灣目前這兩百份的報紙中，事實上參與公開競爭、真正每天為整個社會服務的，不超過二十份。目前台灣的報紙，依我的看法，分成三類：第一類是站在台灣人民的立場的報紙，第二類是站在大中國的立場的報紙；第三類是某個機構或派系或個人所辦的報紙。今晚我要講的是第一類的站在台灣人民立場的報紙，只有對於這種報紙，我們才能期待它在台灣發展中負起它的責任。

談到台灣發展，何謂「台灣發展」？可能各人有不同的解釋。我的解釋是：台灣人用盡所有的辦法，不斷地提升台灣人在政治、經濟、文化、社會等各方面的尊嚴和地位。而報業在台灣發展中，當然有很多責任，第一個責任是，它應該做台灣人民的喉舌。

「喉舌」這兩個字，經常出現在被統治的、落伍的、奮鬥中的民族中。我相信目前台灣年輕的一輩，對這兩個字比較沒有深刻的感受，然而，「喉舌」是非常具體地存在的，它的重要性直到今天還是一樣的。九十多年前的日本人開始統治台灣，五十多年前台灣才脫離日本的統治。一八九五年日本開始統治台灣，直到一九二〇年，台灣人第一個喉舌《台灣青年》月刊，才在東京出現。為什麼在東京創刊？原因很簡單，台灣在日本的統治之下，不能有「喉舌」出現。為什麼會出版月刊？大家也很清楚，季刊所用的人力和財力為月刊的十分之一；月刊所用的人力、財力為週刊的十分之一；週刊所用的人力、財力為日刊的十分之一。所以在人力、財力不夠的情形之下，《台灣青年》就出版月刊。

一九二二年，《台灣青年》改為《台灣》，仍然是月刊。一九二三年，《台灣民報》半月刊在東京創刊，這是台灣人新的喉舌。從一九二三年開始，《台灣民報》就開始努力，打算有一天遷回台灣發展，因為在日本出版，只有去日本的台灣留學生及少數在日本的台灣人能看到而已，影響力有限，只有回來台灣，它的功能和使命才能發展。但是這個遷回台灣的努力，直到一九二七年才達成目的，後來改為旬刊，再改為週刊。一九二九年，很多台灣社會領導者成立了「台灣新民報株式會社」，準備向日本政府申請執照，要在台灣辦報紙。一九三〇年，《台灣民報半月刊》和《台灣新民報》週刊合併為《台灣新民報》週刊。一九三二年，每日出版的《台灣新民報》才正式出刊。在日據時代，台灣人為了爭取一份自己的「喉舌」，從一九二〇年，經過十三年的努力，才拿到這份執照，取得這個執照，並不是那麼簡單的事，台灣總督府是從日本派來的，當然依照日本的政策來管理台灣。那時候日本人在台灣已經辦了三家報紙了——台灣日日新報、台南新報、台灣新聞，這三份報紙和現在某個報紙一樣，政府機關及日本人的公司廣告都要在那裡刊登，他們當然不願意讓台人辦報紙來分散他們的利益，加上他們也知道，台灣人辦了報紙之後，會增強台灣人的民族主義來反抗日本，所以日本人不願意讓台灣人辦報。後來日本政府答應台灣人辦報，是因為當時日本有政友會和憲政會這兩個政黨，在台灣的那三份報紙都是政友會的人辦的。憲政會在台灣沒有勢力，他們就透過國會，對日本政府施加壓力，讓《台灣新民報》取得執照，希望因為他們的幫忙，這份報紙也能在台灣幫助憲政會。《台灣新民報》雖取得了執照，日本政府的規定很嚴格的：資本、幹事及記者都必須台灣人和日本人各一半。我用這麼長的時間，向各位報告「喉舌」，台灣人民有自己的主張、自己的情感，必須要有「喉舌」表達出來，才能發生共鳴，產生集體的力量。

一九四五年台灣光復，一九四九年國民政府來台灣之後報禁四十年，我的舊老闆吳三連先生在生前常跟我說：「為什麼統治者都一樣？」四十年的報禁是「半禁止」的，它不讓你辦就不能辦；要讓你辦則可以辦兩份、三份，這是台灣式的報禁。過去四十多年中，台灣人辦的報紙，如果不怕死的，一再地主張解除戒嚴、解除黨禁、報禁，台灣的經濟要國際化，教育文化要本土化。那時候，大多數的聲音並不是這樣的，只有少數發出這種聲音而已。所以，我們的報紙，在四十多年的出版歷史中，不知道被停刊多少次。在報禁解除之前，我們的報紙被某些單位看作是反政府刊物。我相信，每個人都希望在一個平和、自由、正常的社會中，盡自己的力量來。但是長久以來，做為台灣人喉舌的報紙，卻必須承受不同的待遇、不同的眼色，甚至很多台灣的生意人，不敢在這類報紙上登廣告，那是很悲哀的事。經過那麼長久的時間之後，這些為台灣人講話的報紙所主張的解除戒嚴、解除黨禁、報禁，教育文化的本土化，經濟的自由化、國際化，今天都成為國家的政策。講到這裡，各位應該可以瞭解，所謂「喉舌」是什麼意思了。

今天，我們的民主化已經達到某個程度，戒嚴解除、報禁沒有了，政黨政治也出現了，是不是不再需要喉舌了？我要告訴各位，以後的路還很長。我舉一個例子，台灣當然是個主權獨立的國家，而全世界一百九十二個國家中，只有少數幾國沒有加入聯合國而已。台灣，不管從經濟、軍事等各方面來看，在世界上都排名在二十名左右，為什麼台灣不應該加入聯合國？大家都認為應該加入聯合國——國民黨、民進黨，所有不同族群的人都認為應該加入。但是，要怎麼參加？「中華民國」、「中華民國在台灣」、「在台灣中華民國」、

「台灣台北」、「中國台北」、「中華台北」或是「台灣」？三歲小孩也曉得要用「台灣」這個名稱，可是，誰敢提出這個主張？是不是每個老百姓心中都真的這麼想？這時候，「喉舌」的事情又發生了。台灣要發展成為政治上、經濟上、文化上、社會上真正現代化的國家，還有很長的路要走。在這個過程中，會發生各種事情，所以住在這裡的二千零八十萬台灣人民，真正的利益是什麼？正論在那裡？這時台灣人民的報業，就應該扮演人民喉舌的角色。

至於報紙的使命、報紙的責任，是將這個地球上每天所發生的事實真相，源源本本地報導出來，讓所有的讀者瞭解、思考、判斷，而形成輿論，這個輿論將會影響政府的整個政策。這說起來很簡單，但是卻很難做到，我舉四個例子給各位做參考。

報紙是新聞記者寫的，記者手上有筆，會「弄筆花」，而「弄筆花」是一回事；事實又是另一回事。民國三十九年，國民政府在台灣安定下來之後，開始有種種的考慮，實施三七五減租、耕者有其田。到民國六十年時，開始看到工業發展的成績，相對地，台灣農村的經濟則開始沒落。那時我進入《自立晚報》第三年，所有的報紙每天都報導台灣農村改革是全世界最成功的，說台灣種田人的生活是多麼好，邀請很多國家的人來台灣桃園參觀。然而我們知道，真相並非如此，南部來的人都說農村的狀況十分悽慘。因此，報社就派我深入農村，花了三個月的時間，走了一千四百公里，然後把台灣農村的真相，連續二十一天刊登在《自立晚報》上。同在那個時候，我一個好朋友在某個報社服務，他也寫了台灣農村實況報導，我的報導說台灣農村很慘，他卻說很好。我的報導二十一天全部登完，他的報導刊到第七天，他的報社就要他請假兩個禮拜，叫他不要再寫了。我寫了那個報導後，政府非常重視，當時蔣經國先生正開始要擔任行政院長，可能因為政策上的考慮，有他的政治眼光，就拿出一百八十億來復興台灣農村經濟，不久又增加兩百億。話雖如此，我也差一點被抓去關，政府的情治單位查出毛澤東造反的第一份檔是「湖南農村調查報告」，這下我就慘了。直到民國六十八年，美麗島事件發生，有人比我更兇，我才沒事。這個例子就充分地說明，報導事實的真相並不是那麼簡單的事。

第二個例子是，我擔任總編輯時，有一天看到很多報紙上都刊登了一個很小的消息，說有一個美國回來的學者陳文成，晚上去台大散步，爬到樓上自己摔下來就死了。我覺得這是很不可能的事，那是常識以外的事。所以，我認為那不是真相，於是就將這個新聞擴大為二版的頭條。這個事情才變成全國矚目的事，以後大家才慢慢要去發覺真相，成為台灣發展史上一件很大的事，而真相到今天還不知道。如果當初《自立晚報》沒有將這個消息放在二版的頭條，我看，神不知鬼不覺，哪會有什麼陳文成事件？

第三個例子是，有一年，美國人認為台灣的經濟很好，美金和台幣的匯率卻仍維持在一比四十、一比三十九、一比三十八，他們很不甘願，就壓迫台灣，無論如何要調整為一比二十七。《自立晚報》的記者在偶然中得知這個消息，我們的總編輯認為這是一件很大的事，就用很大的標題把它報導出來。以後那幾天，我們幾乎要被「打死」，說我們擾亂金融，道聽塗說，無中生有，所有的報紙、電視都在批評。不到三個月，果然變成一比二十七，如果不是美國政府有這個要求，他們有實力施加那麼大的壓力的話，怎麼可能在三個月之間就變成一比二十七？我們報導這個真相有那麼簡單嗎？

第四個例子是民國七十五年許信良回台事件，所有的報紙、電視都說老百姓打員警，各報的記者都在那裡。我們的記者也在現場，他們回來說並不是這樣的，是員警先打老百姓，我們就這樣據實報導，結果也被保守勢力整得很慘。

大江東去浪淘盡千古
風流人物故壘西邊人道是
三國周郎赤壁亂石穿空
驚濤拍岸捲起千堆雪江山
如畫一時多少豪傑遙想公
瑾當年小喬初嫁了雄姿
英發羽扇綸巾談笑間檣
虜灰飛煙滅故國神遊多
情應笑我早生華髮人生
如夢一尊還酹江月

蘇軾赤壁懷古 吳豐山字

我舉出這四個例子來，就是要告訴各位，報紙的責任是要報導真相，但是，報導真相是不簡單的，記者、編輯的品質、智慧、有沒有偏見，負責的主管有沒有勇氣，報紙本身是認為報導真相重要，還是生存重要，這些都有關係。台灣未來的發展，還有很多問題，兩岸關係、經濟升級、教育現代化、文化本土化等等，這些事情都要加以解決，而隨時有人在扭曲事實。我相信，老百姓要判斷一個報紙有沒有負起它的責任，報導真相與否是一個很簡單的標準。

報業在將來台灣發展中的責任，毫無疑問地，它要對老百姓負起教育的責任。有人說過，不受教育是不行的。（當然，這個教育不限於學校的教育，學校教育的時間較短，社會教育的時間較長。）但是，錯誤的教育比不教育更糟。我要在這裡說一句話：台灣的老百姓必須要接受相當的教育。大家從選舉的風氣、守法的觀念、大家心裡的想法和報紙刊出的民意調查結果的差異等，可以看出這是教育不足的問題，不但教育不足，還有非常多的機構和報社，每天在那裡作反教育。所以，教育的工作——尤其是透過報紙對老百姓教育的工作，十分困難，我們用一分的力量，他則用兩分把它抵消掉。因此，台灣的社會越來越庸俗化，很多台灣同胞都會有無力感。我想，只要去做，就會有成績。所以，即使不是那麼樂觀，大家都來做的話，還是會有成果的。在台灣未來的發展中，報業，和過去一樣，仍然必須盡到喉舌的責任，盡到呈現出社會發展的真相的責任，盡到教育讀者的責任。

最後，我要講的是，如果大家以為現在報禁解除了，台灣報業競爭的環境已經非常公平，我要告訴各位，沒有這回事。今天並不是大家都站在同一個起跑點上來跑，而是有人已經先跑了三十九年、四十年，有的才一歲而已，這是不公平的。在這種不公平的情形之下，台灣同胞如果認為報業是那麼重要的話，應該對那些站在台灣同胞的立場，不斷地為台灣努力的報紙，多加疼惜。我們《自立晚報》已經四十六年了，一般的批評還不壞，《自立早報》則六年不到，常常有朋友跟我說，人家《中國時報》、《聯合報》有十五張、十六張，你們只有五張而已。這實在是很冤枉的，我希望大家對那些為台灣而努力的報紙——不只是我們自立報系而已——多加疼惜。

我們有一份周報，國內看不到，現在已經發行了三十幾個國家，一年要虧損兩百萬，為什麼我們還要辦？很簡單，所有海外回來的台灣同胞都說這份報紙很好，要繼續辦下去，他們只有從這份報紙才能知道台灣真正的消息。這份報紙很貴（因為郵費貴），一個月的訂費要二千五百元至三千元台幣，所以很多人就訂了一份，大家傳閱。這是另外一種想法、另外一種使命而辦的報紙。

我想，「戲棚下站久了就是我們的」，台灣是台灣人的台灣，這是非常清楚的事，我們主張台灣的事情及台灣的將來，要問所有的台灣老百姓，我們本身不敢任意主張。同時，我們主張族群的和諧，台灣這兩千零八十萬人，不管是福佬人、客家人、外省人或是原住民，大家是一體的，要好好相處。

最後我講一個笑話，剛才敏勇兄說我得到台美基金會的自由新聞貢獻獎。我當然非常感謝台美基金會，也感覺到那是我們報社四十多年來，曾參與工作的人共同得到的，是我代表去領獎而已。如果要從事新聞事業，就要覺悟，準備一輩子貧窮。現在外面很多人說我是《自立晚報》的老闆，其實老闆是我哥哥，我是領薪水而已。前幾天報紙上登出我得到這個獎的消息，很多朋友打電話要我請客，我都答應了。結果現在我才知道，沒有獎金，因為我得的獎是特別獎，特別獎沒有獎金，不過，我覺得很光榮。

29. 黃清龍著 蔣經國日記揭密 序文

說明——

民國一一〇年，黃清龍先生撰著《蔣經國日記揭密》，本人應邀寫序。序文標題：〈蔣經國全貌的最後一塊拼圖〉。

蔣經國全貌的最後一塊拼圖

一

蔣經國是中華民國第六、七任總統，是歷史人物。

他從一九三七年五月，應乃父要求開始寫日記，乃父過世後照寫不誤，一直寫到一九七九年十二月底，因健康不佳、視力惡化才停筆。

蔣經國的日記原由其子蔣孝勇保管。蔣孝勇過世後由夫人蔣方智怡保管。蔣方智怡後來擔心台灣政壇風雲變幻莫測，乃於二〇〇四年將日記全卷送往美國史丹佛大學加密暫存。

黃清龍是本人在《自立晚報》服務時的同事。他得知蔣的日記解密開放，乃於二〇二〇年初赴美，在史丹佛大學胡佛檔案室閱讀蔣經國日記，返台後寫成這本解讀著作。

二〇二〇年五月下旬，黃清龍伉儷來我辦公室，希望曾是蔣經國時代媒體人的我，寫一篇推薦序。本人一因認為盡可能瞭解歷史真相有其必要，二因對黃清龍君的學養有十足信心，便就欣然應命。

二

蔣經國出生於一九一〇年，也就是大清王朝的最後一年，是蔣中正與毛福梅的獨子。十五歲的時候，因乃父政治考量，被遣送蘇聯讀書。俄文名字尼古拉・維拉迪米洛維奇・伊利札洛夫。他在那裡停留了十二年。一九三七年攜俄籍妻子回到中國的時候，他的父親早已開府南京，成為中國軍政新領袖。

從共產蘇聯返回中國的蔣經國，奉父命在浙江溪口祖鄉讀了兩年書，然後被任命為江西省贛南地區行政專員。一九四四年轉往重慶任三民主義青年團中央幹部學校教育長，從此父子形影不離。蔣中正在丟掉大陸江山後，攜帶國庫黃金、殘餘部隊、部分中央民意代表和一批財經幹才前來台灣，「復行視事」，重建江山。

蔣中正從一九五〇年統治台灣到一九七五年過世。前頭二十三年，蔣經國歷經黨、政、軍、特領域磨練，然後於一九七二年出任行政院長。

在嚴家淦總統短暫過渡後，蔣經國於一九七八年經國民大會選舉為第六任總統。一九八四年再當選為第七任總統。越三年餘，於任上過世，結束台灣史上的所謂「兩蔣時代」。

三

嚴格講，蔣經國叱吒風雲、動見觀瞻，前後至少三十年，相關記述他的人與事的文字，車載斗量。蔣過世之後，不斷有記述他的書冊出版。一大批曾受過他提攜的文武大員留下的回憶錄，也都對他有所著墨。如果把他的政敵的記述也加在一起，那麼蔣經國的面貌早已頗為清晰。

不過，蔣的內心世界，如果不透過他的日記，難以完整得知。此所以他的日記成為瞭解蔣經國全貌的最後一塊拼圖。

我在寫這篇序文之前，當然要先詳細拜讀黃清龍君的記述和解讀。黃清龍君畢業於政治大學新聞系，後來曾在美國哥倫比亞大學和布魯金斯研究所東北亞中心進修。幾十年媒體生涯，都做政治新聞採訪和評論，也就是說，基本上他是一個十足新聞人。

黃清龍君在把書稿交給我的時候，跟我說，他在看過蔣經國日記之後，對蔣心生無限同情。黃說蔣在擔任行政院長和總統的十七年間內外交迫，長期失眠，甚至多次自我記述想一死了斷。

黃君同情，我有同感。不過，這就使我想起了國學大師錢穆。他說「知道歷史，便可知道裡面有很多問題，一切事情不是痛痛快快，一句話講得完。」

我也想起歷史學家黃仁宇。他說「盲目恭維不是可靠的歷史，謾罵尤非歷史。」

我還想起上個世紀六十年代的美國總統甘迺迪。他在激烈角逐後勝過尼克森，入主白宮，不久之後愁眉苦臉，告訴到白宮去看他的尼克森：您假使還想要這個位置，我現在就可以送給您。

四

一九四八年到一九五〇年，蔣中正在中國大陸兵敗如山倒，樹倒猢猻散。

敗退台灣後，腳跟還沒站穩，美國一紙白皮書雪上加霜，蔣氏政權風雨飄搖，多虧韓戰爆發，美國政策改弦更張。這個時候蔣氏父子及其僚屬，檢討大陸失敗原因，得到的結論，不是「腐敗失政、離心離德」，竟是「異議分子為匪張目」、「到處都是匪諜」。其後清除異己，也殃及很多無辜。史稱「白色恐怖」。

韓戰爆發後，美國不僅重新扶持蔣氏政權，還締結了共同防禦條約。但美台關係在其後長達十餘年聯合國席位保護戰過程中逐步生變，演變到一九七九年斷交是一個段落。斷交後美國以「台灣關係法」卵翼台灣是一個段落。可是蔣經國日記自始至終稱美國為美帝。連美國駐台大使請他吃飯看電影，他都認為痛苦厭惡。

蔣經國雖然是太子，但向上攀爬的路途中也是挑戰多多。在戒嚴後期，民間異議人士也把他當箭靶。

歷史真是百般弔詭。

把時間拉長了，弔詭的面目更清楚。

——當年美國希望以「雙重代表權」替台灣解決聯合國席位問題，蔣氏父子痛斥這種一中一台政策居心叵測，今天台灣多數民意卻求之而不可得。

——蔣經國是一個個性極其強烈的人物。在日記中，蔣不掩藏他對周邊文武大員的好惡。蔣顯然自認頗有識人之明，可是把時間拉長了，他本來認為不可信任的人，後來中規中矩；他本來認為極其可靠的人，後來卻成了他的叛徒。

──政治充滿了虛假，或者如故謝東閔副總統說的「政治虛虛實實、真真假假」。蔣對他的繼母宋美齡，凡事「兒經國跪稟」。在各種對外場面，母子表現相親相愛，但宋對蔣常常斥責，蔣對宋常常痛心至極。這當中有些是政策歧見，有些仍是權力爭奪。一家人本應利害與共，但權力之為物，讓人變成真假難分、虛實莫辨！

至於蔣對諸如陳誠、吳國楨這些死對頭，以及要求結束一黨統治的民主人士沒有半句好話，想來也是自我中心之必然。

五

黃清龍君說我曾是蔣經國時代的媒體人，基本上並無違誤。蔣經國於一九七二年出任行政院長，一九八八年在總統任上過世。這十七年間，本人一直在《自立晚報》服務，十七年中間有十年時間還擔任國大代表。

蔣出任行政院長的前一年，我發表台灣農村田野調查報告，要求政府面對農村凋敝。情治單位認定本人仿效毛澤東撰寫「湖南農民調查報告」，顯然要造反，對我開始監控，但蔣的副院長徐慶鐘和黨中央秘書長張寶樹這兩位農業博士不認同。蔣後來編列巨額預算，推動「台灣農村振興方案」。

一九七八年，蔣當選總統後，我發表〈假如我是蔣經國〉一文，建議他勇敢面對世代交替、推動改革、扎根台灣、造福吾土吾民。當時報社裡的國民黨籍高層認為我對元首不敬，可是蔣並未如此看待。稍後我請假返回台南縣故鄉競選連任，蔣來電召見。在總統府的小會客室考了幾個台灣風土題目後，問我「你選舉需不需要幫忙？」我說不需要，但請不要像六年前一樣，把幫我助選的小學校長、堂兄、胞妹開除黨籍。我說「這樣做跟共產黨有什麼兩樣？」蔣竟然也接受了。

其後不久，蔣孝武來電約我見面，說他父親總是罵他結交了太多酒肉朋友，應該交些益友互相切磋。蔣孝武說他父親指名道姓，所以他才找我。

蔣過世後，他的辦公室主任王家驊告訴我，蔣晚年不能看報，王負責讀報，如果太久沒有讀我的批評文章，蔣經國會問「有沒有吳豐山專欄？」

我還曾在已故行政院長李煥的回憶錄上看到「民國六十四年五月二十三日上午十時，蔣約見，問：『有個吳豐山您是否認識』。」李煥記述，蔣認為吳豐山很多論點客觀，要李煥「多加注意這位年輕人」。

曾經擔任蔣院長和蔣總統的副秘書長一職長達十七年之久的張祖詒先生，退休後與我成為忘年之交，我從他那裡聽到很多蔣經國的感人故事。張祖詒今年高齡一百零二，依然寫作不輟。

以上這些事情又呈現出蔣經國的另一面貌。

六

本人觀看台灣政壇動態前後數十年，當然注意到政治人物的性格會隨著年歲的增長而遷變，當然注意到政治人物的言行會隨著利害關係的算計而轉動。

晚年的蔣經國，權力定於一尊，圓融已壓過氣焰，跟青年時期的年少輕狂和中年時期的殺氣騰騰已截然不同。

也正因為蔣經國有多重面貌，所以我要提醒各方讀友，蔣經國日記其實就像一架飛機上的黑盒子；黑盒子只記錄駕駛艙的對話和機件數碼，並不一定就是真相的全部。

我們假如把國家當作一部機器，那麼蔣經國日記就是中華民國這部國家機器的黑盒子之一；這個蔣經國黑盒子只記錄蔣經國的視野和心思；它是蔣經國的一部分，不是蔣經國的全部；是真相的一部分，不是真相的全部。

七

著有十二鉅冊《歷史研究》、名揚國際的已逝英國歷史學家阿諾爾得·約瑟·湯恩比（Arnold Joseph Toynbee, 1889-1975）認為，文明得以崛起在於少數領導人成功應對了環境挑戰。

本人認同湯恩比的歷史觀。

因此，我在書寫這篇序文的時候，重新檢視台灣四百年開發史，重新檢視七十年來的美、中、台關係，並比對相關數字，做出以下評斷：

—蔣經國生於帝王之家，但他基本上仍然是眾生之一員。日記中的恩怨情仇、悲歡離合、生死掙扎是大時代的生命常態。不管如何，蔣已過世三十幾年，這些都早已隨風而逝。

—做為國家頭人的那十七年，他在極其艱難的客觀環境下，從事十大建設，為台灣的生存發展奠定了階段性基礎。十七年間，台灣的國家產出從七四八八百萬美元，成長到一一八二七九百萬美元，將近十六倍，洵屬不易。

—從事台灣民主運動的人士在蔣經國的日記中雖然一律被敵視，甚且咬牙切齒，但戒嚴在他任上解除，黨禁在他任上放手；以結果論，硬要說他獨裁鴨霸一生，並不究竟。

—蔣經國長時間大權獨攬，但他沒有像亞洲、非洲、中南美洲的某些不肖統治者一般，貪饜成習，積攢一人一家之財富，頗為難能可貴。

—加減乘除、綜合計算之後，我要說，那些父祖因他而冤死的人，或者不幸坐過冤獄的人，或者被他鬥臭鬥倒的人，對他心懷仇恨，應被理解。如果可以切開這一部分罪惡，然後把他擺放在台灣四百年開發史上持平看待，應認定他功大於過。

八

蔣經國是一九八八年一月十三日凌晨在大直官邸大量吐血後壽終正寢。一批黨政大員被電召前往官邸看蔣的遺容。有幾位當時在場的大員，後來親口告訴我，當他們看到蔣的大體孤寂地瑟縮在一張小床上，不禁想到臨終前那幾年，蔣仍拖著病體，坐著輪椅，在眾人面前硬擠出一張笑臉；當時之際，人人不禁淚流滿面。

我不曾為蔣流淚，不過三十幾年來，我從不掩藏我對他最後十七年整體表現的肯定。

歲月如梭！三十幾年來，台灣又已換過四位總統。應該這樣說吧：

時代不同了，再也沒有任何一位總統可以隨便造成冤枉；全民直選總統是新制，民粹必然當道，政商分際必然模糊，能夠通過直選試煉當選國家元首，也必然各有所長；不過，論元首之親民，尚無人出蔣之右；論對美國霸權之警覺，尚無人比蔣機敏；論對錢財之節制，蔣迄仍高居榜首。

讀史的目的在於以古為鑑，策勵未來；所以本人一憑良知，劃分功過，辨明虛實，比對長短，直言不忌。

九

黃清龍君解讀蔣經國日記，目的單一。他要本人寫序，我理當只聚焦一點。不過，我有不得已的理由，最後必須節外生枝。

我是一個徹頭徹尾的台灣本位主義者，我從台灣人民的角度看待歷史。從人民的角度看歷史，台灣治權多變，但對無權無位的廣大人民而言，榮枯貫連；因而明鄭時期的陳永華、日據時期的後藤新平、八田與一、滿清時期的劉銘傳，都應被認定是曾經為台灣這塊土地流過汗水的人物。

兩蔣七十年前來台，無疑是國共內戰的延續。可是中共得到江山前期，失政敗德，民生困頓，倫常紊亂。如果那時候是中共入主台灣，情況會比白色恐怖更加不堪！

蔣經國來台那一年四十一歲，血氣方剛。到了一九七二年出任行政院長的時候已六十又三，他顯然已體察出必須老死台灣的現實，所以他不但刻意處理本土人士的權力分配，而且還公開說他也是台灣人，甚至於言明蔣家不會萬世一系；那麼，即使稱他外來政權，此時也已啟動易轍。

蔣過世後本土人士出任總統，演變到一九九六年直選總統、二〇〇〇年政黨輪替，歷史的腳步已從國共內戰的遺緒變成一中一台兩岸競合；而蔣經國當家的那十七年恰好是第一階段的結尾和第二階段的開端。

本人特意點明這些流變，目的是要藉這篇序文的結尾正告同胞：

——混亂時代造成同胞之間各有不同的歷史記憶和感情，必須相互理解。

——「政黨輪替」意謂概括承受。中華民國國祚延續的「政黨輪替」不是「改朝換代」，因此只可釐清真相、劃分功過、道歉賠償；如果硬要清算、鞭屍、抄家滅族，一定會造成台灣內部的新紛擾。

——「意識形態」通常只是淺薄思維，不可當作真理。

——兩千三百多萬同胞各有不同的過去，如今各不同族群卻都必須面對共同的未來。

一言以蔽之：山川無聲，天地有道；開闊胸懷、包容寬恕、同心同德、壯大台灣，才是台灣永續生存發展的不二法門。

是為序。

30. 《吳姓春秋》半年刊「豐山理事長服務宗親五十年特輯」專文

說明——

本人自民國六十二年開始服務台北市吳姓宗親會，迄一一一年屆滿五十年。

《吳姓春秋》是台北市吳姓宗親會的半年刊，該刊特製作特輯以為紀念。

本專文自述本人長年服務台北及全國宗親之點滴，刊登特輯上。

迢迢半世紀——服務宗親會五十年之回顧

一

民國六十二年某日，本會創會理事長三連宗老告訴我，台北市吳姓宗親會在南京東路三段新建的泰伯大樓業已落成，並已依政府法令設立了財團法人吳氏讓德堂，要我兼任宗親會和讓德堂總幹事一職。

說兼任是因為我當時本職《自立晚報》採訪主任，而且剛當選國民大會代表。那一年我虛歲三十。

台北市吳姓宗親會創立於民國四十一年十一月。宗親會以崇祀祖先、敦親睦族為宗旨，所以由會員樂捐集資四萬元，在當時是一片稻田的南京東路三段購買了六百坪土地興建宗祠。到了民國六十年宗祠周邊已車水馬龍，理事會乃決議拿六百坪建地與大陸工程公司合作興建二棟大樓，宗親會分得其一。宗祠拆掉後，在天母租得教育部一棟學產房屋，做為過渡時期祭祖用途。

二

理事會很快地通過了總幹事聘任案，我開始每天下午到宗親會上班。第一件要務就是把十一層高的大樓分層出租出去。

只花了不到兩個月時間，十一個樓層全部租出去了。理監事們非常高興，而且對我慰勉有加。

我第二個工作是必須購買第二台電梯。我去找大陸公司殷之浩董事長，請教他，大樓有兩個電梯井，何以只給我們裝一台？殷先生告訴我，這是因為本會在協商合作時言明需要四百萬現金，所以他們也就言明只裝一台電梯。

這個四百萬元是怎麼一回事？

原來宗祠興建後二十年間無力繳納地價稅，全部由三連宗老代墊，理事會一致認為應該一次全額歸還，所以才與大陸公司作成特別協議。

三連宗老其實不是富翁，他卻無怨無悔代墊了二十年的地價稅。本人認為三連宗老此舉為本會奠立了犧牲服務的寶貴傳統。

辦理出租期間有三事，我今天回想起來，值得一記。

其一是中興電機公司董事長蔣孝勇也來議租，但要求優惠租金。我說租金係理事會決議，我無權更改，必須請示。向三連宗老請示後，三連宗老要我回答對方「皇親國戚，一概平等」。我如此回答後，蔣君一笑了事。

其二是三重幫建商林堉璘也來議租，沒有租成。其後只十年時間，林氏便摶成宏泰企業集團。

其三：前來議租的人士中有一位衣冠楚楚的青年商人，他的父親曾任警務處長，倒了銀行的債，三連宗老因為擔任他向銀行借貸的擔保人，所以被銀行扣了好幾年的錢才還清。社會上有所謂「父債子還」的傳統，但這位為人子者，卻不聞不問，還大剌剌地扮起企業家，實難令人苟同。這位租戶只租了一年就倒閉，想來應是父子一丘之貉吧。

三

民國六十四年，香港吳姓宗親會會長吳多泰宗老來台，邀請台灣組團參加在香港舉行的第一屆世界至德宗親懇親大會。

吳姓宗族起源於三千年前三讓帝王權位的泰伯公，被《史記》列為世家第一。至於所謂至德，說是吳、周、蔡、翁、曹系出同門。蔡又與柯同源，翁又與洪、方、黃、龔、汪、辛同源，所以十二姓一家親，合稱至德。

我奉三連宗老之命聯繫其他各姓組成代表團赴港與會。其後十餘年間，台北承辦過兩次至德懇親大會。雖說十二姓合辦，其實人力物力全由台北市吳姓宗親會買單。

四

民國六十六年，台灣各市縣吳姓宗親會合議組成「全台吳姓宗親聯誼會」推三連宗老任理事長。三連宗老命我兼任秘書長。每年輪由各市縣承辦懇親大會，三千人齊聚一堂，可謂猗歟盛哉！

由於有至德懇親大會和全台懇親大會，我在其後四十餘年間前往各國和各市縣參加懇親大會，變成例行公事，也因此與各國及各市縣吳姓宗親建立了寶貴的宗誼。

其中，台北與菲律賓讓德吳姓宗親總會來往最為密切。這是因為南京東路舊宗祠當年建到一半時，我們資金短缺，菲吳旅台僑胞知道後，回菲律賓從讓德總會拿錢幫助我們。這份情誼延續至今。每十年菲吳舉辦一次大規模慶祝盛會，我們必都組團前去道賀。

民國一百年，馬來西亞吳姓宗親總會發起舉辦第一次世界吳姓宗親懇親大會，並籌備成立世界吳姓宗親總會，其後每兩年輪在各國舉辦懇親大會，台灣都由台北會主催組織代表團與會，可是各主辦國常見矮化台灣代表團事情，因此雖然多次希望台灣承辦懇親大會，我們至今未應允。我堅持宗親活動必須不受政治干擾，這個主張得到台灣各市縣主事宗親的支持。

五

民國六十年拆除南京東路舊宗祠時，理事會決議覓地新建宗祠。民國七十年組成覓地小組開始在台北郊區找尋建地，我參加每一次行程，看過不計其數的地點，最後決定購買頂北投六千坪山坡地。

該地在陽明山國家公園內，法令限制建築。我陪同三連宗老去台北市政府找當任市長林洋港。林市長很有擔當，他說非營利事業、又係發揚敬祖傳統美德，他可特准。

隨後開始進行規劃與設計，然後迅速取得建築執照開始興建。

記得三連宗老當年指示我兩原則：一是盡量現代化，二是要四季有花。他還指派知心、東龍二位從事建築業的理事多費心協助我。此期間我上山不只百次，民國七十六年，美輪美奐、花木扶疏的新宗祠落成啟用。我至今猶記得當天舞龍舞獅、鑼鼓喧天的盛況。三十幾年來，每年春秋二祭，隆重舉行三獻禮祭祖，千人大會餐，堪稱盛會。

說盛會，恐怕不可不相信列祖列宗特別保祐。新宗祠樓高三十五公尺，我們拿到建照後，政府修改法令，言明國家公園民間建物即使特准，高度也不可超過七公尺。各位宗親應可想像，七公尺的話哪來今天這幅巍巍峨峨的面貌？我們光一個江雨亭就拔高七公尺。

六

隔一年，也就是民國七十七年底，做為台灣吳姓宗親大家長的三連宗老以九十高齡仙逝。宗親們哀戚不捨。

其後，全體理監事推舉尊賢宗老接任，全台聯誼會也推舉尊賢宗老任理事長。

我輔佐新理事長至民國八十年，由於一身擔任《自立晚報》和新創辦的《自立早報》社長，必須全天在報社工作，不得已徵得尊賢宗老同意解任總幹事一職，改由知心宗長接任，但全台聯誼會秘書長一職繼續擔任，同時應理監事會要求改任讓德堂董事。民國八十三年再改任宗親會常務理事。

民國八十六年，年過八十的尊賢宗老很慎重其事地找我談話，說他已年邁，現在走路連兩隻手都覺得太重，要我接任宗親會理事長和讓德堂董事長。當時我已離開自立報系，任行政院顧問，同時也開始經營建築事業。

我回答尊賢宗老，宗親會講究敬老尊賢，應考量由知心宗長接任。尊賢宗老認同我見。可是過兩天又找我，說知心宗長只喜歡工作服務，不喜歡帶頭領導，並說知心宗長強力建議由我承乏。

我對三連宗老和尊賢宗老一向敬如尊親，豈敢隨便說不，不得已我回覆：如果理董監事全票同意，我可勉為其難。過後沒幾天，尊賢宗老告訴我，已開會、已投票。於是民國八十六年我接掌二會。尊賢宗老也接受我另兩個條件：改任榮譽理事長以及續任全台聯誼會理事長。

隔年，我出任公共電視董事長。再隔一年，也就是民國八十八年，尊賢宗老以八十三高齡仙逝。全台聯誼會的委員責由我接任理事長，其後聯誼會改稱台灣吳姓宗親總會，理事長也改稱會長。

七

從民國八十六年至民國一一二年，我已擔任台北二會頭目二十六年，擔綱台灣吳姓宗親總會會長二十四年。

這期間我曾出任行政院政務委員、監察院監察委員，監委卸任也已過了九年，但對宗親服務始終一貫。如此這般五十年；用迢迢二字，一點也未過甚其辭。

過去十幾年間，每三年我依組織條例婉拒續任台灣吳姓宗親總會會長，但各市縣宗親始終不准。

最近兩屆，我也明白告訴台北會各理董監事，我們應該認真面對接替問題，可是我感覺沒有人當一回事。

我仍有服務熱誠，我也承認目前身心狀況都還不錯，可是天底下沒有永久不變的事體，何況服務五十年一以貫之，應該連在天上的泰伯公也會同意我這個忠心耿耿的裔孫可以擇日下台一鞠躬吧！

八

假如各位還不能體會五十年有多久，那麼我告訴各位：

——領導本會三十七年之久的三連宗老已過世三十五年，今天本會比較年輕的理監事，根本不曾與他見過面。

——我剛來會服務時，理事之一的金桂宗老，過世後由其公子接任理事。今天擔任常務理事的瑞碧宗長是金桂宗老的孫子，而且已自台灣大學教職退休。

──當年三連宗老指派知心、東龍二位宗長協助興建宗祠，理由之一是「知心、東龍你們比較年輕」，可是東龍宗長已過世十幾年。民國一一一年，初知心宗長也以九十二高齡過世了。

──我剛來會服務時，理事兩添宗長喜歡在晚餐後興致勃勃的慫恿三連理事長再去續攤二次會。今天擔任常務理事的明松宗長是兩添宗長的公子，那時候學童一個，如今明松宗長已是幾個孫子的阿公。

──我剛任全台聯誼會秘書長時的各市縣理事長，現在還在世的只有兩個，其他都早已先後前去西方極樂世界報到。

──各市縣宗親會現任理事長，在我剛來會服務那年，有好幾位剛出生不久，根本還沒上小學。

──民國六十九年，我曾邀請全體理董監事赴我祖鄉台南縣快快樂樂地旅遊兩夜三天。那一年參加旅遊的好漢，現在還在本會服務的只剩修勇和小弟兩人，其他都已升天了。

──我剛來會時，總統是蔣中正，五十年來我們的總統已由蔣中正經過嚴家淦、蔣經國、李登輝、陳水扁、馬英九，輪到蔡英文，而且後年又將選出第八個新總統。

那麼各位說，五十年久或不久？

九

本回顧文末尾，我要說：我信仰崇祀先祖，認同敦親睦族，服務宗親五十年是本人很大的榮幸。我也要說：本會以及各市縣宗親，連同各國宗親對我的厚愛，如今已變成本人生涯的一大驚奇，我內心有無限的感恩。

我更要說：個人生命有限，但機構生機無窮；台北市吳姓宗親會和財團法人吳氏讓德堂，乃至於台灣總會，財務健全、人事和諧、宗旨宏遠，可以自豪民間團體典範，這是前人數代經營的成果。衷心希望爾後吳姓子孫愛之惜之，以垂久遠。

二〇二二年六月
為誌記
服務吳姓宗親會五十年
特贈送宗親會
書籍千冊 上圖
書作一幅 中圖
畫作三件 下圖

【吳姓宗親會敦睦宗誼】

創立於一九五二年的台北市吳姓宗親會至今歷任三位理事長 上圖

第一任吳三連 中

第二任吳尊賢 上 第三任吳豐山 下

吳氏宗祠 中圖

吳豐山主持創會五十年慶 下圖

吳豐山主持
世界吳姓宗親
聯誼大會 上圖

每年春秋
宗親會以三獻禮祭祖 下圖

吳豐山生涯紀事

一九四五年
- 一月，出生於台南縣將軍鄉將軍庄
- 八月，第二次世界大戰終止
  日本結束殖民台灣，
  中國軍隊前來接收。

一九五〇年
- 蔣中正率兩百萬軍民前來台灣，
  其後「復行視事」
- 韓戰爆發，其後美國協防台灣

一九五二年
- 就讀將軍國民小學

一九五七年
- 就讀省立北門中學

一九六〇年
- 就讀省立台南一中新化分部
- 父親吳德成公逝世

一九六三年
- 就讀國立政治大學政治學系

一九六七年
- 服預備軍官役

一九六八年　二十三歲
- 役畢。自薦入《自立晚報》服務

一九六九年　二十四歲
- 就讀國立政治大學新聞研究所

一九七〇年　二十五歲
- 二月，與蔡秀菊女士結婚

一九七一年　二十六歲
- 獲國立政治大學碩士學位
- 發表《今日的台灣農村》（自立晚報社）
- 應美國國務院邀請訪美。之後旅遊歐洲發表《環球世界七十九天》（晨鐘出版社）

年份	年齡	紀事	大事
一九七二年	二十七歲	•應日本外務省（外交部）邀請訪日 •升任《自立晚報》採訪組主任 •十二月，當選第一屆國民大會增額國大代表	•蔣經國出任行政院長 •中華民國在聯合國代表權被中華人民共和國取代
一九七三年	二十八歲	•兼任台北市吳姓宗親會總幹事 •創立將軍出版公司，任董事長	
一九七五年	三十歲	•辭採訪主任，改任撰述委員 •開始撰寫「吳豐山專欄」	•蔣中正總統逝世 嚴家淦接任總統
一九七七年	三十二歲	•獲頒「曾虛白新聞獎」 •升任《自立晚報》總編輯	
一九七八年	三十三歲	•在國民大會提案擴大增額中央民代選舉，獲大會通過 •再參選增額國大代表。因為台美斷交，選舉中止，任期延長二年 •長男永泰出生	•蔣經國任總統
一九七九年	三十四歲	•兼任「吳三連獎基金會」秘書長	•發生「美麗島事件」
一九八〇年	三十五歲	•訪問中南美洲十國，費時一月 •選舉恢復，落選	
一九八一年	三十六歲	•升任《自立晚報》社長 •兼任「財團法人吳尊賢文教公益基金會」秘書長 •次男永祥出生	

一九八四年　三十九歲

•應全美台灣同鄉會邀請赴美參加「台灣前途研討會」

•應華航邀請參與歐洲航線首航，飛繞地球一周

一九八六年　四十一歲

•再當選增額國大代表

•民主進步黨成立

一九八七年　四十二歲

•長女永鈺出生

•蔣經國總統逝世 李登輝接任總統

一九八八年　四十三歲

•創辦《自立早報》、《自立周報》

•兼任「財團法人海峽交流基金會」董事

•台灣結束戒嚴令

•吳三連先生逝世

一九九〇年　四十五歲

•任國是會議籌備委員

•主持國是會議，敲定總統直選

•發生野百合學運

•政府召開國是會議

一九九一年　四十六歲

•發表《台灣一九九九》（自立晚報社）

•發表《吳三連回憶錄》（自立晚報社）

一九九三年　四十八歲

•獲台美文教基金會頒贈「新聞自由貢獻獎」

•兩岸政權在新加坡舉行「辜汪會談」

一九九四年　四十九歲

•自立報系易主，離開報界

•辭任「財團法人海峽交流基金會」董事

•接任一心企業公司董事長

•創辦萬順建設公司，任董事長

一九九五年　五十歲

•創辦澳洲《自立快報》

•夫人攜二子一女赴澳洲求學

一九九六年　五十一歲　•發表《台灣跨世紀建設論》（玉山社）　•首次全民直選總統李登輝、連戰當選正、副總統

一九九七年　五十二歲　•任行政院顧問
•任中央選舉委員會委員
接任台北市吳姓宗親會理事長　•蕭萬長出任行政院長

一九九八年　五十三歲　•當選公共電視第一屆董事長
•兼任故宮博物院指導委員會委員
辭行政院顧問及各項有給兼職

一九九九年　五十四歲　•接任台灣吳姓宗親總會會長　•吳尊賢先生逝世
應邀參加全國司法改革會議

二〇〇〇年　五十五歲　•任總統府「跨黨派兩岸小組」委員　•第一次政黨輪替，民進黨陳水扁、呂秀蓮當選正、副總統

二〇〇一年　五十六歲　•當選連任公共電視第二屆董事長

二〇〇二年　五十七歲　•主持拍製「打拚——台灣人民的歷史」
•受行政院僑委會委託，赴日本、澳洲向僑胞演講「台灣民主發展」

二〇〇三年　五十八歲　•卸任中央選舉委員會委員
•主持世界吳姓宗親聯誼大會

二〇〇四年　五十九歲　•卸任公共電視董事長
•免兼故宮博物院指導委員會委員
•被提名監察委員，立法院迄未審查

年份	年齡	個人記事	時事
二〇〇五年	六十歲	•十二月，任行政院政務委員 •辭各種營利事業職位 •長孫友博出生	
二〇〇七年	六十二歲	•五月，卸任政務委員 獲頒「一等功績獎章」	•母親蔡太夫人逝世
二〇〇八年	六十三歲	•八月，任監察院監察委員 •率台灣代表團赴菲律賓慶賀菲吳總會創立一百週年 •次孫友智出生	•第二次政黨輪替 國民黨馬英九、蕭萬長當選正、副總統
二〇〇九年	六十四歲	•發表《論臺灣及臺灣人》（遠流出版公司）	
二〇一〇年	六十五歲	•長孫女友涵出生	
二〇一二年	六十七歲	•獲卓越新聞獎基金會頒贈「新聞志業終身成就獎」 •獲北門中學傑出校友表揚 •參孫友德出生 •發表《據實側寫蕭萬長》（遠流出版公司）	
二〇一四年	六十九歲	•七月，卸任監察委員 獲頒「監察獎章」	•發生太陽花學運
二〇一五年	七十歲	•發表《人間逆旅——吳豐山回憶錄》（遠流出版公司）	

二〇一六年　七十一歲　•開始學畫
　　•第三次政黨輪替　民進黨蔡英文、陳建仁當選正、副總統

二〇一七年　七十二歲　•獲國立政治大學傑出校友表揚
　　•發表《山川無聲——吳豐山靜思集》（非賣品）

二〇一八年　七十三歲　•發表《壯遊書海》（玉山社）
　　•舉辦「遊戲彩墨同樂茶會」展出二十四件書畫作品

二〇一九年　七十四歲　•發表《歲月有情——吳豐山告老歌》（非賣品）
　　•中共元首習近平發表「告台灣同胞書」，聲言兩制台灣

二〇二〇年　七十五歲　•發表《飛越宇宙人間》（玉山社）
　　•發表《福爾摩沙實錄——2020大選以及台灣的前世今生》（天下雜誌）
　　•發表《親佛小記》（玉山社）

二〇二一年　七十六歲　•發表《紅塵實錄》（玉山社）
　　接任吳尊賢基金會董事長

二〇二二年　七十七歲　•印製《吳豐山遊戲彩墨 自嗨風雅集之一》

二〇二三年　七十八歲　•印製《吳豐山遊戲彩墨 自嗨風雅集之二》
　　•發表《筆耕福田——吳豐山五十年寫作總覽》（遠流出版公司）

【得獎紀錄】

一九七七年

作者獲贈「曾虛白新聞獎」。授獎人是行政院副院長徐慶鐘。上圖

一九九三年

台美文教基金會在台北市圓山飯店頒贈「新聞自由貢獻獎」，授獎人為總統府資政高玉樹 中圖

二〇一二年

卓越新聞獎基金會頒「新聞志業終身成就獎」，授獎人富邦人壽獨立董事張鴻章、中央研究院研究員瞿海源 下圖

國家圖書館出版品預行編目資料

筆耕福田：吳豐山五十年寫作總覽／吳豐山 著. –初版.
--臺北市：遠流出版事業股份有限公司, 2023.01
面；　公分.
ISBN 978-957-32-9885-4（平裝）

863.3　　111017960

筆耕福田

吳豐山五十年寫作總覽

著　　者　吳豐山
封面繪圖　吳豐山
美術設計　霍榮齡設計工作室 ahuo@ms32.hinet.net
校　　訂　黃念玲
編輯協力　曾淑正

出版發行　遠流出版事業股份有限公司
發 行 人　王榮文
地　　址　台北市中山北路一段十一號十三樓
電　　話　(02) 2571-0297
傳　　真　(02) 2571-0197
郵　　撥　0189456-1
著作權顧問　蕭雄淋律師

印　　刷　中原造像股份有限公司
初版一刷　二〇二三年一月一日
定　　價　新台幣五五〇元
ISBN 978-957-32-9885-4

遠流博識網 http://www.ylib.com　E-mail:ylib@ylib.com
遠流粉絲團　https://www.facebook.com/ylibfans